「皇宮」這檔事!!

皇帝（千風）

有教養有風度有文化的厚道老實人，典型的傻白甜。
偶爾也會耍些小聰明，但因總體腹黑度不高，
每每在段數更高的家人面前敗下陣來。

太后

一生順風順水的富貴老太太，具備老年人所共有的愛熱鬧湊熱鬧以及製造熱鬧的特徵，尤其愛亂點鴛鴦譜。

恭妃

皇帝後宮之一，極為講究美容養顏，
後宮中著名的走狐媚妖嬈路線的老資歷前輩。

康妃

皇帝後宮之一，大家庭裡著名的才女，
開口閉口必掉書袋或引經據典。

寧妃

皇帝後宮之一，平易近人，極具母愛，
時時散發著小媳婦型的人格。

皇后(霍貞)

外表端莊大方善解人意極具欺騙性，
實際城府高深，
為了大家庭的和諧統一而糊弄人的手段十分高超。

豫林王(千乘)

皇帝的么弟，大家庭中唯二傻白甜的老實人。
有個與本人形象極不相稱的愛好——講鬼故事，
且故事極其恐怖嚇人，宮中外號「活見鬼」。

袁琰

京兆尹家的小女兒，豫林王的未婚妻，
因崇尚科學性和唯物主義
而少有的能抵擋豫林王鬼故事威力的老成女孩。

淑妃、裕妃

皇帝後宮之一，入宮年份相同的同期生，
在各種事件中均屬於夥同出場的牆頭草成員。

惠妃

皇帝後宮之一，新近入宮的皇宮新成員，
正常時是普通的軟妹子，
一沾酒就人格突變為剽悍豪爽的女漢子。

目錄

INDEX

第一章

新人

皇帝，名千風，性別男，漢族，年齡二十七，已婚，家庭成員……比較多。

「其實一點也不多……」皇帝對著近侍孟賢安抱怨道：「朕的這些嬪妃們，不說久的，最少的也跟朕五、六年了，你說為什麼時間久了這人就變得缺少樂趣了呢？時間跟女人有什麼必然的關係嗎？這真是件奇妙的事情啊。」

孟公公從皇帝還是太子時就跟著他，早已習慣皇帝這自問自答的習慣，所以並沒有接話，而是開口問皇帝他每天都要問一遍的話：「那麼今晚……」

「下去吧。」

皇帝揮了揮手，一個人在長乾殿裡湊合了一晚。

＊　＊　＊

「這是我的！」

「姐姐妳不是已經拿了紅色的嗎！」

「寧妃啊，這個綠色的還是給我吧。」

「……諸位妹妹是不是太鬧了……」皇后開了金口，剛才還在爭彩線的妃子們立刻安靜下來，悶頭繼續繡著手裡的東西。

「好了好了，不用裝了，其實本宮也很閒。」皇后扔了手裡的針線活，嘆了口氣，這場由她發起的「女紅競賽」還是讓她覺得很無趣。

聽到大姐發話，底下的女人們早就按捺不住齊齊扔了手裡的活，或是捶肩或是搓手。

「哎呀，我就說，又不是個心靈手巧的料……」

「君子遠庖廚，妃子遠針線。」

「這種東西也未必能激發女人的魅力……」

「恭妃！」皇后聽不下去了……這群女人，可能是一起混得久了，私底下全都是些肆無忌憚的傢伙。

「恭妃啊，皇上有多久沒去妳那了？」

恭妃掰著手指數了數，待用完十根手指頭以後，她又從第一根手指頭開始算起。

「哎呀！就不要考妳自己的算術水準了，大概多久啊？」皇后等得不耐煩了。

「完全數不過來。」恭妃鬱悶的回答道。

「唉……」皇后又是一陣嘆氣，就她從敬事房那得到的消息，在座各位的情況跟恭妃基本上都是如出一轍。也不知道到底是好事還是壞事……

「皇上或許遇上七年之癢了吧。」博覽群書的康妃聰明的提醒道。

淑妃和裕妃不約而同白了她一眼，齊聲說道：「妹妹我可還沒到七年呢！」

「我們人老珠黃也是自然的啊……」皇后不禁附和著康妃也感嘆了起來。

淑妃和裕妃又不約而同白了她一眼，心裡齊想到：那是您！

「皇上最近是怎麼啦？下朝後也總是一個人不知在哪溜達，既不去后妃那裡，也不來哀家這裡。」太后這天親自跑來長乾殿見皇帝，所謂無事不登三寶殿，老年人更愛沒事找事，皇帝深知這一點，而且也清楚太后的話多跟年齡沒有關係，完全是本性使然，所以沒事也不敢去「驚擾」她。

「這是哪裡的話，兒臣今天早上不是還向母后請過安嗎？」

「果然不是親的就是有隔閡啊！每天一次的請安跟辦公事似的，皇上就只是在敷衍我這個老婆子！」太后變成了哭腔，皇帝無語。

以皇帝的親身經驗來說，太后只要以「果然不是親的就是有隔閡啊」這句話作開頭，他就沒有過不答應的事。

「母后有什麼事嗎？」皇帝認命的問道。

「陛下您想要擴充後宮？」

「……這是太后的意思。」

得了吧！難道你自己沒有這個意思？恭妃假惺惺地笑著。太后才不在乎後宮裡多個或少個女人呢，她只是喜歡來事，也不知道是誰冒充好人給太后提的醒。

說到這宮裡愛冒充好人的，皇后就是當之無愧的第一人，恭妃之所以這麼說，就是因為知道這女人每次都藏著自己的惡趣味。

皇帝要選妃，全國總動員。有人歡喜有人愁，總之只要家裡有待嫁姑娘的就沒個安生。群眾的力量是偉大的，以皇帝馬首是瞻的國家的群眾力量更是偉大的，不出半月，就湊足了十五歲以上的良家女子五千名。

第一天，海選。把少女每百人排成一行，按年齡大小排列，由內侍們逐個細察，淘汰略高、稍矮、偏肥偏瘦者，首輪便淘汰兩千人。

第二天，細選。眼、口、耳、鼻、頭髮、皮膚、肩膀、頸、腰、背等部位，一項不合格便除名，又篩去兩千。

第三天，精選。每人各走三十步，察看其步態、風度，手腕略短、腳稍大者，舉止偏輕躁者淘汰去，再減少八百。

這剩下的兩百人，便是地方賽區的翹楚，要再進內宮參加甄選。

宮外熱鬧，宮裡也熱鬧。各宮嬪妃齊聚一堂，討論什麼樣的女人招人疼，什麼樣的女人惹人厭。

「姐姐想找個什麼樣的妹妹加入我們呢？」裕妃好奇的問道。

皇后略想了想，笑著說：「最好是有恭妃的嫵媚、康妃的聰慧、寧妃的安靜、裕妃和淑妃的活潑。」

「外加皇后的賢德。」恭妃補充了一句。

「天啊！皇后娘娘放心讓這樣的女子進宮嗎？」淑妃不可思議的驚呼，她和裕妃是同期，見識也差不多，反正她是不放心讓這——的女人進宮的，更何況她覺得根本找不到這種女人。

最後甄選那天，太后、皇后與後宮諸妃全部到場，環坤宮前的廣場上一時之間姹紫嫣紅、花紅柳綠。太后站了起來，輕咳幾聲試試自己的嗓子和現場效果，然後便開始做開幕演講。

太后居后位二十六年、太后位八年，官話講得是駕輕就熟，而且她本人也深愛此道，直從早上講到日上三竿，從光耀門楣講到利國利民，等她的「諄諄教誨」講演完，底下眾美人已是銳氣減半。

接著輪到皇后講話，皇后只是極有氣質的一笑，說道：「各位姑娘，期待妳們的加入。」

皇后雖然只有一句話，太后卻不覺得她沒水準，還賞了她兩個字——「精闢」！

廣場上的人們更是如獲大赦，心裡無不對皇后感恩戴德。

於是，剩下來這兩百人的篩選已經到了白熱化的地步。先是自報姓名、籍貫、年齡，考察其音色、神態，口齒不清、嗓音粗濁、反應遲鈍者淘汰；而後才藝表演、現場問答、情境表演……直把太后樂得手舞足蹈，諸妃看得眼花撩亂。

最後敲定的十人進入密室做最後的檢查：探其乳，查看質地如何；嗅其腋，查看可有異味；捫其肌理，查看可有病史。最後選出一人獲賜妃位，其餘九人充為女官。

那名超級女生三呼萬歲，安安分分跟著宮人退了下去，然諸妃的話匣子卻是打開了。

淑妃和裕妃最為興奮，從今天起，她們倆終於有了後輩，成為「前輩」了。

「那女子就是符合皇后娘娘條件的人？」恭妃沒看出什麼門道，不得不當著皇后的面求證。

「內在倒是一時難以察覺，只是那張臉確實集各位姐妹的亮麗於一體，當之無愧的集大成者。」康妃在仔細觀察後下結論道。

皇后卻只是笑而不答。

當晚，該女蒙聖寵，封為惠妃。

萬瓦宵光曙，重檐夕霧收。雖然宮裡迎來了位新主子，但皇宮的早上還是照樣運轉。按例，皇帝與皇后一起前往太后的樂寧宮去問安。

「陛下，那位新妹妹可還讓您滿意啊？」一邊走在路上，皇后一邊開口問道。

「還好……」皇帝嘟嘟囔囔的回了一句，並不太像心花怒放的樣子。

他確實有口難言的苦衷。昨晚睡在榻上的美人乍一看讓他頗為驚豔，再一看又覺得非常眼熟，那眉眼像恭妃，那嘴角像寧妃，那耳鼻像康妃，那舉手投足像淑妃和裕妃，整個人合起來的神情……有點像皇后。

這不就是那些他爛熟於心的女人的濃縮合成版嘛！結果親切感倍增，新鮮度卻大打折扣。

想到這裡，皇帝不禁小小的嘆了口氣，他不由得瞄了眼身邊雲淡風輕一笑而過的皇后，由「時間與女人的因果關係」思考到了「新鮮度與熟悉度的辯證關係」。

第二章

皇帝陛下的第一次

要說皇帝感覺最新鮮的，自然是娶第一個媳婦的經歷。

雖說在娶媳婦之前，他也曾如大多數荷爾蒙過剩的少年一樣，有過夢幻泡影一般的初戀，但泡影沒了就沒了，終究還是不如一個活生生的媳婦新鮮、刺激、緊張，讓人腎上腺素上升。

那時皇帝入主東宮延德殿已經三年，正是年紀輕輕的十五歲，對成家立室既無任何概念也無任何興趣，所以朝堂上關於太子妃人選的吵吵嚷嚷，身為太子的他一概不知道——知道了也不管用。

結果就那樣渾渾噩噩到了某一天，他像個初入私塾的學生領考卷一樣，完全被單方面的通知他可以準備準備，去娶平章政事霍大人家的千金做媳婦了。

只不過那場大婚……皇帝想了想，還真是一場虎頭蛇尾的災難。

「唉……」這麼一想，皇帝沒來由的嘆了口氣。

「皇上才與新人春宵一度，怎麼一大清早就開始嘆氣了？」

皇后一句話把皇帝從神遊中拉了回來。

「皇上可是對惠妃有什麼不滿？」

「沒有沒有。」皇帝連忙擺手否認，「只是朕不由得想到當年與妳成親之時……」剛想說那叫一個慘，卻忽然意識到這是在皇后跟前，立刻改口道當年成親時如何如何幸福甜蜜，只不過一邊說話一邊揚起的那個笑容，實在談不上真心誠意。

「哦，幸福甜蜜嗎……」皇后聽完皇帝的奉承，沒多說什麼，只是嘴角輕揚，因為她也想起了當年那場「趣事」。

＊＊＊

那年是己亥年癸未月的十六日，東宮延德殿的宮人內侍們一大早就格外精神抖擻，因為就在昨天，他們的太子結束了單身漢生活，迎娶了一位女主人。

俗話說新官上任三把火，誰知道這太子妃是哪號來路、什麼脾氣？大家都爭相留下好印象，無人敢在第一天消極怠工。

太子與太子妃今天的第一站是去宮裡向帝后報到，於是延德殿裡第一批上場的是掌管服章簪珥、巾櫛膏沐的宮人，待伺候完兩位新人，第二批負責鋪設灑掃的宮人開始收拾房間。

所謂洞房花燭夜，可謂人生一大快事，所以被人睡過一晚的新房要是整整齊齊、乾乾淨淨……那幾乎是不可能的事。太子也是人，太子殿下的新房自然也很亂，宮人們一邊整理著被擠到一邊的錦被、濕了一角的床單、歪了的椅子和一個摔得四分五裂的茶盞，一邊意淫著那一刻千金的春宵，暗暗偷笑。

這時，忽然有人發現了一個問題——

「咦？那東西呢？」

「什麼東西？」

「就是那個，那個沒了。」收拾床鋪的宮人指著整理到一半的床榻，那上面有繡著遊龍戲鳳的喜被、大紅色的錦緞枕頭，還有零碎的紅棗、花生、石榴之類的雜物，唯獨少了片……

「真的耶，奇怪了，昨天還在啊！」

「找過床下面了嗎？」另一個中年女官指點迷津。

「沒有。」

「……裹在被子裡了？」

「也沒有。」

「大家停一下，停一下！」女官吆喝了一聲，所有人都放下手上的活看著她。

「先幫忙找東西。」

「找什麼？」

「找白絹！」

白絹何許物也？咳咳，不明白的回家種紅薯去。

總之，直到下午太子夫婦回宮，大家也沒找到那玩意。可是，最有可能知情的當事人……誰會願意去問：「太子妃，昨天驗紅用的那條白絹您看見沒有？」這不是找抽嘛！

白絹就此人間蒸發，存不見布，毀不見屍，它究竟去了哪裡？鑒於延德殿是一間防守嚴實的密室，我們就只能從曾到過現場的人物中尋找蛛絲馬跡了。

真相只有一個！

在場人士一號：孟賢安

時年二十一，東宮內侍，在太子初立之時由宮內御用司調入東宮，資歷三年，是一位工作認真且對太子生活習慣頗為熟悉的專業職場人士。

白絹？哦，看見過，那是幾天前了，在新房安床的時候。那天來了不少貴人，說是放個床也有講究，奴婢孤陋寡聞，這些規矩倒是不太清楚。

當時負責鋪床的是遼錦大長公主，白絹好像就是那時候一起放上去的，之後又抱來了昌都郡王家剛滿月的小公子在床上爬，說是要取什麼好兆頭。結果那孩子一直哭嚎不止，眼淚鼻涕口水滴得到處都是，有人說要把絹布拿去洗，還被大長公主訓斥了，說是就那麼放著了，不知道又有什麼講究沒有。

後來？床擺好後所有人都不許碰了，連新房也不給進。這就是奴婢最後一次看到那塊白絹的時候。

昨天在哪？奴婢一直是寸步不離的跟在殿下身側，從迎親一直到禮成。不過由於這幾個月來迎娶太子妃的諸事瑣碎，殿下的精神一直不太好，早上去霍家迎親的路上，幾乎在馬上睡著，讓奴婢一直擔心殿下可能會摔下來。

晚上啊……奴婢主要是負責前殿宴會的。殿下和太子妃拜堂之後就一直在前殿應酬，不過說句大不敬的話，奴婢覺得所謂的應酬，無非就是一直被別人灌酒而已。在奴婢調來的這三年裡，不常見殿下喝酒，想來殿下的酒量也很一般，可那幾位宗室子弟裡倒有幾位號稱千杯不倒的。

筵席是戌時結束的，當時還有幾位朝臣家的公子開玩笑說要鬧洞房，結果殿下忽然發威，只說誰要敢再鬧，自己就讓他一輩子娶不到老婆，這才嚇退眾人。

殿下那時肯定已經喝多了，不然也講不出這麼厲害的話，而且據奴婢觀察，殿下喝酒是不上臉的，越喝越沒血色，這點實在是比較吃虧。

離席之後，殿下已經是一臉煞白，奴婢小心跟在他身後。殿下也不讓奴婢攙扶，晃晃悠悠就朝西苑走去。西苑是殿下原來的寢宮，奴婢見狀忙攙著他往南苑拐，殿下居然還問奴婢幹嘛不讓他回去睡覺？奴婢就告訴殿下，今天他已經成親了，以後要和太子妃住南苑了。

殿下呆愣愣的望了奴婢一會兒，忽然傻笑著說了一句：「太子妃？哦……那好像是孤王的老婆啊。」殿下得，奴婢一看就知道，殿下一時半會兒是清醒不了了，可也沒轍，只能先把殿下領到南苑去了。殿下和太子妃喝合巹酒時也鬧得很，外面有家室的夫妻在那唱賀曲，不過奴婢進不得新房，只是在外面候著，也不知道絹布還在不在老地方。

唉……奴婢沒有照顧好太子殿下，只能讓他以這個樣子進了新房，真是對不起太子妃娘娘，罪過罪過啊！

皇宮這檔事

在場人士二號：李寶惠

時年三十七，尚儀局尚儀，皇后身邊的得力女官之一，臨時抽調到東宮輔助太子妃完成一連串禮節規矩。資歷十九年，是位從容不迫、識大體顧大局的精幹職業女性。

白絹啊……讓奴婢想一想，按理說應該是安床時就放好的，不過奴婢是典禮的前一天才進了太子殿下的新房，那時候白絹還放得好好的。有沒有別人動過？應該沒有吧，床放好後除了嬰兒外，任何成年人都是不能坐的，誰敢去碰？活膩了吧！

昨天？昨天奴婢一大早就趕到廣泰門那裡去迎太子妃了。

太子妃的喜轎是午時到達延德殿，然後按例就該由皇室宗婦來引導太子妃，昨天是溧川王妃擔當此任，這還是皇后娘娘英明，料想溧川王妃與太子妃是妯娌，這年輕一輩的和新婦會比較好說話。溧川王妃替太子妃掀了轎簾，奴婢就上前領著太子妃，一路上要踩的要跨的全按祖制，最後就到了南苑的新房。

申時太子殿下去前殿赴宴了，屋裡就剩下太子妃和奴婢，屋外還有兩個聽候差遣的宮人。哦，那時候白絹還在啊，被太子妃坐著呢！

過了大約兩個時辰，太子妃就有點坐不住了。唷，這些是沒辦法的事，奴婢也算是見過世面的，無論是怎樣高貴的新婦，能在床上坐上兩個時辰動也不動的就是有能耐了。

奴婢那時第一次聽見太子妃的聲音，她很小心翼翼的問奴婢能不能躺一下。奴婢也聽說過霍家這位小姐是京城裡有名的淑媛，那聲音當真是讓人……奴婢沒唸過多少書，形容不上來，總之是不忍心駁了她，可這是規矩沒辦法，奴婢只能說不能躺、會不吉利，以後是要常臥病榻的。

後來奴婢告訴她，實在累了可以往邊上坐坐靠著床柱，太子妃還很客氣向奴婢道謝。哎呀，果然是東宮的儲妃，連奴婢也覺得選得好。

大概是說了幾句就不拘束的緣故，太子妃後來又斷斷續續跟奴婢講了些話，奴婢記得最清楚的是太子妃問我床上的果子能不能吃。

到底是個孩子，估計是餓得緊了，於是奴婢說待太子殿下回來就能吃長壽麵了，忍忍吧，太子妃也就沒作聲了，不過奴婢看見她把幾個撒在她身邊的花生籠到袖子裡……咳咳，奴婢只當沒看見，找了個藉口在門口晃了一圈，回來後見太子妃又端端正正坐在那了。

太子殿下是戌時回南苑的，奴婢先是聽到門口一陣騷動，便讓太子妃少安毋躁，自先去了門口。太子殿下那時醉得可真夠厲害的，奴婢不免跟殿下身邊的孟公公抱怨了幾句，他說前殿勸酒勸得太起勁，他哪裡擋得住。

結果太子進了房來，奴婢看他都沒法走直線就想去攙扶他，可殿下看到太子妃後愣在原地不動，奴婢才準備去催促他進行洞房禮儀，結果殿下忽然蹭一聲竄過去，嘩一下就掀了太子妃的蓋頭。

這、這……真不像話，應該拿秤桿挑頭蓋才對啊！撫髮的禮儀也沒了，殿下甚至直接說了句「還不如路休顏漂亮」，這是什麼混話啊！太子妃呆了片刻後居然也反脣相譏，真真讓奴婢瞠目結舌。

最後就是喝交杯酒和吃長壽麵了。酒是沒差，反正是多這一杯不多，少這一杯不少，麵則是奴婢扶著太子殿下吃的，奴婢看殿下連筷子也拿不穩，只得意思意思，倒是太子妃雖然動作很優雅，卻是從頭吃到尾，奴婢留心看了看太子妃的臉色，似乎已無大礙，不過兩個腮幫子一鼓一鼓的，估計那裡面除了麵條外，還有點氣。

之後就沒有奴婢的事了，伺候完兩位殿下換上龍鳳長袍，奴婢便退了下去，直到這時為止，白絹還在，那以後究竟是怎麼不見的，奴婢可就不知道了。

唉……這喜事到了最後留下這麼個瑕疵，是奴婢沒把事辦好，真是愧對皇后娘娘啊！

在場人士三號：太子

時年十五，東宮太子，入主延德殿三年，第一次成家立室，是個無論從東宮生活還是家庭生活上來講，都是剛出道的社會新鮮人。

白絹？那是什麼？驗紅的？驗紅……驗……咳咳，好像……是有這麼回事。孤王沒注意啊，這不是孤王應該關心的事吧。那些繁瑣的禮儀不是都有專人負責嗎？孤王只要將人娶進來就好了。

昨天……別提了！這幾個月孤王都沒睡足過，早上還起了個大早，騎在馬上只想睡覺，快到的時候還是孟賢安喊了我一聲。

唉，因為是正妃，所以大家都說禮儀什麼的一項都不能少。真不明白，孤王來回轉了一圈，新娘子從頭包到腳，臨上轎了也不讓孤王瞧一眼，那幹嘛不讓孤王在宮裡等著？驚喜也不是這樣的。

到了延德殿，也是大嫂把新娘領進去的，之後就是拜堂了。

白絹？誰去留意那東西啊！孤王只去注意蓋頭了，這玩意還真是嚴實，裡面是張三還是李四完全看不出來。等拜完了堂，長輩們又催著孤王去前殿應酬賓客。真是！這到底是誰成親啊？從頭到尾都逮著孤王瞎轉，且因為是祖制，孤王也沒法說什麼，孤王其實……其實只想看看新娘子到底長什麼樣啊！

筵席？哼！一說這個孤王就來氣，那群人平時在孤王跟前恭恭敬敬的，昨天卻全跟逮著什麼千年不遇的機會似的，沒命的灌孤王酒。還有山貓，就屬他最凶！幹什麼嘛，不就是他成親時送了他二公一母的三隻鳥嘛，至於這麼小心眼嗎？

那之後……孤王不記得了。沒辦法，孤王一輩子喝的酒都在昨天喝完了，到最後什麼時辰也不知道，只記得眼前全是人影晃來晃去的，別人說的話孤王也沒注意聽，因為實在聽不清了，全帶著回音。後來依稀記得好像是孟賢安帶孤王去了什麼地方，也是亂得可以，屋裡是紅彤彤一片，外面還不知道是誰在鬼哭狼嚎，吵死了！

有個女人跟孤王說什麼太子妃來著，孤王往床上一看，喝！好傢伙，床上坐著好多個一身大紅的女人啊，到底是哪個？孤王那時難受得很，頭也疼，眼也花，什麼都不想幹，只想睡覺，再然後……好像就睡覺去了吧。

好像還幹了什麼事……好像……唔……想不起來了，孤王好像還醒過一次，不過也記不清了。

白絹？不知道啦！幹嘛要記著那什麼破白絹啊！還有那些個破禮儀、破規矩！說是這種麻煩孤王只要做一次，以後就簡單了。哼！這還差不多，以後誰要再讓孤王幹這種事，就讓他自己幹去！幹他個一百遍！

在場人士四號：太子妃

時年十四，東宮儲妃，入主東宮才一天。之前以端莊賢慧之名聞名京師，是一位為人處世頗有心得，但對新婚期的為人處世還比較迷茫的摸索者。

白絹？那個……妾身也不知道。真的啦！雖然妾身是一直坐在上面的，但是……但是，後來……就不知道了。

昨天嗎？昨天真是混亂的一天。不，妾身本來是不混亂的，該有的規矩，還有父母交代的事情都一條一條記住了。

一大早從府裡出來的時候，說是太子會在路上親迎。聽到周圍有人喊「殿下」時，妾身就知道是他來了，可是妾身蓋著蓋頭，看不見外面，太子不說話，妾身也聽不見聲音。看不見聽不見，卻知道那個人就在旁邊，那時的感覺……妾身真的……挺緊張的。

喜轎按理是在廣泰門停的，由溧川王的王妃扶妾身下轎。溧川王妃喊了妾身一聲「儲妃娘娘」，聽聲音應該是個很溫和的人。

晚上嘛……就一直坐在延德殿的新房裡。坐了大概有兩個時辰，太痛苦了，雖然娘交代說一定要正襟危坐巋然不動，可是妾身的腳都快麻了，頭上頂著沉甸甸的鳳冠，脖子也僵了。

噢，對了，那條白絹當時就被妾身坐在身下，妾身透過蓋頭的縫隙看到了。哎呀！這布……想起來就好羞人啊，妾身要在上面……唔……真不好意思想！

後來實在坐累了，只好跟旁邊一位自稱李尚儀的女官商量著躺一會兒，這位尚儀也是個好人，跟妾身說躺著不吉利，讓妾身靠著邊上坐。後來妾身又餓了，前殿筵席上的聲音在屋裡也能聽見，越發勾得人覺得餓，可尚儀還是讓妾身忍著。

唉……不公平啊，為什麼太子殿下就能在前殿有吃有喝的，妾身卻要在這裡又累又餓，最後只得一碗麵條？好在妾身邊上還有幾顆撒在床上的花生，於是趁李尚儀出去之際，妾身偷偷把離得近的幾顆花生吃掉了。是說撒花生是要取「花著生」，即生男又生女的兆頭，可妾身要是餓死了，上哪去生孩子啊！

也不知又坐了多久太子殿下才回來，一聽到門口有動靜，妾身很緊張，但又有點……期待。

太子殿下應該會慢慢過來挑妾身的蓋頭的，可是妾身只是聽到李尚儀一聲驚呼，然後蓋頭「刷」地就被揭開了。

第一次見到太子殿下，就看他臉色白得像紙一樣，雙眼卻很紅，一臉迷茫的望著妾身，還說……還說什麼妾身不如路休顏漂亮！啥？路休顏是誰？一想到這個人就是妾身今後一輩子的依靠，妾身好失望啊！

後面的事就完全混亂了……按照規矩，殿下應該是撫妾身的頭髮表示夫妻結髮的，殿下也沒撫，交杯酒還沒等妾身喝呢，殿下就一個人乾完了，長壽麵也吃得很勉強，李尚儀說殿下是喝醉了，要我多擔待一點，可是……喝醉了又不是妾身的錯，憑什麼要妾身來善後啊？

最後，李尚儀替妾身換好衣物後就退下去了，將殿下扔給妾身　個人。旁邊無人，妾身又好好打量了一番太子殿下，雖然妾身不該這麼說，但是……殿下還真像一頭死豬，趴在床上動也不動。娘頭天晚上教那些閨房之事時，說殿下已是經過人事的，妾身只要躺著聽殿下的就好，那既然殿下躺下了，妾身也只好躺下。可是殿下躺了半天也沒有動靜，他到底要怎麼樣嘛？那塊白絹還在……雖然，驗紅……很丟臉，但要是明天被人看見什麼都沒有的話豈不是更丟臉！嗚嗚，妾身從來也沒幹過這麼丟臉的事，居然要主動去弄醒一個男人來……唔……太丟臉了啦！

妾身只好去搖殿下，弄了半天，殿下終於爬了起來，兩眼無神的看著妾身，還很不高興，說他要睡覺，叫妾身不要搗亂。

什、什麼搗亂啊！妾身也想睡覺啊，但是不能就這樣睡覺吧？於是妾身只好……只好說了這輩子最丟人的一句話。什麼話？不告訴你，妾身這輩子絕對不會再說了！

這真是荒唐的一天，怎麼會這樣？妾身忽然對未來的生活失去了信心。好不容易殿下好像終於清醒了點，開始解妾身的衣釦，可誰知道殿下解到一半又不動了，頭扭到床邊，妾身剛想問他怎麼了，殿下他、他……他居然吐了！

這日子沒法過啦！妾身好想回家，可這根本行不通。妾身也不想叫外面的人進來，這太丟臉了，絕不能讓人知道！可現場也沒有東西可以收拾，拿衣服去擦肯定會被發現，衣服明天就會有人來收，所以妾身只好打起那塊白絹的主意，反正它都沾上汙穢了，鬼才要躺在上面呢！

於是妾身用那白絹把地抹了一遍，用床單一角沾點茶把殿下的臉抹乾淨了，再把剩下的茶給他灌下去，總算殿下是消停了。至於妾身……只好在貴妃榻上過了一夜。

那塊白絹啊，妾身還想了半天要怎麼處理呢，最後就把它藏到衣櫥裡。為什麼不藏在床下？那也太好找了吧。總之第二天早起時似乎也沒人注意這件事，萬幸萬幸。

可最後不關妾身的事啊！妾身晚上回來有去衣櫥裡翻找啊，但居然不見了！屋子明顯被人打掃過，不過妾身怎麼可能去查問？也沒有人來跟妾身稟報有關白絹的事，這事就這樣……這樣……真是見鬼了！那塊白絹哪去了？那塊見證了妾身丟臉的一夜的白絹，不找到它，妾身怎麼能安心！

第三章 想當年

在皇帝的回憶裡，那場讓人記憶猶新的新婚體驗，自然是不包括白絹丟失這一環節的，他只記得最後自己頭暈眼花不省人事。至於孟公公和李尚儀，自然也不會把太多的精力放在一件舊事上，唯有皇后偶爾還會惦記一番，只是那之後就一直尋找未果。

所以今天聽到皇帝假惺惺的形容新婚的「幸福甜蜜」，皇后不由得也跟著回憶起來，這一回憶不要緊，竟是越回憶越想起許多陳年往事，而且還多半都是……某人不願再被翻出的陳年舊帳。

「呵呵。」腦海裡閃過的畫面讓皇后不禁輕笑了幾聲，引得皇帝頻頻拿眼角瞄著自己的妻子。

「怎麼，皇后又是為了什麼事這麼高興？」

「因為臣妾也想起了剛與陛下成親的那段時候……」與皇帝相比，皇后的底氣可足多了，她也不曲意逢迎，反倒有一說一、有二說二，「那時候鬧的笑話，可不止一樁兩樁啊！」

有些故意的拖長調子，皇后滿意的看見皇帝輕微抖了一抖。

＊　＊　＊

想當年，皇帝的糗事何其多，記得那還是兩人剛成親不久的事情。

有一次，皇后晚上醒來，發現皇帝的位置上空無一人，就連床鋪也沒什麼溫度。起初皇后也沒太在意，畢竟那時皇帝已是監國太子的身分，晚上被人叫走的事情也是有的，可詭異的是，皇后一覺睡到天亮醒來，發現皇帝又神不知鬼不覺的睡回了她的身邊。

見皇帝如此不願驚擾到她，倒很是讓皇后感動了一下，順便就問了皇帝晚上什麼時候回來的，結果皇帝居然回了她一句「孤王晚上什麼時候出去過」。

皇后那時候的驚異可想而知。但她左思右想，又覺得皇帝沒必要在這種事情上騙她，於是只好懷疑是不是自己睡迷糊眼花了。誰知過了幾天居然又遇到這種情況——皇帝半夜不見人影，清晨一切如常，並且打死不承認自己離開過寢宮。

這下皇后就不是驚異，而是驚悚了。

丈夫行蹤這般詭異，是搞陰謀去了？偷情？還是什麼人要害自己，給自己下迷藥出現幻覺了？那時的皇后也就十五、六歲的年紀，年輕的腦袋很是聯想力豐富，最終皇后決定眼見為憑，非自己搞清楚不可。於是又在一個深夜中，皇后暗藏一根簪子在手裡，要是想睡了就戳自己一下，藉此保持清醒。就這麼靜靜等到半夜，皇帝果然又起來了，他也不叫任何人，自己動手穿好衣服收拾一番，而後悄無聲息步出了房門。

丈夫那飄忽的身影簡直像個遊魂，皇后看得膽顫心驚，但仍是鼓起勇氣跟了上去。雖然時值深夜，但殿外倒是整晚都有人走動。皇后跟在後面，就見皇帝在前面走，可外間卻並無人來找他，偶有侍衛自動上前問他有何吩咐，他卻連理都不理，逕自旁若無人進了書房。

難道是晚上批閱密摺去了？見人進了書房，皇后理所當然這般猜測。可是她在屋外駐足了一會兒，發現書房裡居然連燈都不點。那整間黑漆漆的屋子就像一個巨大的謎團，吸引著皇后不斷靠近。雖然這裡平時閒人勿進，但皇后知道自己要是今晚不探出個究竟，以後就別指望能睡著了。

「於是臣妾就斗膽進了陛下的書房，結果……」

「咳咳，皇后，這麼久的事了，難為妳還記得。」不待皇后說完，皇帝立刻以非常虛假的咳嗽聲打住。

皇后瞄了眼身邊人投射過來的無比羞愧、哀怨、可憐的眼神，知道皇帝也想起了這件事，便見好就收。畢竟九五之尊當年因壓力太大而半夜夢遊到書房去背書的糗事，是絕不能再讓第三人知曉的。

「哎呀，這麼說我又想起了一件……」皇后在夢遊的事情上放了皇帝一馬，可轉眼又輕笑著說起另外一件事情，「這事還是路姐姐告訴臣妾的。」

「休顏？」皇帝一聽這名字，口氣不禁柔和了起來。

衡原王妃路休顏，皇帝的堂嫂，亦是他的初戀情人——不，還是說「單相思情人」比較恰當，因為這位王妃當時根本不知道皇帝喜歡過她，所以一想到這件事，皇帝就對抱得美人歸的堂兄兼死對頭十分不滿。命運何其不公！那樣的美人怎麼就落入山貓的手裡！皇帝憤憤不平的想著，而皇后已經緩緩道來從衡原王妃那聽來的舊聞。

那時候的皇帝還不是太子，只是普普通通的三皇子，他的堂兄昭暉也不是衡原王，而只是個小世子。兩人一起在宮中長大，能有的娛樂也差不多，於是每月二十六日外命婦入宮覲見皇后的日子，就成了他們共同的養眼遊戲。

那天在臺泉門外，兩個小毛孩躲在一道宮牆角落，閒著無聊，逐一點評著路過的各女眷們。

「哎！那個不錯，跟你挺配的。」

「你胡說什麼呢！那是隻豬吧！」皇帝一看堂兄指著個噸位可觀的小姐，就狠命去掐他的脖子，衡原王世子的腦袋被掐得搖來晃去，視線卻仍死死膠著在臺泉門的方向。

「哎！那個……那個漂亮！」

可皇帝只當他又再說笑，仍沒放過手裡掐著的脖子。

「咳咳！我說真的！快看，真的很漂亮！」

昭暉拚命解釋，皇帝這次才分神去看臺泉門那邊，這一看，卻也同樣移不開眼睛了。

只見一位花容月貌的少女，她跟隨在一位中年貴婦身後，卻沒有同齡人的緊張與慎重，舉止相當自然，杏臉桃腮，杏腮桃臉，又杏又桃，秀色可餐。

「那……那是誰？」皇帝連說話都結巴了。

昭暉瞥了堂弟一眼，「你問我我問誰去？」

「那好，我去問問。」

「喂！等一下！你問人家名字幹嘛？」昭暉一把拉住行動迅速的皇帝，神情卻似乎已是看穿了事實。

果然，皇帝嘿嘿一笑，一副你我心知肚明的樣子，反問一句：「打聽姑娘芳名，還能幹什麼？」

「你該不會在打什麼壞主意吧？」

「什麼叫壞主意！本殿下缺什麼了？哪裡配不上那姑娘了？還是……」皇帝看見堂兄一臉不滿的樣子，心思一轉，忽然怪笑起來，「奇怪了，現在已經是秋天了啊，山貓怎麼還會發春呢？」

「山貓」是皇帝給堂兄取的外號，諷刺他野性難除，對此昭暉也給皇帝取了個外號叫「眼鏡蛇」，蓋因山貓乃是眼鏡蛇的天敵。

「你才發春呢！」昭暉從小跟三皇子摸滾打爬，這時也毫不畏懼的敲打他的頭。「總之，人家也不認識我們，怎能貿然相問，要問……也該我們倆一起問。」

「憑什麼我們倆一起啊，你對人家有意思嗎？有意思嗎？」

「有意思，很有意思！怎樣？」昭暉咬牙回吼了一句，他可不同於這個不冬眠、一個勁春心蕩漾的眼鏡蛇，這句話一旦說出，就再也不會收回了。

兩人都有意思怎麼辦呢？皇帝和昭暉用起了老辦法……

「三局兩勝！我贏啦！」皇帝蹲在牆角歡天喜地，既然猜拳決出了他的勝負，那就沒啥好說的啦，連老天爺都罩著他，他這是順應天意啊。

「說好了，不許耍賴，你不能去向她打聽，不能去給她獻殷勤，不能在我之前採取行動。」皇帝得意洋洋的在堂兄面前重申一遍自己的權利，看到堂兄憋屈的一張臉，就讓他的心情更加舒暢。於是帶著這種心情，他踏上自己的發春之旅。

而昭暉只好繼續待在牆角目送著勝利者的背影，心中越想越氣。儘管兩人之間從不談那些，但他也知道世子與皇子的差別，即使不是猜拳猜輸，他也未必能在與皇子的爭奪下獲得女孩的芳心……可是……

靠！豁出去了，猜個屁拳！喜歡的姑娘在眼前，誰去管你出的是剪刀還是石頭！

於是他扭頭朝環坤宮的偏門跑去，當時想的就是：不允許向姑娘打聽，還不允許向別人打聽了？

「今天來覲見嬸嬸的夫人小姐們還真多啊……」昭暉從偏門繞進了環坤宮，幾句話便與皇后的一位隨侍女官打成一片。

「是啊，這不中秋節快到了，各位夫人們都來給娘娘請安呢！」

「我就不明白這些女人了，穿得花紅柳綠，扎眼得很，有那麼好看嗎？」他假裝不經意瞅了眼宮門外的方向，對著一群鮮衣華服的女人表達他的審美觀。

而女官只當他是個沒長大的孩子，笑著說道：「世子是男孩子，自然看不懂姑娘家的打扮，人都說佛靠金裝人靠衣裝，即使再漂亮的女孩子家，若是沒有好衣裳，也要失色不少的。」

「那不見得啊，我看那家小姐就挺樸素的，穿得清清爽爽，不愧是洪大學士家的小姐啊！」

昭暉隨手一指，指的正好是心目中的白衣姑娘。當然，至於她何名何姓，就完全是他瞎編的了。

而女官也果然入套，「啊？世子記錯了吧，那是兵部侍郎路大人家的千金啊。」

「嗯？她不是叫洪天驕的那位小姐嗎？」

「哪是啊！那小姐閨名好像叫休顏，今年十二了，是位很知書達理的小姐呢！」

哈啊，搞定！美人之名入手，昭暉再不廢話，立刻趕赴他的下一個目標。他知道抓問題要抓重點，務必要在堂弟之前取得他那皇帝叔叔的同意，皇叔是個說話算數的人，他只要答應自己了，就一定不會反悔。

離開環坤宮之前，昭暉也不忘遠遠的瞧一眼堂弟的身影，他似乎還在跟路小姐慢慢套近乎。

「對不住啦眼鏡蛇。」昭暉心裡默唸道：「終生大事豈可兒戲？所以就讓我們猜拳的兒戲見鬼去吧！天涯何處無芳草，這朵花我先摘了，大把大把的花就留給你啦！」

「這事事後衡原王跟路姐姐提起時，還很是得意，結果路姐姐當時就回了王爺一句『原來你若不從中作梗，我還能當皇后啊』，頓時就讓王爺無話可說了。」皇后講到這裡，也嗤嗤笑了起來。她與路休顏同為天家的兒媳婦，自然很是感同身受。

「這個混蛋！我說他究竟是怎麼先我一步搞定的！原來是使詐啊！」今時今日才聽到真相的皇帝惱羞成怒，對衡原王的仇恨值陡然又上升一個高度。

那邊皇后卻不與他同仇敵愾，只悠悠問道：「怎麼，陛下沒娶到路姐姐，飲恨至今了？」

皇后這句話說得平淡無奇，語氣也不見絲毫異樣，可做了近十餘年夫妻，皇帝還是從中聽出了危險，立刻狗腿笑道：「哪的話？若沒有這檔事，朕哪能娶到皇后這樣的妻子……朕……朕這真是因禍得福啊！」

皇帝笑得淒苦，皇后聽得牙酸，還待調笑幾句，卻是適時閉上了嘴，因為兩人已經來到目的地，正是太后的居所——樂寧宮。

第四章

人才

下朝之後來樂寧宮請安，可說是皇帝和皇后成親以來風雨無阻的行程，然而十多年同樣的話題聽下來，也由不得人打不起精神。皇后還好，面上功夫十足，每次都是正襟危坐一副仔細聆聽樣；皇帝就實在多了，面對太后不變的東家長西家短，能不打瞌睡已經是非常捧場了。

只不過今天太后的閒話家常卻讓皇帝來了精神，原因無他，只因這次太后說的乃是諸侯王進京朝覲的事情。

諸侯王進京面聖，春曰「朝」，秋曰「覲」，這其中又以春季最為正規，半點不得馬虎，哪怕你半隻腳已經邁進了鬼門關，也得先把另半隻挪到朝廷裡，方能嚥氣。於是一到這個時候，田埂間的農夫、鄉路上的村婦、樹枝上趴著的垂髫幼童總能看見一輛輛鮮車怒馬，在進京的官道上揚起塵土飛馳著。

說到面聖，皇帝就鬱悶的想到他那冤家對頭的堂兄衡原王也要來，不過稍微不那麼鬱悶的是除了這個甚煩的傢伙，皇帝十分喜歡的么弟豫林王也要回來了。

＊＊＊

過沒幾天，皇帝下朝之後伸著懶腰，正強打精神待會兒去跟太后問安時，後殿忽然冒出個小內侍，他對著孟公公耳語了幾句，接著孟賢安轉頭向皇帝稟報道：「啟稟陛下，豫林王已經進了宮，現正在墨蔭堂……」

「是嗎！千乘已經到了？」皇帝立刻有種從太后的嘮叨中解脫出來的如蒙大赦之感，沒等孟賢安說完，就大步朝目的地走去。

老皇帝的兒子不多，如今還活著的，除了皇帝就是排行最小的豫林王，大家看皇帝平時對豫林王寵信有加，都會感嘆一番兄弟情深，殊不知其實皇帝心裡還有別的想法——

這個弟弟，恐怕是偌大一個皇宮裡唯一比他還厚道的人！

這皇宮裡面並不缺乏好人，但是「好」與「老實」之間，其實還隔著巨大的鴻溝。於是乎，皇帝這麼一個彬彬有禮的模範生在那一群頂著「好人」頭銜的人精面前，往往得吃暗虧，只有在比他還敦厚有禮的豫林王面前，皇帝才能找回那麼一點點為君為兄為男人的感覺來。

說白了，就是豫林王身上傳承著一個農耕民族勤勞善良友愛樸實的傳統美德。

「臣弟參見皇上。」豫林王恭恭敬敬對著皇帝行了一個君臣大禮。

「哎呀，千乘！私人場合，用不著這麼客氣！你怎麼也不捎個消息，朕好去接你。」

「皇上……皇兄日夜操勞國事，臣弟這麼一點私事，萬不敢勞皇兄操心。」

皇帝看著弟弟謙卑的樣子，知道他一向視孔孟為偶像，糾正也糾正不過來，就隨他謙卑去了，讓他放鬆反而會害得他更加緊張。

「既然回來了，晚上就別回去了，朕給你接風。」

「千乘啊，隴西的生活怎麼樣啊？沒受苦吧？」溫柔的聲音是皇后的。

「怎麼可能沒受苦！看看王爺的皮膚，都乾裂了。」首先關心別人外貌的一定是恭妃。

「『大漠孤煙直，長河落日圓』，這樣的風景，王爺不知可曾欣賞到了？」會做詩情畫意聯想的永遠是康妃。

「千乘啊，你也老大不小了，這次回來後母后就給你作作媒吧？」喜歡來事——包括亂點鴛鴦譜的，肯定少不了太后。

不過太后一句話說完，其他人就不說話了，齊齊看向太后，包括豫林王在內。

「……怎麼，皇上，你沒跟千乘提嗎？」看到當事人好像全無準備的樣子，太后疑惑的看向皇帝。不是要你事先吹風的嘛！

皇帝一個靈光，想起來好像是有這麼回事。

「母后啊，千乘才剛剛回來，我還沒來得及跟他提這事呢！」

「果然不是親的就是有隔閡啊！皇上就把我老婆子的話左耳朵進右耳朵出！」

一聽開頭，皇帝便暗叫一聲「不好」，知道太后的老毛病又要犯了，當下唯一該做的就是賠罪，於是他立刻起身……可就在他剛一撩衣襬、膝蓋準備彎曲的時候，一個人影光速般衝到他前面，跪得那叫一個姿勢標準、自然流暢。

「皇兄日理萬機，懇請母后千萬不要為兒臣的事責備皇兄！」

豫林王剛過雙十，模樣屬於治癒系，無不良嗜好，無桃色新聞，地位方面則是一人之下、萬萬人之上──標準的白馬王子！因此自小時候的指婚對象掛了後，王府門外就不乏提親之人。

有些人聰明點，覺得突然上人家家裡提親沒有效率，於是打通宮裡的路子，準備從內部攻陷，這裡面自然就包括了太后的娘家人。

太后名分上也是豫林王的媽，唯恐這樣的閒事輪不到她管，自然是歡天喜地的答應了，趁著豫林王此次進京，很是大大張羅了起來。不過她那個本家姪女並沒有美到眾人皆知，太后也就不好在外貌上睜著眼睛說瞎話，所以她對豫林王強調的是──「那孩子善解人意，通達得很！」

「太后，我們這樣合適嗎？」裕妃小聲問道，因為就在離她們不遠處的灌木叢那一頭，是今天相親的兩個當事人。換句話說，她們現在的行為……不太名譽。

「妳擔心就不要跟過來啊！」

「就是，既然有太后在，妹妹妳怕什麼？」淑妃責備著沒膽識的裕妃。

合著她的意思就是有事太后替她們扛，於是太后很不友好的白了她一眼。

「千乘這孩子啊，哀家知道，就是太老實，又不太會說話，所以不在這看著，哀家可不放心。」太后末了解釋道。

那您老就更應該放心了啊！二妃心中同時想到。

就在這三個女人有一搭沒一搭聊著的時候，灌木叢後的年輕男女忽然移動了起來，只見年輕王爺拉著楊家小姐的手直奔御花園內的一座偏殿而去，「吱呀」一聲關上門後，裡面再無動靜。

「……現在是什麼情況？」等了好半天還不見人出來，裕妃奇怪的問道。

「該不會是……」淑妃被自己的想法驚駭到了，沒有接著說下去，只是一臉興奮的看著裕妃。

「絕對不可能！」太后立刻封殺了淑妃還沒說出口的話，「千乘這孩子，就算全世界的男人只剩他一個了，也沒那個膽子！」

「也很難說吧，聽說西北民風剽悍，王爺又在那待了半年，而且……」而且您這樣的說法，究竟是在稱讚豫林王品行高潔，還是在損人家是個窩囊廢？

淑妃還想為自己的大膽假設做最後的爭辯，卻在太后怒睜著兩眼的威嚇之下作罷。想想也是，說豫林王會霸王硬上弓，估計說書的都不會拿這個做題材。

最後，畢竟是身子板老了，太后是躲不下去了，裕妃與淑妃一人一邊攙著太后回了樂寧宮，順便與姐妹們八卦一下御花園中的勘查情況。

「千乘啊，你覺得楊家小姐怎麼樣？」皇帝聽著後宮女人的八卦也很好奇，便湊熱鬧來三八了一回。

「挺不錯的。」豫林王看起來心情很好。

「哦！你對『不錯』的定義是什麼？」

「楊姑娘果然如太后所說，是個很善解人意的人。」

只是如此嗎?皇帝閱女無數，「善解人意」這詞對他來說沒有任何吸引力，他不相信弟弟的要求只有這麼點。於是他再問：「那你下一步有什麼打算？」

「是個可以論及婚嫁的人。」

「什麼！這麼快就決定了？！雖然是太后的娘家人，但是你真的不需要再挑挑嗎？」

「挑？」豫林王眉毛一聳，皇帝的話對他似乎不太受用，「婚姻乃繼宗祧之統、合兩姓之好的大事，皇兄怎能說得如此輕浮？」

皇帝沒有接話，只是無比沉重的拍了拍豫林王的肩膀。賢弟啊！等你合了七、八家「兩姓之好」後，看你還能不能說得這麼義正辭嚴。

總之，豫林王的終身大事似乎就在第一次相親之後，意外的一錘敲定了，毫無浪漫、曲折、傳奇、可歌可泣、盪氣迴腸等等等等可言。

對皇帝來說，這個結果委實無趣了一些。不過，這其實只是他這邊的情況而已……

「正翔啊，柳兒回去後可說看得怎麼樣了啊？」

太后在相親結束的第二天就找來了姑娘的爹——即是她的二弟。只是這國舅爺進宮的速度遠比她所想的要快，好像是已經先行有了進宮的打算似的。

「太后啊，老臣正是為這事而來的啊！豫林王他……王爺他到底對小女做了什麼？」

「這是什麼意思？」太后已經看見老弟弟臉色鐵青，顯得一副心急的樣子，「……是柳兒說了什麼？」

「什麼也沒說！就是什麼都不說才不正常啊！昨天一回家，柳兒就面無血色，問她什麼她都不回答，只是一個勁的說『太可怕啦』，晚上更是不敢睡覺，非拉著她娘陪她到天亮……」

「這……這是怎麼回事？」

「我們也一個勁的問她，可是一提到這事，她就說這門親事就當從來沒有過，不許再提！」

「為什麼啊？」

「不知道，完全不清楚，柳兒只是一個勁的說害怕……太后，您看……」

國舅爺似有難言之隱的望了太后一眼，那神情馬上讓太后想到了偷窺當天淑妃沒說完的後半句話……不可能吧！

「正翔你的意思是……」

「恕臣斗膽……但臣實在想不出什麼……別的事來。」

「不可能，不可能，絕對不可能！就算全世界的女人死得只剩柳兒一個了，千乘也絕不會做出這種事來的！」

太后一急，又吐了一句不知道是稱讚自家兒子人品還是損人家姑娘沒人要的話，不過此時國舅爺倒也沒空理會這個。

「千乘，你昨天到底對哀家的姪女做了什麼！」

送走了內心忐忑的弟弟，太后腳踏風火輪奔來希卣閣時，正碰見皇帝和豫林王兩人在下棋，她看也沒看皇帝，直接把矛頭對準了豫林王。

豫林王此時正準備下子，聽見太后的問話後，半天也沒把手放下來，困惑的望著太后。

倒是皇帝先反應過來：「母后，出什麼事了？勞煩您老人家這麼急著趕過來。」

「你問問他！」太后手一指就指在了豫林王依舊困惑的臉上，「他昨天也不知道幹了些什麼，哀家那個姪女回去後嚇得一夜沒睡，說是不許再提這件婚事！」

聽完太后的話，皇帝以一種驚為天人的表情看向弟弟，按他那經驗來說，自然是比任何人都更快聯想到那個方面。

「兒臣……兒臣也沒做什麼啊……」

「沒做什麼能把人家姑娘家嚇成那樣？」誰信！

好像忽然想起了什麼，豫林王眼睛一亮，繼而又莫名其妙的消沉下來，「難道是那件事？我還以為這次是個知音呢……」

「那個……千乘，你到底做了什麼？」皇帝問著。

「不過就是講個鬼故事罷了……」

「鬼故事?!」聽到豫林王的回答，皇帝與太后異口同聲重複了一遍。

「你好好的講鬼故事幹什麼?」

「……因為楊小姐非纏著臣弟問臣弟的愛好是什麼，臣弟本來並沒想說，只是看楊小姐好像真的很感興趣的樣子……」

「你的愛好是講鬼故事?」皇帝幾乎要噴飯，這種事從理論上講，並沒有什麼不合邏輯的地方，只是……太過具有喜劇效果。

豫林王似乎知道皇帝會有這種反應，很受傷的嘀咕了一句：「那邊也沒有什麼娛樂項目，這個確實挺有意思的嘛。」

「柳兒可不是個膽小如鼠的姑娘，一個鬼故事能把她嚇成那樣?」太后還是不太相信豫林王的說辭。

「千乘，不如你再說一遍吧，也讓朕和太后聽聽。」

豫林王面露難色，過了一會兒，極其鄭重的說道：「臣弟先聲明啊，聽不下去的話就不要聽了，臣弟對楊小姐明明也事先說過了。」

「陛下，您最近好像很有興致啊。」

皇后從宮女手上接過一碗夜宵，端到床邊遞給皇帝。

「皇后這話怎麼說的。」

「大前天是裕妃那，前天是康妃那，昨天是恭妃那，今晚又來了臣妾這……這樣的陣勢，臣妾可是好幾年沒有見過了啊！」

「瞧皇后說的！大家都是一家人嘛，多親近親近有什麼不對，難道皇后不歡迎？」

「臣妾怎麼敢呢！」皇后露出一抹溫柔有禮的笑容，一邊脫去身上的外衣，一邊尋思著——肯定是黃鼠狼給雞拜年，沒安好心！

不過這次皇后倒真是錯怪皇帝了，他其實什麼壞心也沒安，只是有點害怕晚上一個人……奶奶的，沒想到千乘那小子除了敦厚有禮外，還這麼有製造恐怖氣氛的天賦！

第五章

孽友

在西北上山下鄉大半年的弟弟帶著一腦袋異常恐怖的鬼故事回來了，對皇帝而言，可算是個哭笑不得的事故。不過，緊接著接到衡原王即將進京的消息的皇帝，就徹底笑不出來了。

＊　＊　＊

此時，從冀州通往京城方向的官道上有一隊車馬顛簸著，偶有路過的百姓看見了，無不對那金泊貼畫的車廂、四蹄生風的良駒、鮮衣怒馬的侍衛大加讚嘆一番。

不過這看熱鬧的人中若是有懂門道的，也許還能意外發現陣列之中竟有六匹馬拉的馬車——這可是皇帝才有的待遇，如果這人恰好又閒著沒事幹，則完全可以隨便找個官府告個違背禮制、意圖謀反……當然，這是題外話。

「王爺，現在已進豫章，明日晌午便可入京。」

聽到車夫的稟報，六馬馭車的主人換了個姿勢繼續睡覺，嘴裡嘀咕一句：「真是的！一年之中竟要見兩次眼鏡蛇，害得我舟車勞頓，也不知道明天到了那有沒有給我留午飯……」

而在離此地三百多里之外的宮城內，也有個男人說著意思大致相同的話：「真是的！一年中竟要見兩次那隻山貓，難道不能把他打發到什麼地方去、一輩子不讓他進京嗎？」

對於皇帝的牢騷，皇后已經見怪不怪，這話年年都說，卻沒一次實現。

「陛下，您之前不是才說衡原王每年來給你磕頭的日子是您最開心的日子嗎？」

「臣，漁陽衡原王拜見皇上。」

說話的人屈膝跪地，左手按右手，拱手於地，頭亦緩緩低下幾乎貼著地面，手在膝前，頭在手前，直到皇帝發話為止，紋絲不動。

看著衡原王標準的九拜之禮，皇帝暗爽的嘴角都在抽搐。

——沒錯！沒錯！哪怕就為了看他給自己磕頭，這個皇帝當得也值啊！皇帝沒出息的想到。

抑制著內心的飄飄然，皇帝波瀾不興的讓衡原王平身，然後照例客套幾句、扯扯家常，比如問下「家裡人可好」之類的……

「託皇上洪福，一切都好，臣最近新添一子，還沒起名字，想著正好來京朝覲，還望皇上能賜個好名字！」

衡原王貌似拍著馬屁，皇帝「哈哈哈」的笑著，心情卻早已由晴轉陰，還颳著六級大風。他敢保證，衡原王就在剛才說話的一瞬間衝他挑了挑眉毛。

炫耀你兒子多是吧！皇帝「喀喀」的磨著牙。看我不給你兒子起個衰到家的名字！

而與此同時，在環坤宮裡也進行著另一場朝覲儀式，當然……氣氛要好很多。

「妾身衡原王妃路氏，拜見皇后娘娘。」

「路姐姐快快請起，又是半年沒見，我可是很想妳呢！」

衡原王妃不做作的站了起來，熱絡的跟皇后開始久別後的閒聊。

「王爺現在還在長乾殿裡吧？」皇后看看外面的日頭，問道。

「正是，想來那邊也正在敘舊呢！」衡原王妃優雅的笑著，卻有些話中帶話。

估計那裡敘舊正敘得「暗潮澎湃」──這是這兩個女人此時共同的心聲。

衡原王與皇帝交惡──雖不算公開的秘密，可也早已不是新聞。這兩人的陳年舊帳要算起來的話，估計得追溯到很遠，大約在總角之年，這對堂兄弟就開始在宮裡面對著幹了。

按說衡原王是老皇帝的姪子，應該沒這麼大膽子跟皇子抬槓，不過關於這一點還有點內情。

話說衡原王的爹──也就是老皇帝的大哥，原本是太子，後來基於一堆亂七八糟的內部原因，和平演變到最後，太子變成了老皇帝。老皇帝登上皇位後，對兄長倒是夠意思得離譜，將他的封地擴大了一半不說，還將衡原王家一切用度提升到幾乎跟皇帝一樣的檔次，比如那六匹馬的車輦。

仗著這些理由，從小在宮中被撫養長大的衡原王世子，自然也敢跟皇帝的兒子比起胳膊粗細來，而且老皇帝向著他的次數反而比較多一點。

「真是氣死朕了！不就是兒子比朕多嘛！有什麼好得意的！他女兒還比朕的少呢！」皇帝在皇后面前，毫不掩飾在衡原王那受到的刺激。

皇后沒有搭理皇帝，心裡想著能被這種「有什麼好得意」的事刺激到的人又該怎麼說。

「剛剛路姐姐才從臣妾這離開，臨走時還讓臣妾代她向皇上問個好。」

「休顏？她看起來怎麼樣？有神色憔悴嗎？」

「皇上這是什麼話？當然是很好，可以說比以前更有風韻了呢！」

「啊……山貓到底哪裡好了呀！」又想起堂兄究竟是怎樣橫刀奪愛的，皇帝沒忍住就感慨了一句。畢竟跟取「山貓」和「眼鏡蛇」這樣的外號比，搶女人搶輸了是挺丟人的，何況對於九五之尊來說。

只可惜他那個時候不是皇帝，說話不夠力，而他的皇帝老爹在先一步聽到衡原王的表白之後，毫不猶豫就把小美人判給了姪子。

老爹胳膊肘向外拐的行為嚴重打擊了當時的皇帝，嚴重到事隔幾年之後，這對少年少女正式成親時，已成太子的皇帝送去的禮物是南洋進貢的珍稀鳥類二隻——兩公一母。

其中的涵義，不可謂不深……

「嗚」的一聲號角響起，一群群獵犬跟著一匹匹高頭大馬衝進了密林深處，春季狩獵正式開始。

這個狩獵是專門為招待進京的諸侯王們辦的，畢竟這個年代裡能一下子打發掉一批人又節省經費的娛樂項目沒有幾個，自然而然的，這個皇家獵場也就成了皇帝與衡原王明爭暗鬥的又一戰場。

「來來來，姐妹們來下注吧！」看到男人們的背影已經消失得一個不剩，恭妃帶頭開始了女眷們的娛樂項目，「賭賭看今年皇上和衡原王哪個贏。」
「哎呀，五五之數，真是太不好猜了。」裕妃費勁思考了一遍賠率，搖了搖頭，示意她不想參加。
「哎呀！這種事知不知道都是一樣的，跟著感覺走就行了。」同期的淑妃粗枝大葉道。
「……那我賭皇上贏好了……」裕妃覺得賭皇帝贏顯然是一個做妃子的本分。
「那我就賭王爺了。」衡原王妃也很本分的說道。
結果一圈賭下來，果然是五五分，可見在諸女的心目中，皇帝和衡原王的狩獵技巧其實是半斤對八兩。
「咦！王爺這麼快就回來了？！」淑妃眼尖的看到一個人影從密林裡出來，因為不是穿著明黃色的獵裝，所以她看那身材個頭便本能的以為是衡原王，這讓賭衡原王贏的她心裡一陣冰涼。
「……看著不像啊。」衡原王妃沒有看走眼。
果然等來人近了，才知是豫林王千乘。
「千乘你怎麼這麼快就回來了？」皇后一邊詢問著豫林王，一邊讓宮人遞上一塊錦帕供他拭汗。
「半路上弓弦斷了，我回來換把弓。」
「那你有沒有看見皇上和衡原王啊！他們現在的成績如何？」淑妃迫不及待的問著。
「我剛走時，皇兄和衡原王兄正在搶一隻兔子……」
「兔子？」
諸妃的驚詫聲把豫林王小嚇了一跳。「是、是的……衡原王兄先放了一箭射中兔子腿，結果兔子跑了一段又被皇兄射死了，所以他們在爭那隻兔子到底算誰的。」

「哈哈哈哈！今天本王真是開心極了！」衡原王一邊對衡原王妃展示他的戰利品，一邊交代手下把獵物的皮毛小心剝下來。他囂張的笑著，打著壞主意，「做成皮襖秋天再來送給他，看看眼鏡蛇有什麼反應，哈哈哈！」

「你啊……這麼爭強好勝，也不怕一大家子早晚有一天被你拖累……」衡原王妃一直替丈夫揉著肩膀，忽然悠悠的說了一句。

「婦人之見！」衡原王不客氣的回了妻子。「我爭強好勝了二十幾年，你們少了根頭髮嗎？再說，他要是那樣的人，我早就辭了爵位隨便找個理由老死不相往來了！」

衡原王妃聽到這，展眉一笑。真是的，這心裡不是挺明白的嗎？就是嘴上不老實。

相對的，衡原王在這邊洋洋得意，皇帝就一定會在另一邊指天罵地。

「奸詐的小人！要不是那隻兔子擾了朕的銳氣，朕怎麼會輸給那隻山貓！」

「難道那隻兔子是聽王爺的命令，專門待在那擾陛下的銳氣的？」皇后用語氣向皇帝表明那種事的零可能性，一邊替皇帝泡著茶，「皇上，不是臣妾說您，您也是……您怎麼就在這種細枝末節的事上跟王爺過不去，怎麼不記著點人家的好呢？」

「他有什麼好的？」皇帝不假思索的吼了一句。

「是嗎？難道臣妾記錯了？當年北狄來犯，為了拖延十萬敵軍而毀了大半個封地的不是王爺？」

「那是臣子的義務！朕為什麼要因為本來就該他做的事去感謝他！而且，他要是連這點事都幹不了，朕也不會找他挑大梁，難道朕手下沒別人了不成！」

皇后聽完皇帝不再那麼不假思索的回答，心裡的反應跟衡原王妃簡直如出一轍。

「皇上呢？哀家剛才路過墨蔭堂，好像聽見皇上……咦？妳們怎麼都在這裡？」

太后一進環坤宮就看見包括皇后在內的後宮諸妃，連同衡原王妃都聚在一起，人多必有熱鬧看，太后的熱血立即沸騰起來。

「陛下確實在墨蔭堂，此刻恐怕在跟衡原王下棋呢。」

「下棋？哀家怎麼聽著那裡面吵得很厲害的樣子……」

「那才正常啊。」皇后笑著，服侍太后坐在上首。

「那妳們又聚在這幹嘛？」

「臣媳們在這等棋局的結果呢！」

皇后露出意味不明的笑容，而此一時刻的墨蔭堂內，方寸之間的戰爭仍在如火如荼進行著。

「我說你就不能走快點！」

「我幹嘛要走快？我喜歡下慢棋！」

「你整天閒著沒事做，朕可忙得很。」

「那就別跟我下啊！而且我什麼時候閒得沒事幹了？……哎！你幹什麼？」

「行行行！下這就行了！別想了。」

「我為什麼要聽你的！」

「大膽！你不聽朕的聽誰的！我是好心提醒你！」

「是嗎？那你告訴我，怎麼走才能下贏你？」

「我為什麼要告訴你！」

「你不是要提醒我嗎？」

……

「千乘，怎麼樣了？」被指派去聽牆角好隨時瞭解戰況的豫林王回來之後，諸妃們急迫的追問。

「……還在吵。」想到自己不得不這麼不體面的供嫂子們娛樂，豫林王就無比尷尬，可惜隔著一層竹簾，沒人在乎他的臉色。

「好了好了，時間也差不多了，姐妹們下注吧，誰會贏？」

「我賭這回翻棋盤！」淑妃當仁不讓的下注。

「我也賭這回翻棋盤！」裕妃緊跟同期之後。

「哎？妳們怎麼全賭翻棋盤？」所有人下完注後，太后發現了這個奇怪的結果。

「是啊，這樣也沒法賭了，那就賭誰先翻棋盤吧。」皇后當機立斷改變了賭注的內容。

最後，又是五五分的局面。可見在諸妃心中，皇帝和衡原王的耐性修為也是五十步笑百步。

「說起來，陛下和王爺為什麼會這樣？」大家一起等著看誰先翻棋盤的時候，衡原王妃問著榻上的太后。太后她老人家當年也算照顧過衡原王，應該是見證者之一。

「誰知道啊？哀家也很奇怪。」太后一臉迷惑的皺了皺眉頭，「當年還有看相的說皇上跟昭暉的生辰八字特別合得來呢！怎麼現在一見面就跟兩隻鬥雞似的？」

最終，衡原王先翻的棋盤。皇后、恭妃、康妃、衡原王妃賺了點外快，太后雖然賭輸了，但是誰也沒敢要她老人家的錢。

「然後呢？應該還有後話的。」皇后問著回來稟報的豫林王。

「皇兄說秋天朝覲之時再接著下。」

「呵呵，路姐姐，看來還得下下去。」皇后這麼說著。

衡原王妃也心照不宣的笑了起來。這盤棋，早已下了不知道多少個春秋……

第六章

降妖伏魔

與外朝諸侯王進京的熱鬧相比，後宮中的生活相對要枯燥得多，諸妃時不時拿皇帝與衡原王的笑話下飯，日子可說是相當悠閒，可惜也不知道是不是樂極生悲，就在這千篇一律的生活中，卻忽然發生一起駭人聽聞的事件，迅速打破後宮優哉遊哉的生活。

＊＊＊

那是一個尋常的深夜，皇宮西面的宮道上還有一隊挑著宮燈的宮人與內侍在行走，被簇擁在隊伍中間的，是兩個花枝招展東搖西晃的曼妙女子——淑妃與裕妃。這兩人才在寧妃那閒聊回來，還有些酒後的微醺，於是為了醒醒酒，兩人也沒有乘輦，只是肩並肩走著，一邊嘻嘻哈哈散發著剩餘的酒力。

淑妃的瓊竹宮與裕妃的槐英宮只隔著一條宮道，算是對門，而她們與寧妃的梨霜宮卻是各據東西，每次都要穿越整座後宮。

這一段路中間，有一個地方，兩人平時都是繞著道走，今晚也不知是酒後壯膽還是酒後糊塗，她們全沒在意，大大剌剌就朝著那個方向走了過去。

那個地方叫萃鶴宮，不過這只是個學名，當宮裡人提到這個地方的時候，往往都只是忌諱的用「那裡」代替，附帶著唏噓的表情和諱莫如深的口吻，因為這個萃鶴宮有個更大眾化的名稱——冷宮。

淑妃和裕妃經過冷宮門口時，正值月黑風高，清冷的光線灑在道路上，而彷彿是為了配合氣氛般，忽然就颳起一陣莫名其妙的風，吹得大家連忙停下來用衣袖去擋，就這麼一擋的工夫，裕妃的頭轉向了冷宮的方向，下一秒呼吸停頓。

「鬼啊！」她淒厲的叫聲響徹雲霄，估計真正的鬼哭也要自嘆弗如。

忽然爆出的花腔女高音引起了連鎖效應，所有人還沒反應過來是怎麼一回事時，就已經先被裕妃嚇了個肝膽俱破，有了先入為主的恐懼，再去看那冷宮中的景象，當即紛紛面無血色——

只見空蕩蕩的院落裡，一棵茂盛大樹的黑色剪影裡，只有一縷白色在那中間隨風飄蕩著……

冷宮是什麼樣的地方？那是無論何朝何代都能榮登「皇宮怪談 TOP10」的地方！就算沒有裕妃這檔子事，也絕不缺少妖魔鬼怪的傳聞，但是道聽塗說跟聽身邊人的描述到底不一樣，何況這次的目擊者有十四人之多，其中兩位還是後宮嬪妃。

「結果呢？妳們也沒看清楚就全都跑了？」事發後的第二天，皇后在事件報告會上詢問著兩名當事人。

「娘娘啊！那是鬼，是鬼啊！誰還敢進去看啊？」

「只看見個白影就說是鬼，妹妹們是不是也太脆弱了點。」恭妃很是懷疑的嘟囔道，還有點幸災樂禍的感覺。

妳要是也在，還指不定會嚇成什麼樣呢！不過這話裕妃和淑妃都沒有說出口。

「否則還會是什麼？」兩個人反問道：「一人高的長度，垂著兩隻手，吊在半空中，不是吊死鬼又是什麼？」

「也……也可能是……被單之類的？」寧妃小聲提出自己的看法，換來裕妃的一記白眼。

「姐姐，我雖然沒什麼大見識，被單還是能看得出來的，那影子分明是這個姿勢……」裕妃做了個吊死鬼的經典造型。「怎麼可能是塊布！再說，哪來的被單？」

皇后咳嗽了兩聲，示意諸妃她要發言。「不管是被單也好，床單也好，問題是本朝尚沒有女子被貶入那裡，更沒有自縊身亡者。」

「也有可能是前……」淑妃剛想說也有可能是前朝的，忽然意識到這豈不是抹黑太后，便硬生生跳了過去，「也有可能是前前朝的嘛。」反正太皇太后早已作古，也沒人會怪她不敬。

一群女人正東扯西扯把報告會變成研討會的時候，皇后派去萃鶴宮勘查的宮人回來了。

「可發現了什麼？」

「啟稟娘娘，什麼也沒發現，宮裡空無一物。」宮人甚是無奈的回稟道。

結果研討會最終也沒得出任何結果，皇后只能把這件事暫放一邊，順帶下了緘口令。

但是後宮是什麼地方？那是孳生小道消息的絕佳溫床！冷宮鬧鬼的消息不用一盞茶的工夫，就人盡皆知了。

某些事情一旦有了開頭，後續消息就會滾滾而來；又或者說有些事情，之前其實早已存在，只不過透過某個由頭又一齊冒了出來。

自從裕妃和淑妃聲稱在冷宮看見吊死鬼以後，與此類似的事件就一遭挨著一遭，什麼聽到嬰兒的哭聲啦、聽到有人的叫罵聲啦，也有同樣說看見白衣女鬼的，不過那則更勁爆，說是看見足足一排在空中飄著。

這個時候，萃鶴宮聽起來已經不像是冷宮，說是幽冥地獄倒更恰當一些。

不過總的說來，所有的事情都沒有超出「飯後閒談」的範疇，直到太后插進來一腳，才將捉鬼提上了正式的日程。

「但是……每回都派人去查看了，什麼都沒有發現啊！」皇后對太后的提議如此回饋。畢竟這種空口無憑的事情讓大家當八卦聊聊也就算了，真搞出什麼行動的話反而丟面子，就好像真做了虧心事似的。

「妳每次都是白天去查，那能查出什麼事來？三歲的小孩子都知道，鬼都是晚上出來的。」太后以一副經驗豐富的口氣講著。

「難道……難道太后您要晚上去？」裕妃一想起當晚的景象就頭皮發麻，她現在連白天都不敢靠近萃鶴宮，更何況是晚上！

「太后，臣媳們終究都是些手無縛雞之力的女子……至於宮人內侍們……恐怕頂用的也沒幾個，那種地方又不能讓侍衛出入，再說越多人參與越是可能傳出不堪的謠言啊！」皇后採用曲線救國策略，希望太后打消沒事找事的念頭。

結果她這一說反倒像是提醒了太后一般，只見老太太沉思了一瞬，當即拍板道：「那好辦啊！叫上惠妃不就得了。」

惠妃者，便是不久前剛入選進宮的那位新人是也，而太后在捉鬼人選中十分看好她卻是說來話長，在此不得不略作說明。

原本惠妃初進宮時還滿轟動的，畢竟是皇帝闊別五年之久的選妃，又是全國選美小姐冠軍，後宮之中誰不想來結識一下?於是這新妃的桐蒼宮前，終日有人流竄動。

不過有的時候，人們在希望過高的情況下，會對一些不符合他們希望的事物產生心理落差，使得原本不那麼壞的事情看起來更加糟糕，就好比百花園中的牡丹平平無奇，而小路邊上的牡丹卻讓人驚豔一樣——但實際上，牡丹的美並沒有變過。

惠妃的情況與此有點類似。她沒什麼不好，只是……好像也不像眾人想像般那麼好，於是待眾人的新奇感消退、腦中印象成形之後，惠妃便漸漸與皇宮背景一體化，成了無甚風波的日常生活中的一員。

惠妃本人其實倒沒什麼不滿，她很早就認識到，自己確實就是個除了有張傾國傾城的臉以外，便沒啥特點的女人。所謂「人貴有自知之明」，這自我定位準確了，凡事就好說了。已經習慣宮廷生活的惠妃現在打的也就是一個尋常新婦的主意——好好跟丈夫過日子，跟前輩們搞好關係，要是能有一個孩子那就再圓滿不過了。

只不過任何人——包括惠妃自己也沒想到的是，在入宮約半年之後，她的關注度會峰迴路轉，陡然人氣暴漲。

這確實有點違背常理，因為不管如何的優秀，從宏觀上來看，一個妃子的受寵度總是與她的進宮時間成反比的，而這一切，則歸功於在諸侯王進京前不久，才舉辦完的中秋家宴。

作為大家庭的新成員，惠妃在家宴上自然少不了要被宗室們敬酒，但她一直表示自己滴酒不沾，於是皇帝出於對新妃子的關心，自然而然幫她擋掉了大部分的酒，只不過輪到梁弘長公主敬酒時，皇帝卻沒有幫惠妃擋這一下，蓋因為梁弘長公主乃是太后嫡女、皇帝的長姐，面子太大，皇帝也不好意思越俎代庖。

「皇姐也很長時間沒進宮了，今天過節，惠妃就喝一口吧。」

皇帝很乾脆的把惠妃賣了，而努力朝他發射求救眼波失敗的惠妃，只能語帶哽咽的說：「臣妾……臣妾真的不會喝酒，完全不能喝……」

「哎呀，我也沒有要求妳一口喝完，大家都是女人，惠妃娘娘自便即可。」梁弘長公主微笑的看著她，順便先乾為敬，把杯中之物喝了個底朝天。

惠妃看了看笑咪咪望著她的皇帝、笑咪咪望著她的長公主、笑咪咪望著她的太后……大家全都笑咪咪的望著她，她不得不一臉悲愴、極淺的抿了一口手中瓊漿，那樣子活像喝的是鴆毒。

酒的事就算完了，長公主接著往下面敬去。

這個時候戲臺上也正演到精采部分，不過由於觀眾自持身分比較矜持，臺下並沒尋常百姓那樣大聲叫好，頂多是心照不宣的鼓鼓掌，結果卻陡然聽到一聲暴喝：「好！」

這個聲音響得極其突然，皇帝只覺得耳邊好似平地驚雷，手嚇得一抖，差點把酒杯抖掉。待他向聲源望去，才與眾人一起發現了目標體——惠妃？

惠妃此時已被視線穿成了刺蝟，但她本人好像全無感覺，依然肆無忌憚的大聲喧譁著，表達她對臺上那齣戲的由衷讚美。離她最近的裕妃下意識拉了拉她的裙襬，卻只是張著嘴，半天不知道該說什麼，完全呆住了。

最終還是主席臺上唯一的男性——皇帝開了口，他剛小心翼翼的喊了聲「惠妃」，就被那個氣勢正盛的女人搶白了回來。

「惠你個頭！這是什麼惡俗的封號？土到掉渣！老娘最不愛聽恭寧淑惠這一套！簡直是白痴的代名詞！」

惠妃激烈的發出她的女權宣言，也不管當場有多少人下巴脫臼，竟自斟自飲起來。她逕自灌下一壺酒，雪白的肌膚頓時像玫瑰般鮮亮誘人，但皇帝此時看著惠妃的臉，完全沒有被勾起欲望，只是忽然想到《山海經》裡描述西王母的一段——虎齒豹尾，蓬髮善嘯。

結果當晚戲到底演得如何已經沒有人記得了，直到惠妃毫無預兆的醉倒為止，大家只是記得一個女人站在酒桌上滔滔不絕、口若懸河的講著什麼……至於講著什麼呢，好像也沒人記得，但那女子講話時的「英姿」，卻讓人無法磨滅。

「這難道就是所謂的酒極則亂？」散場時梁弘長公主問著皇帝，沒準兒惠妃的忽然變性跟她那一杯酒有關係，想到這裡，梁弘長公主怪過意不去的。

「但是，才一口啊……」

「那……就是本性的問題了？」

結果第二天宿醉醒來的惠妃，就見到皇帝很不好意思的向她賠罪，為自己沒徵求她的意見就封了她「惠妃」這個稱號而道歉。

「臣妾不活了啦！」回憶起自己所作所為的惠妃真恨不得找條地縫鑽進去。

於是事情演變成惠妃格外「受寵」起來。皇帝一有空就會來桐蒼宮轉轉，且其他妃子們也不會有意見，只因為她們來的頻率比起皇上只多不少——當然，人人手裡都不忘帶瓶酒。

更誇張的是，除了樂在其中的主子們外，宮內僕從們雖沒資格參與，但他們看著「酒後無德」的惠妃，也覺得非常享受，那身姿！那氣魄！那行動力！在這群長年累月過著安穩日子的僕人們心裡，惠妃最終被冠以「惠大俠」這麼個剽悍的稱號。

既然成了「大俠」，除鬼之行自然責無旁貸，於是惠妃＋燒酒的組合也被強制併入了捉鬼特別行動組裡。為了以防萬一，太后最後還決定把愛講鬼故事的豫林王拉進來，為這支清一色由女子組成的隊伍增加一點陽氣。

月朗星稀，涼風徐徐，本來在夏夜裡吹著這種涼風應該是件非常舒服的事情，可諸妃卻覺得寒毛直豎，好像是一隻隻的幽靈手掌從她們身邊滑過。

銀月下的萃鶴宮朦朧又迷離，宛若墓底的安靜，不過……也只是這樣而已，除去怪談之外，冷宮裡並沒有什麼特別值得一提的地方，之所以會談宮色變，那估計是心理暗示的結果。

「宮門蕭瑟冷似秋，香花落盡，斷腸淚殘留……大概就是這樣的氛圍吧。」康妃觸景生情的本事從不因地點或時間而褪色。

「這個情景也讓我想起了一個故事，也是這種時候，一行旅人……」豫林王跟在一邊附和康妃，不過他故事還沒開始，就被太后打斷。

「千乘啊，故事的話，等我們捉完鬼後再說吧。」太后作為在場諸人中唯一親耳聽過豫林王講故事——確切的說，是講到一半的人，及時阻止了兒子的企圖。

開玩笑！她們可是去捉鬼的，要是讓千乘在這講完故事，不用等鬼出來了，她們非先被嚇死不可。

太后發話了，豫林王只好有些不甘心的閉嘴，可是他剛剛一靜下來，一陣輕微的嗚咽聲忽然隨著輕風擴散開來，一聲、一聲、再一聲……宛如幼兒無法安眠的啼哭，在這悄無聲息的黑夜中，反而被襯托得越發悠遠和哀怨。

「鬼啊！鬼來了！」

裕妃和淑妃一直緊繃著的神經終於斷裂，當即不顧形象和規矩一左一右攥著豫林王的兩條胳膊，死不鬆手，而恭妃則拉著康妃，康妃扶著寧妃，寧妃抱著惠妃，而惠妃就算有酒壯膽，可這時候也嚇得手直哆嗦，硬是拔不開酒罈上的封口。

「鎮靜！鎮靜！」太后多吃那麼多年的飯不是白混的，此時一顆心雖然劇烈跳動，卻不忘壓制著瀕臨崩潰的隊員。她看了一眼自己的媳婦們，就知道這群人統統指望不上了，便吩咐著豫林王和內侍們去查找聲源的方向。

豫林王的一雙眼睛在月光下像鬼火般灼灼生輝，他完全沒有恐懼之感，反而腎上腺素急速上升。聽了那麼多靈異故事，今天倒真叫他撞上了，正所謂王八看綠豆——對眼！當下他便屏氣凝神去聽那聲音，不消一會兒，手一揮，迅速帶著一幫內侍朝宮殿深處奔去。

失去在場唯一的男性，諸妃們只能留在原地，更加緊張的聽著遠處的動靜。這人一緊張，聽覺就會變得更加靈敏，所以諸妃全都聽見宮殿深處人們的走動聲和陡然增大的哭泣聲，還混合著一個憤怒的嘶叫聲，可是……怎麼聽起來像貓叫？

然後沒一會兒，內侍們就抱著一窩「鬼」出來了——小貓崽。跟在後面的豫林王則拎著一隻正對他狂抓不已的母貓的脖子，手背上已經明顯留下多處戰鬥的痕跡。

「看看妳們！還有一點皇室的威儀沒有？竟然被幾隻貓嚇成這樣！成何體統？」

真相水落石出之後，太后的馬後炮就響了起來。諸妃也覺得很沒面子，訕訕的跟在太后身後準備離開。

裕妃走在隊伍最後，仍忍不住望一眼身後的黝黑宮殿。雖然那哀怨的「鬼哭」被證明了只是貓叫，但並沒有解釋她那天所看到的白影究竟是怎麼回事，這麼一邊疑惑一邊走著，她腳下忽然發出「喀嚓」一聲脆響，裕妃下意識低頭一看，立刻又呼吸停頓了。

「鬼啊！」

「裕妃！妳還有完沒完？」太后對把所有事物都叫成「鬼」的裕妃憤怒的喝道，卻發現豫林王已經一臉嚴肅的打量著裕妃腳下的泥巴地了。

那裡赫然露出了一截白骨！

既然可能出現命案，那麼這件事就不再是單純的後宮事件了。第二天一早，除了當時沒參加行動的皇后，就連皇帝也來到了萃鶴宮的挖掘現場，還有些挺得住的妃子也跟了過來，比如恭妃。至於太后——她在發現白骨的當晚，就跟喝了興奮劑似的一直精神高昂到現在。

豫林王指揮著幾個強壯的侍衛，把那棵粗壯松樹下的泥土翻了個底朝天。果然，除了昨天晚上發現的一截骨頭之外，這一小片泥土裡還七零八落埋著不少骨頭，不過他翻來覆去看了大半天，就是完全拼不出個形狀來。

「難道是個無頭女屍？」外行的太后也看出來了，這堆骨頭裡好像沒有一個能算得上是腦袋。

「千乘，這究竟是什麼骨頭？」皇帝問著一直在跟骨頭對看的弟弟，發現他面上的疑惑越來越深。

就在皇帝想催促的時候，宮門外忽然傳來喧鬧聲。

「殿下，皇上有令，閒雜人等不得入內！」

正在突破侍衛們封鎖線的，是皇帝膝下的四位公主和獨子靖海王，畢竟都是千金貴體，侍衛們不敢硬攔，幾個小鬼七扭八扭就擠了進來。

「父皇，你們這是在幹嘛啊？」冷宮裡一下子出現這麼多人顯然超出孩子們的想像，他們不光是很疑惑，甚至還透露出一點緊張。

「你們又來這幹什麼？」皇帝眉頭微皺的問道。根據常理來說，這幾個小鬼也不應該出現在這種地方。

皇后本來還想攔著小孩，不讓他們看到院子裡的案發現場，這時卻注意到大女兒似乎正把什麼東西往背後藏。

「湘樂，妳手裡是什麼東西？」

大公主一開始還負隅頑抗，但是最終鬥不過大人，只好把藏在身後的一個包裹打開，裡面包著一堆骨頭……

「你們哪個解釋一下，到底怎麼回事？」皇帝吐了口氣，用眼光掃射著兒女們。

明眼人這時差不多心裡有數了，這包骨頭分明跟埋在土裡的骨頭一致，如果那是人骨的話，呵！除非皇子公主們都成了殺人慣犯。

最終，根據「嫌疑人」的交代，侍衛在宮殿深處找到小狗一隻，乃未登錄在寵物名錄上的黑戶口，而靖海王還在宮殿裡的另一個地點痛哭他的小貓崽不見了。

冷宮的侍衛比較懈怠——這在皇后的預料之內，但居然能讓皇子公主們在裡面養起貓狗來，這問題就嚴重了。因為既然連小孩子都能混進來，皇后就不得不考慮別有用心者利用這裡來裝神弄鬼的可能性，於是對萃鶴宮的出入來了個定向定點的掃蕩行動。

結果可以說是出乎所有對冷宮敬而遠之的主子們的意料，連一向精明的皇后都沒想到，萃鶴宮這塊地皮竟會如此熱門！

私下裡來這喝酒賭錢、親密幽會的就不提了，更有甚者，浣衣所竟趁著晚上在這裡陰乾衣服！管事冷汗直流的解釋說宮內衣服布料太多，他們的場子晾不下了云云。

望著那一匹匹上好白絹，皇后忽然想到那則關於冷宮中白衣女鬼齊飛的震撼傳聞。

最終，皇后不得不擬出一則公告，其大意是──萃鶴宮乃皇家重要固定資產，不得挪作他用，不得在內私搭亂建，不得在內從事違法亂紀之行為！

至於裕妃和淑妃親眼所見的那個吊死鬼，雖然最後仍沒有發現一點線索，但那兩個女人從此以後也沒再把這事放在心上。畢竟冷宮晚上竟會如此熱鬧，估計真有鬼的話，也不會想去那裡的。

第七章

吉利的牙齒

「冷宮鬧鬼」最終被證實為假新聞，而諸侯王朝覲的喧囂也漸漸拉下了帷幕，一些封地頗遠的諸侯陸續離京，不過作為皇帝親弟，且封地緊鄰京畿的豫林王卻留了下來，一來皇帝已有半年沒跟這個弟弟團聚，二來太后給他作媒的賊心依然不死。

＊＊＊

這天，難得清閒，皇帝便照例找來了豫林王下棋，只是開盤還沒多久，皇帝就發現今天對面的豫林王明顯心不在焉，一副坐立不安的樣子。

「千乘你怎麼了？」

「啊？哦，沒事，臣弟只是最近有點牙疼。」

「牙疼？」皇帝笑得有些誇張，「你不會這麼大了還長齲齒吧。」

「當然不是，臣弟又不是愛吃糖的小孩！」

但是，在發現豫林王換了多個坐姿，並且手也一直下意識的揉著腮幫子後，皇帝終於忍不住說：「不舒服的話就別下了，讓御醫看看吧。」

「王府裡的大夫看過了，什麼問題也沒有，臣弟也吃了些止痛藥，不過好像用處不大。」

「是嗎？朕瞧瞧。」

「啊！這實在不合……」

一個「適」字還沒說出口，皇帝就已經掰開豫林王的嘴。端的是一口好牙啊！森白透亮、排列有序、稜角分明，無疑是食肯吞筋、咬瓜嚼菜的利器！皇帝端詳著豫林王幾乎可以當作鏡子的牙齒，一邊感嘆一邊疑惑著……就是確實什麼也沒看見。

不過，太后兩天之後召見豫林王進宮時，卻不能當作什麼也沒看見了。

「天啊！你這孩子的臉是怎麼了？」太后本想再給豫林王看幾張姑娘的畫像，卻是被豫林王的臉嚇了一跳。

豫林王的臉正常的時候應該是鵝蛋型，此時卻是鴨梨型——而且還是品相不好、左右不對稱的那種鴨梨。難道是被人打的？誰有這麼大的膽子！

「……兒臣好像得了口疾，牙疼……」豫林王微微的動了動嘴皮，由於牙疼的關係，他的嘴巴張不了多大，以至於說話的腔調也怪怪的。

「牙疼？齲齒？」

「不是，大夫看過了，都是好的。」所以他自己才一直都沒在意，但從現在的情況看來……實在不是自我感覺良好的時候了。

太后不放心——實際上誰看到豫林王的臉也不會放心——擔心王府的大夫都是庸醫，便又召了幾個資格老的御醫來替豫林王診治。

被御醫們包圍著，躺在長榻上的豫林王頓時感覺自己就是個牲畜。他以前買馬時，有一項要點就是要看馬的牙口好壞，而現在這幫御醫看他的情形，完全媲美他當初挑馬的情形。彷彿他嘴裡有寶藏似的，一隻隻手伸進來掏出去的，也不管他嘴裡能不能塞得下，搞得豫林王一陣陣乾嘔。

「這裡嗎？」

御醫拿著個金屬質的勺子狀小棒子，對著豫林王的一顆牙敲了敲。豫林王嘴巴被手堵住出不了聲，只好擺擺手示意不對。

「這裡？」

擺擺手。

「這裡？」

又擺了擺手。

「那這裡？」

還是擺擺手。

最後御醫把豫林王上下兩排牙逐個敲了一遍，也沒發現問題出在哪裡。老御醫直起身子，看看太后的臉色，不敢說沒有問題，只好對著豫林王黑洞洞的口腔沉思，就在這發呆的當兒，皇帝來了。

「究竟是什麼病？」才兩天沒見，弟弟的臉型都變了，皇帝覺得事態嚴重，問話的口氣就不免重了些，這下老御醫更不敢說查不出問題來了。

皇宮這檔事

可或許是情急之下的靈光乍現，老御醫忽然頓悟一般，他眼睛一亮，拿著金屬棒子又朝豫林王離咽喉最近處的牙床探去，還沒等他問話，就感到榻上的人身體一僵。

原來如此……御醫一副了然於胸的表情，恭敬的回道：「王爺是長智齒了。」

智齒——顧名思義，就是代表智慧的牙齒，因為正好是在人的生理、心理發育接近成熟的二十歲左右開始萌出，故而得此名，被看成是智慧到來的象徵，是件喜事。

於是御醫確定了病狀後，還不忘給豫林王道了個喜，只是這讓豫林王有點鬱悶——他一點也不覺得這有什麼好高興的，而且他難道這個時候才算是有智商的人嗎？

知道是自然的生理現象，皇帝鬆了一口氣，可是轉念一想又發現了另一個問題，「記得朕長智齒的時候，好像什麼感覺也沒有啊？怎麼千乘反應會這麼大？」

「那是因為陛下大婚之前就拔掉了兩顆牙，作為可以成家立室的標誌，之後再長智齒時正好占了前面的位置，而王爺現在口中的牙卻沒有空間，智齒的生長受阻，因而引發了病痛。」

噢……搞了半天，原來是因為晚婚的原因啊。

皇帝問明白了前因後果，有些忍俊不禁的看著豫林王，而太后更是以一種先知般的口吻拉著豫林王的手說：「早就叫你趕緊找個好女孩娶了，你看看，要是聽了哀家的話，哪還會有這種事啊！」

如果為了長牙的問題去結婚……豫林王想了想，始終覺得未免太臉上無光。

結果，雖然是顆代表吉利的牙齒，但由於它的後果一點也不吉利，因此免不了被拔掉的命運。

那麼接下來的問題就是——怎麼拔？王爺的身體也算得上是千金玉體了，自然不能像老百姓似的下狠手，何況御醫們也沒那個膽。

「當初給朕是怎麼拔的？朕覺得一點都不痛。」

「那是用烏頭、威靈仙、砒霜再配上玉簪花的根調製的藥粉，只要放少許在牙齒上，過一會兒再用水猛漱幾下，牙齒自然腐落。」

「那很好啊！就用這個。」

「這個……」御醫面露難色，「這藥其實含有劇毒，因此才能腐蝕牙齒，用藥時也得很小心的把它沾在牙尖上，以免被唾液帶入口中，但是……王爺的智齒只露出很小一部分，恐怕不方便用藥……」

聽到個「毒」字，皇帝不能不謹慎起來，「那還有什麼別的辦法？」

御醫沉默了一段時間，他確實是在絞盡腦汁的想，但所謂方法要嘛藥物，要嘛用外力……用外力的話，牙都沒長出來，他怎麼拔啊？御醫也不知道該怎麼取捨，只能把目前的情形老老實實告知皇帝。

「那就用很少的藥量，每次放一點點，多放幾次，也許牙就被腐蝕掉了？」太后提出了她的看法，並且最終被付諸實施。

俗話說，牙疼不是病，疼起來真要命。豫林王現在正實際體驗這句話。

他現在後齒區腫脹，舉凡咀嚼、吞嚥、張口等動作嚴重受到限制，用行話來說——就是冠周炎；體內啟動並生成大量白細胞致熱原，產熱增加，散熱降低，用行話來說——就是發燒；口腔黏膜受損，表面凹凸不平，生出許多黃色圓形斑點，用行話來說——就是潰瘍。

「千乘，喝藥了。」豫林王受罪期間，由他的皇后嫂子親自過問生活。此時皇后端過藥碗，試了試裡面的溫度，遞到豫林王面前。

當混合著白芨、細辛、當歸的噁心無比的藥汁刺激到他的口腔潰瘍時，豫林王又懊惱的想起了太后的方案是怎麼把他害得這麼慘的。

當御醫顫顫巍巍的把那些藥粉塗在他的智齒上後，就叮囑他千萬不要吞嚥唾液。想他在邊疆監督城防時，也練就了長時間不眨眼睛的本事，但是哪裡鍛鍊過長時間不吞口水的能力？豫林王覺得自己憋得全身都快抖起來了，最終也沒能戰勝身體本能。

幸好藥量沒放多，否則……被治牙痛的藥毒死？這死法在閻王面前都不好意思提。

「皇上說既然藥物不行的話，看來還得用工具拔了，等你退燒以後就再試一次，唉……這遭的是什麼罪啊。」皇后嘆了口氣，拿冰塊敷在豫林王臉上，無比同情的說道。

豫林王點了點頭，也沒浪費力氣開口。他是不怕什麼敲啊、鑿啊、鑽啊的，就怕御醫們空有理論沒有臨床經驗，到頭來事沒辦成，白痛了他！

「王爺，先漱下口吧。」

豫林王接過御醫遞來的由濃茶、鹽水、烈酒組成的消毒液兼麻醉劑，喝了下去，然後安靜的躺在躺椅上等著被拔牙。

如果說他之前像是被挑選的牲畜，那麼現在無疑像隻做實驗的白鼠了。皇帝、太后、皇后以及後宮諸妃都圍在屋子裡，當然，豫林王不懷疑大家都在關心他，但要說沒有一點看好戲成分在內——真善美如他者，也沒法完全相信。

「哎呀！看了都怕。」裕妃半遮半擋的看著御醫們正在清洗的器械，她們大多數都拔過牙，不過萬幸的是，她們用的都是玉簪花的無痛拔牙法。

「人言齒之落，壽命理難持。」康妃這時候還不忘吟首詩，只是內容極其晦氣。

可是大家等了半天，也不見御醫們動手。老學究們大概是抱著不成功便成仁的決心，將給王爺拔牙與自己的身家性命掛上了鉤，他們拿著刀刀叉叉在空中比劃了半天，籌劃著、商量著、斟酌著，就是無法下手，只是不住的按著豫林王的合谷穴。這本是止疼的穴位，卻讓御醫們按得生疼。

躺在這片「刀光劍影」下的豫林王只覺得又好氣又好笑，自己已經由實驗小白鼠晉升到了屠宰場上的豬，只是這群屠夫卻這麼「仁慈」。

不過，就在他實在不忍心看這群老御醫自我折磨兼帶折磨他的時候，有人與他心有靈犀一點通起來。

「我說你們這群老東西磨磨蹭蹭跟個娘們似的到底是在幹什麼啊！」

怒斥聲是從后妃那裡傳過來的，大家四下一看，是惠妃！

從那語氣和氣勢看來，現在發話的無疑是喝酒之後的「惠大俠」，只是……她什麼時候喝的酒？

「哎呀！難道惠妃妹妹把麻醉用的酒喝了？」靠近桌子的淑妃指著空了的茶杯說道，而她也確實說中了真相。

惠妃之前被御醫們製造出來的緊張氣氛感染得心裡直犯怵，吞了幾回口水之後就想喝點水來自我鎮定一下，也就忘了桌上的茶杯裡盛的其實是酒，於是一口氣灌下去，一滴不漏。

經過皇帝等人不停的「實驗」之後，宮裡的人都知道了惠大俠的俠氣跟酒精濃度是成正比的，而她剛才喝的那杯燒酒的酒精純度與往日被迫灌下的米酒、黃酒等等完全不是同個等級，所以在她吼完御醫之後，沒人知道她會幹出什麼來。

惠妃的行動也確實很迅速，就在皇帝準備上來拉她的時候，她已然竄了出去，一把就推開豫林王身邊的一位御醫，手如疾風朝豫林王搧去。

豫林王好歹是在軍隊裡鍍金過的，雖然頭昏腦熱，但是一感到臉邊有一陣勁風襲來，身體比腦子動得快，反射性的抬手擋住了惠妃的攻擊。只是他沒料到，惠大俠的身手也與酒精濃度成正比，一擊不中之後，惠妃迅速用空著的手箝住豫林王擋她的那隻手，再沒給對方喘息的機會，大叫一聲「看我的」，就搧了下去……

這時，眾人才看清她手裡拿的是不知從哪摸來的一個壽山石鎮紙。

「千、千乘，你……還好吧……」皇帝扶住被惠妃拿鎮紙以千鈞之勢招呼了的弟弟，一臉的惶恐。這可千萬別被打傻了啊！

豫林王呆滯的看了看皇帝，半天也不言語，眼裡滿是霧氣，差點液化成水滴，這讓皇帝的不安更加濃重。終於，豫林王動了動嘴，吐出一口血，外帶一顆牙。

「呼！」眾人齊齊鬆了一口氣。手法……雖然是豪爽了一點，但到底是把那顆牙給拔了。

「不是……」可就在這時候，豫林王艱難的開口，又引起所有人的注意，「不是這顆……」

「……」眾人當場脫力。

結果，御醫證實惠妃娘娘的力道掌握得恰到好處，既敲斷了牙齒，又沒傷到頷骨，搞得皇帝忍不住想，日後是不是可以讓惠妃帶著一瓶酒上陣殺敵去。

否極泰來的是，惠妃雖然沒砸掉那顆智齒，卻正好砸掉了旁邊的恆牙，這下倒騰出了位子，智齒的問題不攻自破。御醫還不忘搖頭嘆道自己怎麼沒想到這個辦法，早知道就用藥把旁邊的牙拔掉即可，聽到這話的豫林王差點破了自己模範生的功，真想拿那個壽山石鎮紙去拍御醫。

額外的附贈結果則是，豫林王個人的「犧牲」，使得後宮諸妃都有了教育子女不得貪吃、保持口腔衛生以及早點嫁娶的經典教材……雖然這些並不是長智齒的必然原因。

第八章

青春期

「清水出芙蓉，浴池出裸女？」

「窮則獨善其身，富則妻妾成群？」

「還有這個，吾生也有涯，爾死也無邊？」

拿著一卷紙看到這裡，皇帝已經氣得只剩力氣笑了，「這都是些什麼狗屁不通的東西？難怪那陶先生一副不是你走就是他亡的樣子來朕這告狀！」

皇帝猛地拍了拍案几，可他面前的少女卻一臉鎮定，甚至帶了點洋洋得意，不緊不慢的倒打一耙，「陶大人連小姪是男是女都分不清，還教授什麼聖人之道？」

沒錯，此時一身粉色羅裙、做荳蔻年華的小姑娘打扮的人其實是個少年，他原本也是一方之主的諸侯王，此次進京卻被降成了郡王，被弄進皇室子弟讀書的聞道堂跟著一起學習，而為什麼這裝束異常的少年要半途轉入聞道堂當插班生，則又得再往前追溯一個月。

一道「今溧川王年少輕狂，不維法度，不尊德倫，無故治民以重刑，長此以往，實屬宗室之患……」的地方監察御史公文，讓皇帝不得不趁著諸侯王朝覲的時機，把姪子弄回京師來，接受回鍋再教育，這才生出了之後聞道堂先生們的諸多無妄之災來。

＊＊＊

溧川王阿驍，今年十又四，自從他八歲承襲亡父的親王爵位後一直不顯山不露水的成長了六年，誰知最近的曝光度卻在皇帝的御案前陡然直線攀升，其無良程度也有日趨成長的勢頭，直到鬧出當街圍攻平民的刑事案件後，皇帝再不好睜隻眼閉隻眼，這才降了他的封號並把他帶到身邊來，好看看姪子到底是搭錯了哪根筋。

「因為他當眾嘲笑小姪不男不女。我愛穿什麼那是我的事，礙著他什麼了？這種沒教養的人豈不是找打！」

姪子的行為已經明顯超出對誹謗罪的自衛範疇，但更讓皇帝惱火不已的是，回京面聖的阿驍居然還穿著事發之時的那套行頭，珠釵環珮一應俱全，害得皇帝剛見面時還懷疑大哥家出了私生女。

「打人這件事暫且不說，但是……你怎麼能穿成這樣來見朕？成何體統！」

面對皇帝的怒氣，阿驍似乎不引以為恥反而覺得光榮，他將穿著的上衫、中單、綏帶、玉珮、蔽膝全展示了一遍，表明沒有一樣不合禮制規定的地方。「只不過樣式都改成女裝款式而已，典章上該有的小姪都有，不准有的小姪都沒有，沒提到的地方難道還不准我自由發揮一下？」

古人云：毋意、毋必、毋固——姪子最後連先賢都搬出來了，皇帝還能說什麼？何況典章中是沒有明文規定阿驍這身穿著不能製成女裝，最終皇帝也只能放任阿驍頂著他變聲期的公鴨嗓扮作天真爛漫的良家少女。

「這小子難道真以為朕不敢治他？」皇帝氣得把身邊的桌案敲得山響，但是早就拂袖而去的阿驍已經聽不見了，皇帝也只好回宮敲給皇后聽。

「皇上……」皇后很少有詞不達意的時候，但此時卻真的不知道該說什麼好。溧川郡王進宮之後的日常起居是她負責的，但皇后自己也沒養過十幾歲的孩子，自然沒有對付阿驍目前這種神憎鬼厭脾氣的經驗，越是對他百依百順他就越來氣，越是要他往東他就越往西，越是為他肝火上升他越開心，越是為他興高采烈他越憋悶……這不是活脫脫的一個連狗都嫌嗎！

想著自己的一個兒子已經夠讓人不省心了，如今又多了個大號惹禍精，皇后只覺得頭大如斗。

其實溧川郡王這種跟全世界對著幹的心態拿到當前來看，也算不上什麼嚴重問題，簡單的說就是「叛逆」，具體來說有點「強迫性精神症」的徵兆，都屬於青春期常見的不良心理機制之一。可惜在當時也沒有穿越人士來為大家上一課心理衛生知識，於是所有人都把這個十幾歲少年的彆扭脾氣歸結為怪異，而阿驍自己則標榜為憤世嫉俗。

「啊啊啊！我的……我的三變賽玉！我的金桂飄香！我的煙絨紫！我的趙粉！我的夜光白……啊！我的烏金耀輝啊！」

這天大家正在恭妃的赤楓宮中賞牡丹，可從恭妃口中喊出的這些名貴牡丹品種，此時不是盛開在枝頭，而是被編成花環頂在某人的腦袋上。眾人隨著恭妃顫抖著的手望去，眼前正是阿驍戴著滿頭爭奇鬥豔的牡丹站在花叢中怪笑。

「葉藏梧際鳳，枝動鏡中鸞。」康妃依然興致勃勃的詠嘆了一句。

恭妃來不及給康妃白眼，早就抓狂的朝阿驍衝了過去。

「哈哈哈，誰叫娘娘說男孩不准戴的！」阿驍的一句話道出了他此舉的目的。

原來是他看到恭妃的兩個女兒頭上各插一朵「銀粉金鱗」很是好看，於是也有心湊趣的準備折一枝下來，誰料被恭妃一句「男孩子戴什麼花花草草」喝止，他這才犯了「挑戰世俗」的毛病來。

恭妃本不是擅長運動的女人，不過這次恐怕是心疼死她的牡丹花了，居然抓住上竄下跳的阿驍，待她舉手就要教訓這個摧花狂魔時，太后卻忽然漫不經心的開口道：「哎呀，驍兒戴著也挺好看的，妳就讓他戴著唄，反正妳這有的是花。」

在場眾人——包括阿驍在內，都驚訝的望著太后，如今這宮裡對阿驍抱持著正面肯定態度的，大概太后還是頭一個。

「難道不是嗎？康妃，有沒有什麼應景的詩句啊？」太后朝康妃擠擠眼，暗示她趕快來個詠人的雅詞。

「庫車軟輿貴公主，香衫細馬豪家郎。」詩人一般都是比較討厭趕鴨子上架的，所以康妃臉色難看的扯了幾句古詩，也算不上應景。

可還有人臉色比康妃更難看，那就是溧川郡王阿驍。他此時臉上青一陣白一陣，完全是那種想幹壞事卻無意中救了人，結果被對方感激涕零的鬱卒心情。

眼見阿驍氣急敗壞的衝出了赤楓宮，皇后不解的問向太后：「太后，您剛才是何意啊？」

太后滿意的一笑，透出股閱歷甚多的自信來，對著兒媳輩的諸妃說道：「這妳們就不懂了吧？大部分孩子到了驍兒這種年紀都會有這樣異常的一段時間，妳越是壓他訓他，他就越強，妳若是不想讓他幹什麼，只需要反過來誇他，他自己就會受不了了。」

諸妃被太后唬得一愣一愣的，都有點不太相信。太后察覺到她們心中的疑惑，極為不滿的強調道：「妳們可別以為哀家在瞎說！哀家自己雖然沒有兒子，可卻是調教過不少皇子的！」

可見「理論來源於實踐」這一點始終是沒有改變的。太后縱是不知道有「青春期逆反心理」這碼事存在，還是能在冥冥之中摸索出些對症下藥的竅門來。

果然，太后這種欲抑先揚的方法讓皇后屢試不爽。看見阿驍穿女裝，她就頻頻點頭說好看，還主動又替他做了幾套；看見阿驍惡作劇，她就頻頻誇他有創意，還鼓勵他多多損人……在眾人諸如此類的糖衣炮彈的打擊下，阿驍樂他人之憂的好日子就算到了頭。

阿驍只覺得一夕之間，所有的人都一百八十度大轉變，對他如此的讚賞如此的和藹如此的寬容起來，這不僅讓他覺得莫名其妙，甚至已經開始覺得毛骨悚然起來。

但是正當所有人都欣喜於溧川郡王的蛻變之時，她們卻忘記了另一條與「因人而異」的教育法同樣重要的教育原則——那就是具體問題要具體分析。太后的正話反說法雖然管用，但也不是放諸四海皆準的。

「是嗎？你覺得何家小姐不錯啊。」皇后微笑的看著眼前有些拘束的少年。作為他的監護人，竟然能看到他靦腆的向自己諮詢一些私人問題，這讓皇后不得不承認太后有些時候還是派得上用場的。

原來，太后在看到孫子開始恢復常態之後，她好當月老的興致又來了。

「那些紈褲世家子弟在結了婚以後，沒有哪個不變得正正經經、業精於勤的，要是有了孩子啊……」太后聯想了一下，都笑得合不攏嘴了。

可皇后卻覺得，姪子才剛有點好轉的跡象，又這樣急著用婚姻來套住他，擔心會不會物極必反？

誰料事態竟然超出所有人預期的朝著好的方向發展，阿驍一眼就看中一位千金小姐，這讓太后這幾天全都沉浸在自己「婚姻力量無限論」的巨大喜悅之中。

「明天見到她的時候，我該說些什麼呢？娘娘。」

皇后呵呵笑了幾聲，正準備為阿驍初步介紹一下少女之心的種種奇妙之處，忽然又想起太后的「欲抑先揚」法。這段時間以來，她們跟阿驍正話反說都快成習慣了，眼下這事……皇后想了想，覺得還是按照太后的方法說比較保險。於是在皇后的嘴裡，一個應該親和、富有紳士精神及不缺少情趣的擇偶標準，變成了一個應該冷淡的、野蠻霸道和惡言惡語的少年形象。

望著阿驍受教而去的清麗背影，皇后在內心裡默默為他打著氣，乞求天公作美成就這對姻緣，順便也好把阿驍趕快踢出宮自建府邸去。

「這渾小子才正常沒幾天，怎麼又死灰復燃了？還變本加厲起來！」

皇帝向皇后憤怒的陳述著阿驍是如何在官員上朝的宮道上布置陷阱，坑害路人甲乙丙丁的；此時皇后卻只能一味的替姪子說著好話，誰叫她站在了理虧的一邊。皇后這次可算是聰明一世、糊塗一時了，她怎麼就忘了「愛情的力量使人盲目」這事呢？阿驍竟然把她故意扭曲後的「教誨」當成金科玉律聽進去了。

那天相親見面會上的情景，皇后已經從隨侍的宮人口裡聽說了全部過程，阿驍赫然是以一個惡霸少年的造型出場，整個見面過程中都充斥著他尖酸刻薄的人身攻擊。

「最後……郡王、郡王他說……」

「說了什麼啊？」皇后催促著回來報告的內侍，急切的想知道阿驍到底把場面搞砸到什麼程度了。

「……說何小姐就和宮裡的太監一個樣……要、要什麼沒什麼……」

皇后的臉色、稟報的內侍的臉色此刻均是一片慘澹。

「難道沒有辦法挽回了嗎？」皇帝聽完了皇后關於前因後果的訴說，憂愁的問著皇后。姪子怕是已經不是一般的憤怒了，如今都敢到外朝來撒野，太后那套方法再起作用的機率恐怕也不大。

「哎，慢慢來吧！依臣妾看，被這麼一攪，何家那位小姐也很難嫁出去了，最後總有辦法把她和驍兒湊成一對的。」

皇后畢竟是皇后，她顯然並沒有因為這一次的失算而倒下，只見她遙望著窗外的藍天白雲，已經在規劃她的N個「五年計畫」了。

第九章

怎可不陰暗

「只要保得忠良在，九泉之下也歡心，劉妃奸賊，任憑妳拷打逼供施毒計，斬草除根心太狠，恨不能食妳之肉剝妳皮，償我命！」

「哎呀，無聊啊！真是無聊！」對著臺上演的這齣喜歡看的《狸貓換太子》，太后搖著扇子，也提不起太大的興致。

除了個別幾個外，諸侯王已經全部離京，皇宮裡恢復了一貫的風平浪靜，老太太頓時覺得生活又重歸一潭死水，毫無趣味可言。

對著太后的感嘆，諸妃基本上是能裝著沒聽見就當作沒聽見，只是默默的喝茶。原本在後宮這種地方上演《狸貓換太子》，就頗有點哪壺不開提哪壺的意思，就這老太太還不老老實實的看戲，晚輩們也就只好忍耐。

太后這輩子完全就是只有「一帆風順」可以詮釋的——無子而封后，足見其榮寵程度；從小抱養的皇子登基更讓她老有所依，就是這樣的一生，讓無數女人興嘆，可太后自己卻引以為憾。她始終認為，自己這輩子最大的敗筆就是特別順風順水、毫無驚險刺激可言。

「唉，這李辰妃雖然前輩子歷經磨難，可總算是苦盡甘來，不枉此生啊！」戲臺上的戲結束後，太后結合著對自己毫無戲劇性的人生的不滿，給予了總結。

諸妃只是恭敬的附和了幾聲，接著等太后的下文。

「反觀我們這裡，死氣沉沉，三年五載也不見有什麼大事發生，簡直沒意思透頂！」

「太后，所謂平安，不就是平平靜靜沒有波瀾才好嘛。」太后的這種論調完全是對皇后苦心管理後宮的蔑視，不過皇后自有金鐘罩鐵布衫的遮掩本事，依然能笑臉盈盈的回應太后。

老太太邏輯思維比較混亂，皇后知道不能跟她較真，但太后卻無法得知皇后溫和外表下的無限怨念，嚴肅的糾正道：「『生於憂患，死於安樂』這話妳們沒聽說過嗎？一個個都以為天下無事了，要是真有大事發生，妳們可怎麼辦啊？居安思危！要有憂患意識才行！」

皇后啞口無言，眾人也跟著沉默。她們又不是大漠荒原上的狼群，整天懷著個憂患意識、摩拳擦掌的幹嘛？再說——大家心裡不約而同腹誹道——如今後宮最大的憂患不就是太后您自己嘛！

太后看到兒媳們一臉無奈的相對無言，把這解釋成了對她正確主張的默認，於是她把自己不常用的腦漿攪攪之後，靈光乍現！

＊＊＊

「惠妃就是本跟千乘情投意合卻無奈之下被逼入宮的悲情女子，　方面不得不被捲入鬥爭，另一方面又跟千乘藕斷絲連。」

「太……太、太、太后……冤枉啊，我沒有……」聽到太后分配給她的角色，惠妃嚇得話都說不流利了，好好的怎麼又扯出個姦情的段子來了？她最近是跟這個王爺走得比較近一些，不過那可是事出有因、得到皇帝准許的啊。

「哎呀，哀家知道！妳們一個個都這麼大驚小怪幹什麼，只是裝裝樣子而已嘛！」

太后說得輕鬆，眾人卻知道沒那麼簡單。太后不僅讓她們裝，還得裝出「成果」來。這種成果不用說，要嘛是太后熱情退卻自己不想玩了，要嘛就是事情鬧大到沒法玩了，無論哪一種，還不是她們自己兜著，誰敢要擁有豁免權的太后負責？

駁回了惠妃的上訴，太后繼續著她的人設：恭妃是妖媚惑主的寵妃，康妃是看破紅塵的失意人，寧妃是膽小怕事的龍套，淑妃和裕妃則是牆頭草般的狗腿……以上，也不管眾人反應如何，反正太后說了算。

「好了，最後就是妳……」太后打量著身邊最器重的兒媳，把皇后看得心裡直發毛。

皇后這時才發現自己居然已經許久未曾如此緊張，彷彿等待著行刑判決，手心裡早出了一層薄汗。

「妳是個表面賢慧內心歹毒，為了讓自己的兒子登上帝位，而一直迫害其他嬪妃皇子的蛇蠍女人。」

太后最終結論一下，諸妃們看著臉色一陣青白的皇后，都暗自鬆了口氣。跟皇后這個角色比較的話，即使她們對自己要演繹的角色有再多的不滿，現在也不敢有什麼怨言了。

太后分配完各人的角色，自覺相當滿意，不過由於她沒有告知皇帝她發起的這場 Cosplay 遊戲，因此當皇帝敏銳察覺到自己身邊的氣氛不太對勁時，是相當的百思不得其解。

恭妃妖媚之氣忽然爆發，雖然她一直都走性感路線，但現在竟赫然有點禍國殃民的架式；康妃反倒變得越發冷淡，以前扯些什麼「鳳飛翺翔兮，四海求凰」他好歹還能聽懂，如今扯些什麼「道德玄玄佛偈空，無爭無欲總相同」則完全不能理解；其餘諸妃唯唯諾諾之中均透著一絲古怪；皇后陰陽怪氣的等級更是提升了一層，在公共場合的發言竟經常帶著一股酸勁。

我們已經知道了皇帝是個厚道的人，這就決定了他往往一發現問題，最先想到的不是指責別人，而是自我批評，可他把自己最近的表現從頭到尾想了一遍，也沒發現自己有什麼錯誤能引發別人的怪異。如果問當事人，大家又都很假的說「沒事沒事」，這讓皇帝更加惴惴不安，總覺得有場暴風雨在前面等著自己。

而暴風雨終究沒有辜負皇帝期望的來到了……

這天午膳之後，皇帝難得的有了空閒，在御書房內進行著名為看書、實為打盹的活動，皇后正在樂寧宮接受太后的嘮叨轟炸，寧妃在逗著因長牙而哭鬧的小女兒，康妃在桂昌宮的松林下吟詩作畫，惠妃則在接待豫林王。

自從上次智齒事件之後，惠妃與豫林王算是應了「不打不相識」這句老話，尤其是在豫林王發現酒後的惠大俠竟能夠hold住他的恐怖故事之時，激動的心情更加無法言表。皇帝不忍心剝奪弟弟可能再難找到的唯一聽眾，便准許兩人時常在內宮見面。

隔著一層珠簾，豫林王看見惠妃將杯中之物一飲而盡，在他看來，這是聽他講故事的準備步驟，但是惠妃在準備的卻是去扮演一個「有姦情的後宮嬪妃」。

入宮這麼長的時間，惠妃也已欣喜的發現——只要是她酒後所為，大家都會大度的不予追究。這麼好的藉口，此時不喝更待何時！

於是半炷香之後，正講在興頭上的豫林王便看見滿面潮紅、兩眼發綠的惠妃掀開簾子站在他面前。

「惠、惠妃娘娘……？」豫林王很是吃驚，因為儘管有皇帝的准許，薄薄的一層珠簾卻是他們不可逾越的底線，惠妃今天竟然跨越雷池，而且……臉色一看就知道很不正常。

面對一臉茫然不搭腔的惠妃，豫林王正準備開口再問，惠妃卻忽然以一個惡虎撲食之姿向他襲來，其勢之猛烈直接把豫林王從太師椅上翻了下去。隨著椅子倒地之聲，兩人也在地上構成了極度曖昧的女上男下的姿勢。

「太后之命難違，王爺，今天你就委屈一下吧！」惠妃咬牙切齒的說道。

然而豫林王早被嚇傻，思維已經不受控制，張著嘴卻半天發不出一個聲音，直到惠妃開始動手扯他外袍，豫林王才像被雷打中般渾身一顫，恢復了意識。

「娘、娘娘！妳幹什麼啊？」豫林王驚恐的連聲喝問。

但惠妃只甩了一句「裝裝樣子而已，沒關係！」之後，就再也沒跟他廢話半句。

惠妃酒後的力道，豫林王是領教過的，不來真格的是擺不平她，可豫林王既不敢下重手打昏惠妃，更不敢喊人進來幫忙，只能徒勞的去抓惠妃的手。

萬幸的是豫林王今天穿的是公服，襟口不是開在胸前，而惠妃自從出了閨房就進了宮門，還沒服侍過男子更衣，結果摸了半天都不知道這套朝服該從哪下手，豫林王這才得空扭轉敗局，順勢一滾從女上男下變成男上女下。

眼看著惠妃的臉從上方變到下方，豫林王忽然意識到這個姿勢更加要命，當即連口氣都不敢換的就爬起來落荒而逃。

於是，守在御書房外執勤的內侍們，就目睹了豫林王衝進皇帝書房的全部過程，在此之後是惠妃哭哭啼啼的闖入，最後駕臨的則是皇后娘娘。但是關於這四個人待在裡頭半天都幹了些什麼，侍從們好奇歸好奇，卻沒一個人能夠一窺究竟。

由於皇帝下了緘口令，所以惠妃幹的這件荒唐事太后並不知情，但是第二天，一個更大的晴天霹靂卻傳到了樂寧宮。

帶來這個消息的是皇后宮裡的女官，這個女人幾乎可以說是連滾帶爬的奔到太后面前，淚流滿面稟報道：「太后，出大事啦！皇上要廢了皇后娘娘啊！」

太后驚得直接從貴妃榻上跳了下來，可當問到具體的情況時，這個女官卻前言不搭後語的說不清楚，太后只好帶著一干侍從火速前往環坤宮救場。

還沒進宮門，太后就聽見裡面一陣乒乒乓乓的物品破碎聲，再趕幾步之後，皇帝的咆哮聲也緊跟而來，等太后跨進內殿的門檻，看見的是皇帝聲色俱厲、皇后跪地求饒的混亂場面了。

「怎麼回事啊？出了什麼事這是？怎麼弄成這個樣子了啊！」

「母后，您來得正好！」皇帝彷彿把太后當成了正義的化身，一把將她拉到自己身邊，指著皇后痛罵道：「朕跟這個女人在一起那麼久，居然不知道她是如此歹毒的人！今日不除了她，朕百年之後豈能安心！」

皇后同樣把太后看成了救星，幾步就跪伏到她的腳邊，拉著太后的裙襬哭訴道：「太后，臣妾冤枉啊！太后要給臣妾作證啊！」

「哎呀呀！到底出了什麼事啊？」太后被一邊一個拉得心慌，急急甩開兩個人的手。

「這個賤人當年居然串通御醫毒死了淳兒！」

「什、什麼？」太后猛然聽到皇帝的話，只感到暈得不分東南西北。淳兒是皇帝的次子，原是寧妃所出，大家都知道這個孩子是不幸病故，怎麼忽然變成被毒死的了？

「太后，我沒有！」皇后這時又扒住了太后，慌忙辯解道：「這都是您的意思啊！」

「豈有此理！這種謊話妳也說得出口！」皇帝怒氣沖天，一腳就把皇后踢得撲倒在地。

太后可從沒教過兒子打女人，一看這情形也急了，當即就甩了皇帝一個耳光，罵道：「糊塗！也不把事情問清楚就打人？」

皇帝捂著紅了半邊的臉，怔怔的看著太后，「母后！她殺了我的兒子，您怎麼還打我？」

「皇后怎麼可能幹這種事！」

「您怎麼知道她幹不出來？」

皇后一看太后站在她這邊，重新燃起希望，連連點頭道：「是啊太后，臣妾真的沒幹！臣妾只是按照您的吩咐……」

皇后一句話還沒說完，太后連忙蹲下來抱住她，一邊說著「哀家給妳作主」，一邊猛向皇后使眼色叫她別再往下說。

太后還從沒見過兒子如此憤怒，因此心裡也虛得很。她大概猜到皇后是裝奸人反而弄巧成拙，只是這個風口浪尖上，她也不敢向皇帝承認自己是所有事情的策劃者。

萬般無奈之下，太后只好把自己的身家性命抬出來替皇后作保，盤算著待會兒把諸妃找來一起向皇帝解釋，就算自己是主謀，皇帝當著那麼多嬪妃的面也不能當眾給自己難堪不是？

一拿定主意，太后當即就準備去找人，臨出宮門時還不忘疾言厲色警告皇帝道：「哀家回來之前，皇后若是少了一根頭髮，哀家唯你是問！」

看到皇帝點頭保證，太后這才放心離去。只是她怎麼也沒想到，自己前腳剛走，剛才還鬧得不可開交的兩個人後腳就湊到了一塊。

「朕還真冤，只是假踢妳一腳，卻換來個真巴掌。」

「對不住您啦，不過皇上剛才的表現還真是逼真啊，連臣妾都被震住了呢！」皇后連哄帶拍馬屁回道。

「真的嗎？」皇帝開懷大笑，對於自己有表演天賦的意外發現讓他很快就忘卻臉上火辣辣的感覺。

事已至此，有腦子的人應該都看出來了——這兩人方才是在作戲。

早在太后出那個「模擬宮鬥」的餿主意時，皇后就在盤算著怎麼讓太后認識到和諧社會的重要意義，以及那種吃飽了沒事幹的小資情調的嚴重危害性，而豫林王和惠妃的事情則正好成了讓皇帝出面干涉的契機。

正所謂「暗箱的我來，送死的妳去」——這是皇后與太后非暴力不合作的一貫方式。

「但是……母后這下真的能收手嗎？」皇帝高興完以後，還是有點擔心剛才的一齣戲對太后教育得不夠。

「皇上放心，就算這次不行，臣妾還有後招呢！」察覺到皇帝好奇的神情，皇后笑著又在皇帝耳邊嘀咕了起來，直把皇帝嘀咕到一臉菜色。

「妳這個後招……萬一真把朕搭進去了怎麼辦？」

「皇上！臣妾辦事什麼時候失過分寸？」皇后自信滿滿的一笑，好似三月春光一樣溫暖。

但皇帝卻沒來由的一陣哆嗦，他忽然覺得太后給皇后擬定的那個「表面賢慧內心險惡」的角色，皇后沒準兒還真能本色演出。

第十章
解讀不能

「皇后娘娘，魯仁公……」

「娘娘！妳要再不想辦法可就沒時間了啊！」

與宮女的聲音幾乎同時響起的，是一個混合著神經質的尖細高亢的嗓音。不等宮女稟報完，說話的這人就已經像箭一般的衝進環坤宮。

皇后嘆口氣，揉了揉突突直跳的太陽穴，早在接到西戎使節團進京的消息後，她就知道逃不了這一劫。

原本在太后好不容易見識到了厲害，不得不打消自己開展的宮鬥運動的計畫時，皇后為了防止她又閒著搞出什麼飛機，便進言她不妨把目光放得遠一點，就好比說相親——就算豫林王這邊沒動靜，還是有不少的皇子公主郡王郡主也是未嫁待娶之身。

只是當時皇后還沒有想到，太后雖然首肯了她的話，卻第一個把主意打到魯仁公主身上，這讓皇后事後懊悔不已，直覺得自己幹了件搬石頭砸自己腳的蠢事。

果然，這魯仁公主一進了環坤宮，杏口一張，就朝皇后發了一上午的牢騷，內容嘛……老調重彈，就是她如何如何不願嫁到西戎去，如何如何熱愛祖國。

「如果皇兄非逼我嫁過去，我就以死明志！」公主氣鼓鼓的最後總結道。

皇后淡淡抿了口茶，層層的氤氳遮住她臉上鬱悶的表情，心裡忍不住又嘆了一口氣。

＊　＊　＊

魯仁公主，皇帝么妹，與豫林王同年——也就是說滿二十了，不過男女有別，二十歲的女子還很少有沒嫁人生子的，所以說魯仁公主是個名副其實的大齡女青年，也是同輩姐妹中唯一一個沒有嫁出去的。

至於原因，簡單的說就是挑剔，但光這一個詞還不足以說明問題的嚴重性。

在魯仁公主的眼裡，沒有一個人是沒缺點的——不過人無完人，只是這樣也不算太離譜，問題是在魯仁公主看來，也沒有一個缺點不是致命的缺點！也許頭髮的長短、指甲的方圓都足以決定一個人在她眼裡的好壞。

遇上這種個性，連一向愛牽紅線的太后都少有幹勁。在魯仁公主把太后推薦的一干人中龍鳳批評成掉毛烏雞後，太后就再沒忙活過她的婚事，要不是這次被皇后提起，太后沒準兒還真不管她的事了。

可恰恰就在這個當口，碰上了西戎王族率使節團入京參拜，於是太后立刻把撮合魯仁公主與外族王子的事提上了日程，以致當魯仁公主哭哭啼啼向太后訴苦說不想嫁到西邊去的時候，太后還特別解氣的來了一句：「早聽哀家的話嫁人不就沒事了！」

「胡人民風剽悍，估計魯仁那點小性子也算不了什麼，再說這中原還有她沒挑過刺的男人嗎？不嫁到異國去還能嫁到哪去？」

對於太后提出的親事，皇帝也難得的覺得靠譜，只不過當初多嘴的皇后這時卻反而有些憂心。

「但是公主那樣的性子……嫁過去也不能讓人放心……要是到了那邊再犯起強來，不是反而壞事嗎？」和親和親，自然是希望越和越親，可皇后很懷疑魯仁公主能不能達到這個要求，所以雖然對公主的哭訴也很頭疼，回過頭來又不得不在皇帝這裡計較一番。

「關於這點……」皇帝湊近皇后身邊小聲嘀咕道：「其實朕已見過那位王子了，感覺不錯，而且他生母為漢人，本人則混合了胡漢之風，就算不是為了和親，也是個不錯的駙馬人選啊！魯仁挑盡了本朝男子的骨頭，也許這個異國王子會合她的意呢？」

皇帝由衷的感嘆道，與其說是陳述事實，不如說是內心希望。

皇后聽皇上說得這麼神乎其神，腦子一轉就有了主意，勸說皇帝以太后的名義召那位王子進內廷一見，一來她可以親自看看，且投了太后愛熱鬧的嗜好，二來可以安排魯仁公主事先見見，算是對她三番兩次來哭鬧有個交代。

皇帝想想，沒什麼反對的理由，於是便准了。

正式見面那天，不僅太后和皇后，諸妃也都沒有錯過這個熱鬧，魯仁公主則藏身於屏風之後，像盯著獵物一般窺視著竹簾之外的身影。簾子外的西戎王子雖然看不清具體長相，但是有那種乾淨俐落線條的人，大家相信臉也不會醜到哪去。

王子對著簾後正中間的太后恭敬的行了個漢人禮節，字正腔圓的用漢語自我介紹道：「小王屍突素利，拜見皇太后。」

原來這就是所謂的「胡漢之風」啊……太后看到異族王子如此用心於漢學，頓時湧起一股泱泱華夏的自豪感，剛想打個不錯的第一印象分數，王子的後一句問候語卻把所有人都問傻了——

「小王屁突素利，拜見各位母親。」

「……」皇后張了張嘴又閉上了，幾番欲言又止，卻不知該從何問起。不知道這「母親」是「娘娘」的胡語發音，還是王子一時緊張搞錯了輩分？

倒是王子身邊的那個隨侍翻譯很快出面澄清誤會，原來王子混淆了「娘娘」與「娘」的意思，自己改了稱呼。

向諸妃賠罪完後，翻譯又在王子耳邊用胡語嘰哩呱啦嘀咕了一番，看那神情，估計是在教育王子有關「娘娘」與「娘」的本質區別。但是翻譯的反應如此嫻熟自然，不免讓心細的人覺得他遇到這種情況已經不是一回兩回了，果然……

王子說：「能娶公主為妻，小王含笑九泉。」

翻譯解釋：「殿下是說他很高興。」

王子說：「聽聞公主容貌足以威嚇動物。」

翻譯解釋：「殿下聽說公主有沉魚落雁之姿。」

王子說：「希望小王與公主能成一丘之貉。」

翻譯解釋：「殿下希望與公主是天作之合。」

「我在想，那位王子的生母該不會沒讀過什麼書吧？」直到接見結束，望著離開樂寧宮的兩人背影，康妃不滿的說了一句。她自己是個才女，自然對一些誤人子弟的行為有所反感，此時已不免將遙遠西方的某位貴婦歸到半文盲的一群中。

「不管怎麼說，也比一句都不會要強點，他既然這麼熱衷於我朝文化，想來對公主也會很好……」善良的寧妃總會把事情往好的方向想。

不過，此次會面的關鍵並不是考察這位王子的漢文等級，思及此處，皇后馬上叫出了屏風後面的魯仁公主，詢問著她的觀感。

「我不幹！」公主擲地有聲的說了三個字。

「為什麼?語言交流的話以後可以加強嘛。」裕妃和淑妃不解的問道。在她們倆看來，這位異族王子除了交流有點障礙外，其他不成問題。

「誰說是因為這個了?他那麼黑，本公主不喜歡皮膚黑的！」

「我看還好吧，跟很多胡人比，這個殿下算白的了，而且那顏色是健康的表示呦！」對養顏美容很有心得的恭妃解釋道。

「上次給妳介紹陸公子時，妳還說別人白得像殭屍！」太后一想起以往的相親就來氣。

「那我也不幹!他的姓氏真難聽!屍突，屍體，又晦氣又陰暗!要是嫁給了他，我以後就要被稱為屍突夫人……啊！真噁心！」

「這是從何說起啊，在胡語裡，那一定是個好詞。」知識淵博的康妃推測道。但是無論大家怎麼勸說，魯仁公主兵來將擋水來土掩，總能在屍突王子身上找出一堆毛病。可在大家眼裡，屍突王子唯一的那點彆扭漢語的毛病，在公主眼裡倒好像不值一提。由此可見，魯仁公主挑人毛病的又一個特徵——那就是她從來不看問題的癥結點，卻特愛盯著無關的部分打轉。

「天啊！簡直不可理喻！我跟他完全說不清楚！」就在安排那次會面的幾天後，魯仁公主又一次衝進環坤宮，手裡攥著一張紙，不停揮舞著。

「又怎麼了？」皇后波瀾不興的問著。

「看看那個屍體王子回給我的信啊！他到底知不知道我在說什麼啊？」

「妳居然跟對方通信？」皇后聽到這裡不免眉頭一皺。還沒正式結婚的男女，即使隔著簾子偷看也已是違制，這小姑子現在居然通起信來了！

「那又怎樣？皇兄跟妳們既然都要把我往火坑裡推，那我只好自救了！」規矩？哼！對堂堂本公主而言，規矩就是用來打破的！

皇后無奈的搖搖頭，相較於公主的皇室血統，她終究是個外姓人，自然也不好說得太過，於是伸手接過那張薄薄的信箋。

只見那馨香的櫻草紙上，漂漂亮亮的寫著幾個蠅頭小楷——「感謝公主電下對小王的青賴，素利不勝榮性。」——除了寫了幾個錯別字，沒有其他問題。

「這信有什麼問題嗎？」

「這信是沒問題，但是他寫這回信的心態卻大大的有問題！」看見皇后不解的表情，魯仁公主把自己寫給屍突王子的信又複述了一遍，大意是自己長得如何醜陋，性格如何惡劣，如何剋夫剋子剋國，命硬得無以復加……

「都這樣說了他還回這樣的信，他是不是腦子有問題啊？」魯仁公主直接跳過語言問題，怪罪起對方的精神問題。

而皇后其實也很迷惑，能進行這種神奇的詞語腦內重組的人，算不算是不正常？

不過對於婚姻，皇后不像皇帝，她有著作為女性的底線，縱使皇家的聯姻不求琴瑟和鳴，至少也要能相敬如賓。雖然男方看來並沒有惡意，但是……皇后又瞅了眼正在盛怒之中的魯仁公主……反倒是女方很有攻擊性啊。

為了不讓一個少女的個人人品問題演變成國際問題，也為了替自己多嘴、太后多事惹出來的亂子善後，最終，皇后做出了一個決定。

今天，屍突王子的行程是去拜見皇帝。雖然之前在一些非正式的宴會上已經有了交流，但此次畢竟是正式商談和親的內容，所以他一早就梳洗打扮完畢，臨出門時還不忘背背自己準備的小抄。

看到這些小抄，王子又不免在心中感謝一遍皇后的好意，竟然特意秘密告知他皇帝的喜好與忌諱，啊！中原人真是友善啊！

皇帝預定在拱辰殿接見西戎王子，因為可能牽扯到一些秘密協議的內容，所以能進入殿內的只有屍突王子和他的翻譯，而皇帝在看到翻譯之後卻又揮揮手示意他也退下。

「素利殿下漢語流利，應該不需要什麼翻譯吧。」沒等對方有所表示，皇帝就先開口了。

其實這是皇后的建議，但皇帝當然也希望外人越少越好。

屍突王子立刻想起小抄之中有關皇帝喜歡說一不二的描述，也就順了皇帝的意思。

翻譯略帶憂慮的看了看主子，但是王子好像並不在意，對於漢語——王子心裡一直有著在外人看來完全不知從何而來的自信。

第一句話，是屍突王子先說的。他仔細打量了一下皇帝今天的朝服裝束，結合著皇后關於「皇帝喜歡聽人誇他外貌」的建議，開口道：「陛下今日真是光彩照人，比前幾日見面時越發人模狗樣起來！」

皇帝先是一愣，再來一驚，然後一怒，最後一臉茫然。他實在不知道對方此話何意，如果是罵他，會有人罵得這麼直接？好在他今天戴著十二旒的冠冕，晃動的珠子遮擋住了他變換不停的臉色。

但是看不到對方臉色或者是不會看對方臉色，對屍突王子來說並不是好事，他依然繼續誇著——獐頭鼠目、虎背熊腰、鳳毛雞膽、泥豬瓦狗……因為皇后說皇帝喜歡這些動物，所以屍突王子盡自己最大的努力，搜集著記憶裡有關阿狗阿貓的詞語——儘管他也隱約覺得一國之主喜歡這些有點奇怪。

「……那個，素利殿下，我們還是來談談正經事吧……」皇帝鐵青著一張臉，意識到若再聽下去，自己就要幹出不顧身分、有失國體的事了，所以及時轉移話題。

「您若娶了朕的皇妹，將會如何對待？」

「必當敬而遠之。」

「什麼？」

「若是娶到貴國公主，我們兩國也就算是一家人了，自然是狼狽為奸啊！」

「……這是什麼話啊？」

「嗯？山水畫啊。」屍突王子指著皇帝身後掛著的一幅《泰山登頂圖》回答道，很奇怪皇帝的思維怎麼忽然這麼跳躍起來。

「……」

「太好了，娘娘，皇兄已經謝絕了西戎的求親呢！娘娘妳是怎麼辦到的？」知道自己不用去和親後，魯仁公主第一個就跑來告訴皇后。

當初皇后答應要幫她時，她還有點將信將疑，畢竟這門親事牽涉到朝政，不是用私情就能勸動的，想到這一層，魯仁公主不禁對皇后通天的手段又有了新的領悟。

「哪裡，皇上也是極其愛護妳的，我不過是在旁邊動之以情、曉之以理，皇上知道妳不願意，怎麼會捨得逼妳呢？」皇后端莊的笑了笑，不忘把「功勞」推到皇帝身上。

不過，魯仁公主只當皇后是在說客套話，依然信誓旦旦的說將來會還她人情。

「一家人，談什麼欠人情啊！不過妳若是真想報答我，那就幫我保守這個秘密，不要對別人說起哦。」

「那是自然！」事情是牽扯到自己，魯仁公主當然不可能再把箇中緣由對第三者提起。

想到那天皇帝會晤回來後幾乎成了豬肝色的臉，皇后輕吐了一口氣，終於放下心，這要是讓別人知道她在背後做手腳……她還要不要混了！

第十一章

捨你其誰

魯仁公主的親事沒成，太后很有些挫敗，但一來這是皇帝的主意，二來又涉及朝政，太后最終也沒法強求，況且她更不知道皇后在這裡面起到推波助瀾的作用，因此自然也不會去埋怨皇后。這天，適逢梁弘長公主進宮來看望她，她便拉著皇后和自己女兒一起閒話家常。

「丫頭，目前都有些什麼新聞？崔璿那有沒有什麼新鮮事啊？」

「母后快別提了，自從入夏以來，他嘴角就上火一直沒下去過，家裡現在沒人敢招惹他，我哪能這時瞎打聽！」梁弘長公主一邊吃著冰鎮櫻桃，一邊抱怨道。

她的丈夫崔璿主管宗人府，少不了些七大姑八大姨的八卦話題，太后非常喜歡聽，可崔璿本人卻極其厭煩，如今脾氣漸長、血壓漸高，眼瞅著由一個人見人愛的芝蘭玉樹變成一個瘟神。

瘟神！想到這個詞，梁弘長公主倒忽然想起一件事來，急吼吼的跟太后回話道：「對了母后，前些天二妹到我家串門來了。」

「冀榮？她守孝期滿了嗎？」

說起先帝的二女兒冀榮長公主，百姓們都會皺著眉頭「嘖嘖」兩聲，只因她三次下嫁又先後三次守寡，煞氣之盛已聲名遠播。

對於連續喪夫的婦女，民間有這樣一種說法：說是富貴不可方物，尋常男子消受不起，只能入宮侍奉天子。可惜冀榮身為公主，也無侍奉皇帝這一說，便只得不厭其煩的披麻戴孝，有限的青春歲月裡有一大半日子都在孀居。

這種情況下，娘家人嘆息歸嘆息，但要再為她尋找婆家……對方非得有「我不入地獄誰入地獄」的大無畏覺悟才行，所以難度比起那有名的挑剔鬼魯仁公主來，恐怕是只多不少。

思及此處，太后不禁又振奮起精神，雖然小女兒的婚事泡湯，但看看，這老天爺又給她送來一個艱鉅的任務不是嗎！

＊＊＊

「看看、看看，可有中意的？」梁弘長公主頻頻指著正在外間受駙馬崔璿設宴款待的諸多男子，詢問著身邊二妹的意向。

「……大姐，這又不是集市買菜，光看能看出什麼名堂？」冀榮公主幽幽說道。

冀榮公主的婚史雖多，年齡卻不算太大，正是女性成熟的那種風韻美時期，所以目前的精神雖然有些頹廢，但那似蹙非蹙的眉頭、秋波欲滴的瞳仁……反倒有種說不上來的憂鬱美，很能勾起男人的保護欲。

「再說……」再說光看外貌又有什麼用？冀榮公主現在最想要的，是有一雙黑白無常的眼睛，好看看外間男子們的壽命。不過，畢竟是長姐的一番好意，她也不好表現得太不配合，於是迅速轉了個話題，「再說就算看上了又能如何，我這樣出了名的喪門星，誰還敢娶？」

「妳這話怎麼說的！怎麼可以這樣妄自菲薄呢！以前那是……那是還沒有碰到妳的有緣之人！」梁弘

長公主的口氣十分篤定，篤定得就像她是月老一般。此次為妹妹再擇良婿的任務已由太后和皇后鄭重託付到她手裡，而梁弘本身又是個不服輸的性格，那是無畏無懼、百折不撓的。

「何況古有張氏五嫁其女，別人都不嫌晦氣，妳怕什麼？」

為了激起二妹的鬥志，梁弘長公主不忘在說理之後再舉個實例，可惜她這個例子一舉就觸動了冀榮公主的悲傷，她脫口便是女子出嫁後會有的一句口頭禪：「我怎麼就那麼命苦啊！」

「娘，別哭了，正事要緊！」

「是啊是啊，您趕快再找個爹來！」

「呀呀！」

聽到母親這邊的動靜，冀榮公主的三個孩子就從一旁胡吃海喝的餐桌上奔了過來，除了最小的還不會說話外，大的兩個都說得頭頭是道。

梁弘長公主本還想勸住妹妹別驚動了外面不知宴會目的的眾人，現在看來，連那句「為了孩子妳也該再找一個」都不用說了。

「吶，那個坐在右手邊第二位的叔叔就不錯啊！」大小姐看她母親提不起勁，就自己往外面偷看，評判了起來。

「切，文文弱弱的，一看就是個短命相！」大公子發現姐姐看好的是個青衣烏冠的文官，很不屑的從鼻子裡哼出氣，「要我說，右手邊第四位那人還行。」

「也不怎麼樣嘛，一看就知道是四肢發達頭腦簡單的大老粗！」

「妳懂什麼，男兒當然應該征戰沙場馬革裹屍，只會舞文弄墨算什麼！」

「好啊好啊，那看來我們家得多準備幾張馬皮，以免不夠裹。」

大小姐的爹是書香世家，大公子的爹則是將門之後，所以兩個小孩私下裡常常「政見不合」，可惜單論口才的話，弟弟還是難望其姐項背。

梁弘長公主眼看兩個熊孩子的嗓門就快超過母親，趕緊出面打圓場，而在同一時刻，外間忽然傳來「匡啷啷」一陣脆響。兩位公主循聲向外張望，只聽見外間一片嘈雜，一個桌子邊圍著一圈人，中間的人好像頭破血流，舞池中則有個舞姬戰戰兢兢跪著。

「怎麼回事？」

「啟稟公主，奴婢剛才……正好看見了。」一個在內室伺候著的婢女小聲的向女主人報告，「剛剛是伴舞的一個舞姬失手甩了表演雜耍的盤子，結果盤子就咻的一聲朝賓客那邊飛了過去，不偏不倚正好砸到那位大人的腦袋上！」

婢女說得繪聲繪色，兩眼也因為見證了一場難得的意外而散發著興奮與自得的光彩。「其實那盤子本該砸中最前排的王大人的，可是王大人剛剛掉了一根筷子，正彎腰在桌子底下搆呢，結果盤子緊貼著他的背就飛了過去，砸中他身後的人，不愧是有名的『逢凶化吉』的王大人啊！」

說者無心，聽者有意，梁弘長公主跳過了婢女口沫橫飛的現場轉播，直接記住了「逢凶化吉」這四個字。

「王從清，時年三十四，兩歲喪母、七歲喪父，自幼由其叔父撫養，曾兩度婚娶，妻皆早亡，膝下僅有一女，族內親緣亦喪者居多……」

太后逐字逐句看完類似簡歷一樣的說明後，抬眼望向女兒，等待著更詳細的介紹。

「此人幾乎可以說是楣運連連，可關鍵時刻卻都能有驚無險，小事就不提了，拿大事來說，他其實娶過三回妻子，不過第一個在迎親途中逃婚了，當時可是鬧得沸沸揚揚的一大話題！結果後來居然發現那個女人有癆病，和私奔的人雙雙病死了，王大人也由此出名……」因為梁弘長公主心裡已打定主意要保舉此人，所以推薦得也是格外賣力。

「哦！就是那個王大人啊，我也想起來了，聽人說若是天上真下起了刀子雨，不管扎中誰就是不會扎中他！」恭妃的記憶大門被敲開了，亦附和道。

太后結合了幾方面的證詞，便回過頭來看向冀榮公主，等著她的答覆。

「但是……但是我就算再命硬，妳們也不用找這樣一個瘟神來配我吧……」冀榮公主小聲抗議道，不忘習慣性的用絹帕擦擦眼角——儘管她一滴眼淚都沒流。

太后一聽這話就忍不住在心裡翻白眼，心想這女兒有沒有搞清楚狀況？居然還好意思說別人是瘟神！可她也清楚冀榮公主近幾年來心靈極度脆弱，要是話說重了，那可是黃河氾濫一發不可收拾的，只好委婉勸道：「哎呀呀！什麼瘟神不瘟神，那是迷信！妳看他娶了三回都沒成，妳也嫁了三回都沒成，這說明什麼？這就說明你們是註定的姻緣啊！」

「每回都這麼說，卻沒有一個能活得久，我現在可再也不相信緣分這種虛無縹緲的東西了！」冀榮公主的反應頗為憤憤不平，她大概已經變成無神論者，讓太后的馬屁拍到馬腿上。

太后的老臉馬上「刷」一青，嘴巴撇了撇，遊走於打擊和不打擊女兒的邊緣。

「但是公主妳想想，妳若是就此守節，百年之後閻羅殿上妳的三位夫君來找妳，妳到底要跟誰走呢？妳與他們做夫妻的時間似乎都差不多啊。」皇后見情況不妙，趕緊出來救場。

「弄不好是要把妳分成三份，一人一份的呢！」見多識廣的康妃伺機接上皇后的話。

「……」

結果事實證明了「緣分」的影響還是不如「閻羅王」深刻，而冀榮公主的無神論也不夠徹底。

「奇怪了，怎麼還沒到？」皇后看著外面的日頭，估摸了下時間，早已過了王大人該進宮的時辰，可卻遲遲未見他的人影。

「也許是路上有什麼事……」對這位王大人有印象的恭妃說到一半就打住了，她本想說是不是有什麼事耽擱了，但轉念一想王大人也是著名的災星，該不會是路上出事了吧？

「嗚，我怎麼這麼命苦啊！」冀榮公主又掏出手絹擦拭著沒有眼淚的眼角，為她被放鴿子的命運哀嘆。

「真是太放肆了！居然敢如此以下犯上！」太后忍不住猛拍了下案几，就算知道自己這個女兒不好嫁，但若有人敢嫌棄她，那可是在挑戰皇家的權威。

就在太后準備派人拿王從清是問的時候，宮人卻急急來報，說王從清到了。

「……王大人，你這是怎麼了？」即使隔著層珠簾，太后也能看出王從清此時是一身狼籍，白淨的臉上滿是灰塵、頭髮凌亂，光鮮的衣服上甚至還濕漉漉滴著水滴，這讓太后一時間倒是忘了剛才的火氣。

王大人臉色一紅，先是為自己的遲到告罪，之後才開始緩緩講述發生的事情，那口吻是司空見慣之中又帶著無可奈何。

原來是王小姐跟著父親進宮的路上，看見了街邊的糖果攤，胡攪蠻纏之下，王從清只好下車為女兒買糖，才剛付完錢，樓上卻有人往外倒水給他來了個醍醐灌頂，幾番理論之下又說不過那個潑婦，眼瞅著相親要遲了正準備走人，街上忽然殺出一匹脫了韁的瘋馬，直直朝他的馬車就撞了上去，最後好端端的一輛馬車就在父女倆的眼前散了架。

自始至終，王從清的語氣和語速幾乎都平靜如常，一如唸經似的，既沒有常人遇到這種事該有的添油加醋，更沒有對於車毀人不亡的驚恐後怕，好像整個遭遇都跟他無關似的。可只要稍微想像一下他三言兩語概括完的場景，就能知道那是多麼驚心動魄的場面，直聽得眾人心驚肉跳，真真切切見識了一把什麼叫做峰迴路轉、因禍得福。

「哎呀呀，真是夠危險的啊！看看把小姑娘嚇的。」太后聽完這個驚險的故事後，才發現王家小姐一直一臉死灰的縮在父親身邊。

「來來來，到哀家這來，吃些點心，壓壓驚。」太后好心的朝小姑娘招招手，只當她是受驚過度還沒回過神來。

可是就在宮人聽從太后的指示，準備去拉小姑娘攥著父親衣角的手時，她卻毫無預兆的大叫起來：「我不要！離開爹身邊太危險啦！」

王從清就像是個颱風中心，身邊災禍不斷，可他自身總是完好無損。這一點連他女兒都有了自覺，其他人也就沒理由不相信了。所以由此看來，他跟冀榮公主確實般配得很，至少大家都對他的抗打擊能力有了一定的信心。

可相親的事進行得仍不能算順利……

最大的問題還是冀榮公主的自卑心理。或許是男女有別，也或許是有人天生粗神經，王從清雖然經過了這麼多事，卻依然每天神清氣爽、滿面春風，彷彿是越挫越勇；而冀榮公主則是低氣壓雲團緊隨身邊，越來越疲軟，彷彿已經堅信自己是魔鬼的化身，不再指望還有人能扛得住自己的煞氣。

「唉……冀榮那麼個性子，得想辦法改改才好……」太后對事情的進展嘆了好大一口氣，一個自認為沒救的人，別人著急也沒用。

「關鍵是要冀榮公主能重拾信心啊。」皇后總結出問題的重點，可是關於這個重點……婆媳倆對望了一眼，還是只能嘆氣。

要是連王從清這種條件都不行的話，那世上能讓冀榮公主相信可以白頭偕老的，大概只有烏龜了。

「不好了不好了！太后、皇后！冀榮公主家的小公子掉到湖裡去了！」

兩個後宮頂級人物正落入公主＋烏龜的詭異想像中時，內侍的急報讓事態極速進入了一個柳暗花明又一村的境地中……當然，那時還沒有人能預料到這一點。

冀榮公主的小兒子才一歲多一點，經常被無責任感的兄姐帶著到處遊玩，結果這回兩個大的又再次因意見不合而爭執，一不注意下，小的就掉進人工湖裡去了。當時湖邊是有侍衛的，所以孩子倒是很快就被撈了上來，可是也許出於驚嚇，也許由於嗆水，也許因為各種不知名原因，孩子當晚就發起了高燒，情況很不樂觀。

所謂「福無雙至，禍不單行」，小的還沒好轉，被罰跪地板的兩個大的就雙雙罰成了風寒。面對這種情況，冀榮公主連說「我的命怎麼這麼苦」的力氣都沒了。

王從清事發後第二天進宮時，面見的就是這種狀態下的冀榮公主。

只見冀榮公主眉頭緊鎖、目光呆滯，眼神放空的坐在桌邊發呆，桌面上擺著一壺酒還有一個酒杯。

王從清跟公主的婚事雖然還是沒有定案的事情，但到底算是有點關係的人，他知道在心煩意亂時喝酒很傷身，便本著他樂觀向上積極健康的性格準備上前寬慰公主一番，於是二話不說替公主喝掉杯裡的酒，勸道：「公主，人生不如意之事十常八九，古語有云『熬過寒冬春又至』，也說過『塞翁失馬焉知非福』，我們總該抱持著一顆希望的心的……」

以往冀榮公主對於王從清的話總是靦腆的聽著，既不發表意見，也不怎麼動容，可今天卻瞪大雙眼盯著王從清，嘴巴越張越大，快要能吞下一顆雞蛋了。

王從清也發現公主看自己的神情很不正常，不像是被鼓舞後該有的表現，然而當他準備詢問公主聽後感時，冀榮公主卻猛地跳了起來，一手掐住他的脖子，另一隻手狂捶他的背，驚恐的叫道：「快點吐出來！快吐出來！」

兩個月後，西宮門禮泉大街邊的冀榮公主府炮竹齊響，迎來了它的第四位男主人。

冀榮公主則靜靜坐在新房內等待著頭上的紅蓋頭被第四次挑起來，自怨自艾的消極磁場已從她的身上一掃而光。是啊，連喝毒藥都死不了的男人，還有什麼可擔心的呢！

沒錯，冀榮公主的那杯酒本來就是準備給她自己喝的毒酒。她當時一想到自己沒準兒克夫，還會克子，就覺得萬念俱灰，於是腦袋一發熱，一了百了的念頭便閃了出來。誰又想得到人倒楣的時候連死都難，自殺的酒就那麼被王從清糊裡糊塗喝了。

關於王大人後來的情況，冀榮公主是從皇后那聽來的，皇后跟她說得很玄乎，大意就是王大人從鬼門關前繞了一圈又回來了，其神奇度不亞於起死回生。

不過事實是，王從清只是被害得得了急性胃炎，離生命危險還有十萬八千里的距離。

冀榮公主畢竟不識藥理，她只記得小時候宮裡滅鼠，宮人告訴過她老鼠藥裡的成分銅裡也有，便從銅器飾物上刮下些粉末倒入酒中。可她只知其然，不知其所以然，一來她從銅器上獲取的那個以後會被命名為「砷」的有毒化學物含量有限，二來她又混到一大壺酒裡，其稀釋程度大概連隻老鼠都毒不死，結果被灌了兩個月豆漿稀釋毒素後，王從清便又活蹦亂跳了。

當然，皇后既然有意隱瞞，冀榮公主自然是對內中情況一無所知，她只當是自己終於找到擁有金剛不壞之身的男子，便開開心心又把自己嫁出去了。

對於冀榮公主得來不易的第四次婚姻，皇家自然是隆重對待的，就連皇帝都親自寫了一副對聯，貼在公主府的大門前──

上聯：今夕交杯傳連理蜜意

下聯：來朝躍馬競陌上風流

橫批：佳偶天成

皇帝的賀詞固然不錯，可是平頭百姓的智慧有時也是不容小覷的，何況他們也體會不來皇帝陽春白雪般的感情，所以京師裡私下盛行的是這樣一副通俗易懂的對聯──

上聯：天驕女錯失三位良人

下聯：世家子無緣兩姓嬌娘

橫批：雌雄雙煞

第十二章

北行漫記 一

仲夏苦夜短，開軒納微涼。隨著冀榮公主的婚期一同到來的，還有炎炎夏日下的燥熱。

皇帝雖宅在深宮，奈何再神聖不可侵犯的宮門也擋不住一波一波的熱浪，而正是在這苦熬不見盡頭的時候，從並州來的一封信卻給皇帝帶來了意想不到的消息。

這封信乃是衡原王的邀請函，他所轄的並州常年負責修築長城，用以阻擋北夷的騷擾，今年終於初具規模，且在上郡、雁門、代郡都建好了固若金湯的城防。為了表示自己沒有貪汙朝廷的撥款——更主要的恐怕是為了炫耀自己多年的成績，衡原王特別邀請皇帝前往並州北巡，結果這信在皇帝看來，簡直就是讓他逃出京城北上消暑的再現成不過的藉口了。

於是皇帝捏著這封信，與朝廷大臣們據理力爭，在磨了半個月嘴皮子並不惜打出「安境靖邊、揚威顯盛、觀風問俗」的偉大幌子之後，皇帝終於如願以償踏上前往並州的道路，朝著夢想中的清涼之地而去。

＊　＊　＊

「皇上，要再加點冰嗎？」

惠妃抱著個冰桶走進船艙時，正是皇帝大呼「好熱」、皇后在一邊替他打扇子的時候，不過惠妃是寧願皇帝不要回答她，這樣她就能把這桶冰據為己有了。

可惜，若是別的事，皇帝肯定懶得開口，但一涉及到祛暑降溫，皇帝立刻往腳邊放著的半冰半水的漆桶裡指了指，惠妃只得心不甘情不願的倒了半桶冰進去。

「父皇、父皇！你快來看看啊！看看我的肩膀！」

這邊皇帝才因冰塊降了點根本察覺不到有降或沒降的溫度，那邊二公主的一聲嬌喝又迅速讓皇帝煩躁的感覺上升了。他青筋直跳的扯開覆在臉上的涼綢巾，有氣無力的問道：「又怎麼啦？」

「你看啊，我的肩膀上怎麼全脫皮啦！這要是留疤的話該怎麼辦啊？」二公主苦兮兮的跑進船艙訴苦。她與三公主是恭妃所出的孿生姐妹花，受到母親的影響，俱把外貌保養看得比命還重要。

「早叫妳們大白天不要到甲板上去玩，妳這不是找曬嘛！還有誰在外邊？叫她們統統進船艙去！」

天一熱，人就容易脾氣暴躁，皇帝也沒能逃脫大自然的影響。二公主本來還想到皇帝這找點安慰，沒想到反惹來一頓訓，漂亮的眼睛立刻變得濕潤起來，已經有水滴在裡面打著轉了。最後還是皇后出來緩頰，一邊溫和的把二公主哄回艙房去，一邊召御醫前去上藥。

當房間裡逐漸恢復安靜以後，皇帝又把那塊已經被體溫蒸得半熱的綢巾蓋在臉上。透過那上面半透明的花紋，可以望見船艙窗外的景致，可惜外面似乎除了白亮的刺眼光線外，就什麼都看不見了。

此時的皇帝心中只有一個感嘆：自作孽，不可活！

遙想一個月之前，他雖然也飽受熱浪侵襲，但待在家裡，要什麼有什麼，偶有涼風吹過，藉著樹蔭還能感到一絲清爽。哪像現在？仲夏的江面上，反射、繞射、折射到處亂竄，待在船艙裡的他們活脫脫就是一箱烤魚！

想到這裡，皇帝不免又要怪起寫信給他的衡原王。他忘了自己當初拿著衡原王的信當藉口時的得意，現在反而覺得山貓是暗懷鬼胎、別有用心，否則他為什麼要在介紹完了北方的城防時，還順帶一提家鄉的天高氣爽！要不是這麼個事情，皇帝怎會想要遠離養尊處優的皇宮，去自找顛沛流離之苦呢？

「天將降大任於斯人也，必先苦其心志，勞其筋骨，餓其體膚，空乏其身，行拂亂其所為……」皇帝默默唸叨著。事已至此，除了期待衡原王能老實一點說話靠譜之外，似乎就沒有其他的盼頭了。唉，為了美好的明天，撐著吧。

可惜皇帝撐得住，不代表其他人也能撐得住，二公主那邊才消停沒多久，孟賢安又領著御醫來敲皇帝的門了。

「皇上，大殿下又犯病了……依臣之見……還是早做決定的好。」

御醫猶猶豫豫的把話說完，皇帝就重重嘆了口氣，直把綢巾從臉上吹了下來，然後無奈的往兒子房間走去。

話說這次皇帝北巡，除了皇后自然隨行外，還有抽籤中選的新人惠妃；而子女之中，除了寧妃的女兒尚在襁褓之中外，其餘五個大的也全部跟了出來。其中的靖海王是皇帝的嫡子、長子兼獨子，如今已長到七歲了，還是頭一次出皇城、頭一次坐船，於是大家也才頭一次發現他會暈船，而且還是暈得特別嚴重的那種。

換房間、束緊腰部、含薑片、往鼻子裡面擠橘皮的汁……什麼方法都用了，結果依然是暈得不分東西南北、吐得昏天暗地。最終御醫只好採用沉香直接把大皇子弄暈，讓他一天裡超過三分之二的時間都在睡覺，不過這個方法用多了容易讓人腦袋遲鈍，所以終非長久之計。

皇帝看見兒子煞白的一張小臉，又心疼又納悶，怎麼四個女兒都在船上生龍活虎上跳下竄，這個兒子反而這麼禁不起折騰？

「羨兒好點了嗎？」皇帝輕喚著兒子的名字，拍著他的背問道。

不過，此時此刻皇帝的這句問話更像是一句廢話，只見小羨剛一張口，音還沒發一個就先吐了幾口酸水，之後他睜開水汪汪的眼睛又委屈又憤怒的瞪著皇帝，答案不言而喻。

到了這個地步，不管走水路是多麼的方便快捷安全，若是為此搭進去一個兒子——先不說國家社稷的問題，就光是皇后都饒不了他。所以皇帝權衡了一番，隨即召開一個小型家庭會議。

「吶，現在的情況就是這樣……」皇帝指了指像霜打的茄子似的兒子，「羨兒是不能繼續乘船的了，我們大家恐怕得改走陸路。」

為了兒子，皇后自然沒什麼話說，而惠妃很清楚的認知到自己半個保姆的定位，也沒有可置喙的餘地。不過，公主們就不太樂意了，走陸路就意味著她們全得被塞到馬車裡，論起自由度來，當然是沒法跟在船上比。

但終究是病人第一，皇帝見女兒們彆彆扭扭也沒說出什麼強有力的反對理由，就作主決定所有人棄船上車。

「受不了啦！太悶了！」大公主在馬車窗邊東張西望了一個時辰後，終於忍不住喊了一聲。現在他們已經遠離河道上了官道，遠處雖還有些青山可看，可是眼前充斥的卻都是全副武裝的禁軍，生生破壞了大自然的天然美。

「姐姐快來看啊！有個很好看的大哥哥呢！」就在大公主對著左車窗大放厥詞的時候，四公主則在右車窗外發現了寶藏。

「我來了，哪呢？哪呢？」大公主興奮的挪了過來，順著妹妹手指的方向望去，原來是個俊俏的羽林衛。「哎，同是軍士，還是京城的人有派頭。」

看不見美麗的風景，看看瀟灑的人物也算是聊勝於無，於是大公主就跟四公主一邊欣賞著美男，一邊對列於她們馬車左右的當地駐軍和宮廷禁軍做著社會學、人種學、基因學的比較分析。

聊著聊著，大公主忽然感到少了點什麼，環視車廂內一圈才發現，原來她的二妹和三妹都縮在車廂的角落裡一言不發，這對同樣熱衷於俊男美女的她們來說是異常詭異的狀況。

「妳們兩個怎麼了？怎麼都不說話了？」

「姐……妳沒覺得有什麼不舒服的地方嗎？」

二公主抬起臉來反問大公主一句，那灰白的臉色把大公主嚇了一跳，「沒有啊，妳不舒服？」

「有點……我懷疑我是不是也要暈了，我有點想……」

「嘔——」二公主話還沒說完，她的孿生妹妹不知道是不是被她的話誘發了，毫無預警吐了起來，當即引發車廂內一連串的慘叫。

片刻後……

「公主殿下這是暈車的症狀，治療嘛……跟大殿下是一樣的。」

御醫說完了該說的話，含薑片、擠橘皮汁的流程便又按部就班重演了一遍，結果事實證明祁陽、淮安兩位公主果然跟靖海王是一家人，都不吃這一套。

皇帝無語了。好嘛好嘛！一個暈船，兩個暈車，倘若再來幾個暈走路的，他就可以功德圓滿了。

可惜自嘲歸自嘲，問題還得解決。皇帝是既可憐兒子也心疼女兒，但若因此兵分兩路，也是大大的不妥。為了減輕國庫負擔，此次北巡本就沒帶多少護衛，從京師裡跟來的只有很少一部分的羽林衛，大部分護衛都是沿途由當地抽調的，不好分割；再者，真要分水陸兩路的話，皇帝到底跟哪邊？他可是不放心讓兩個女人——其中的惠妃還是個不定時炸彈——單獨負責一半的。

「……皇上，要不抓鬮吧？」惠妃看出皇帝眉頭緊鎖、兩眼呆滯的為難樣，適時提出參考意見。

抓鬮者，即是以「這就是命」的論調來安慰自己及搞定所有不同意見者，惠妃之所以這回腦子這麼靈光，並不在於她的隨機應變能力，而是來自於她的親身體驗。

想當初，惠妃就是有如神助般的第一個去抽籤便一抽即中，然後就在諸妃或羨或嫉或以眼殺之的眼神中，成為陪伴皇帝北巡的嬪妃。只不過依現在的情況看來，好像也算不得是件幸運的事。

對此一意見，皇后也沒有反對，畢竟做了多年的後宮總管，不可能沒有大局觀，雖然她願意帶著暈船的兒子單獨走陸路，但這種勞民傷財的資源浪費卻是不可實施的。

「抓鬮嗎？……也算是個辦法……」皇帝自顧自點點頭，其實他也沒有更好的主意了，於是傳來筆墨紙硯，一氣呵成寫下了筆走龍蛇的兩個大字：船、車。

「來來來，你們自己隨便抽一張吧。」皇帝叫來了暈暈乎乎的三個孩子，然後把揉得皺巴巴的兩個紙團擺在他們眼前。

「小羨先來吧。」二公主用手肘頂了頂弟弟。

「為什麼是我？」小羨狐疑的問道。他知道但凡是好事情，姐姐都不會謙讓的。

「因為你小我們才讓你的啊！」三公主表示出一副尊老愛幼的模樣。

小羨抿了抿嘴蹭到桌邊。這裡只有兩個紙團，小羨知道他一爪子下去後，決定的不僅是自己的命運，還直接決定了另兩個人的命運，這種緊張感比在一堆紙團裡抽籤要巨大得多，所以他的手在半空中哆嗦了半天，從這個紙團移到那個紙團，又從那個紙團移回這個紙團，就是不敢下手。

「我是男孩，姐姐是女孩，還是姐姐先來吧。」小羨末了來了這麼一句。這個時候，他倒寧願做被決定命運的那一方，也不想自己抽出來後懊悔不已。

可惜他的兩個姐姐跟他想到一起去了，也不願幹自己把自己坑了的事。於是二公主頭一轉，對著皇帝說：「我暈得很，父皇來替我們抽吧。」

「啊？朕？朕既不暈車也不暈船，怎麼樣都無所謂，這種事當然該由你們自己決定。」

皇帝其實很有所謂的，因為他無論抽出什麼結果，勢必都會得罪另一方，所以他堅決不做這種「命運」的替死鬼，而是拍了拍兒子的肩，一臉「是男子漢就上」的表情。

小羨就這樣瞻前顧後的伸出他的手，然後幸運女神就跟他說 Goodbye 了。

「唉，羨兒你是男孩子，要能屈能伸，這次就委屈一下吧。」面對兒子的霉運罩頂，皇后也不好多說什麼，只能無奈的教小羨自我安慰的法子。

而一邊的大公主就說得直白多了，「哎呀呀，反正阿羨你在車上也是暈，只是沒船上那麼厲害，而二妹和三妹在船上就完全不暈，兩害相權取其輕，坐船也是對的。」

大公主一邊看著御醫在小羨的房裡點沉香，一邊這麼安慰胞弟，而她自己則是暗自高興，至少她不用在剩下的幾百公里行程裡只玩找帥哥的遊戲了。

航程就在這樣多災多難的波折中繼續著，經河東、入汾水、再過上黨郡，太原府就指日可待了。

只是越靠近太原，皇帝的臉色也就越陰沉，不是為了幾乎呈現冬眠狀態的兒子，也不是為了幾乎曬成煤炭樣的四個女兒，而是為了身體壓根感覺不到氣溫有所降低！

「難道太原府不應該比京城涼快嗎？」當然應該要涼快，所以皇帝雖然用的是疑問句，卻是責備的語氣。

來替皇帝解惑的那位欽天監主簿在心理和生理上流著雙重的汗水，支支吾吾的說：「今年的氣溫普遍偏高，而且範圍很廣，所以……也、也不能保證北方就一定會比京城涼快……所謂天意……就是比較難以把握的……也許到了太原府後，天氣就會有所變化。」

主簿的回答很模稜兩可，總之就是給皇帝打一點點預防針，再留一點點希望，順便把罪名全推到老天爺頭上。

「天意？」皇帝站在太原府的正門之外，無視門前黑壓壓一片向他行跪伏之禮的大小官員，只是鬱悶的仰望著火傘高張的天空，從鼻子裡哼出一聲，而這混合著無奈、嘲諷和怨恨的聲音也被迅速掩埋在震耳欲聾的知了的呱噪中。

換了幾次車船，軍隊護航、官民貢奉，再加上為此與朝廷吵了大半個月的架……這一切，都只是為了能滿足一下皇帝避暑消夏兼帶遊山玩水的心願而已，而結果就是一家人在路上花了大把的時間人仰馬翻，來這裡欣賞驕陽似火的太原城以及治療暈眩嘔吐？

絕望了！絕望了！皇帝此時的心情如果不能用「絕望」來形容的話，那還有什麼能用「絕望」來描述的事情呢？

不過，在皇帝還沒收到太后那封「京中連降暴雨，氣溫忽然下降，宮中多有風寒患者，陛下在外邊切不可過於貪涼」的慰問信前，他還不知道什麼叫做「徹底絕望」。

第十三章

北行漫記二

「今年的天氣還真反常呢！尚未到三伏，本不該這麼熱的。」

「的確如此，皇上您來得還真是不巧。」

皇帝面對著下首同他閒聊的一男一女，心情卻是截然不同。

渤莊郡主一直是個粗神經的，這個時候戳皇帝的痛處也可歸為無心之舉，但衡原王就一定是故意的了，所以皇帝朝他擠出一個只有兩人之間能心領神會的冷笑，翻譯一下就是——你啊，等著瞧！

當皇帝在他下榻的晉陽宮第一眼看見衡原王時，就立刻想抽他一個大耳光。哪裡涼快了？涼在哪？自己肯定是熱昏頭了，才會相信山貓的一派胡言！

「不過陛下，端午節馬上就要到了，我們這裡雖然不比京城熱鬧，節日裡的活動也是一項不少的，陛下有沒有興趣去看看？」渤莊郡主沒有察覺出現場無聲的針鋒相對，只是覺得皇帝和她弟弟一動不動的相視而笑甚為古怪。嗯？笑呆了？

「陛下？」渤莊郡主把手伸到兩人中間晃了兩下，成功阻斷交擊著的目光。

「啊！什麼事？」

「我是說再過幾天端午節就要到了，皇上有沒有興趣……」

「姐姐妳就少折騰了，皇上在京城什麼沒見過，我們這種偏遠地方的節日怎能入得了陛下的眼呢？」

沒等渤莊郡主說完，衡原王就打斷了她的提議。皇帝在太原府的所有開銷都註定要由衡原王來買單，他是巴不得皇帝在行宮裡搞家裡蹲，省得到外面還要增加他的負擔。

可惜衡原王這一番說辭卻招來了皇帝本能上的抵制。

「當然要去！朕千里迢迢來到這裡，不好好體察一番民情怎麼行！」

「那就太感謝陛下能賞光駕臨了，今年的端午我們太原百姓可算是能開一次……」

「等等！」渤莊郡主這回又被皇帝打斷了話語，「朕如果公開出現在那種場合，想必人家都會很拘謹，玩也不能盡興，朕何必做這種煞風景的事呢？微服出行就得了。」皇帝一面對渤莊郡主表達著他善解人意的體貼，一面瞟了眼臉色不善的衡原王。哼！他才不要跟這傢伙一起出現在公眾面前，還得裝出副其樂融融的樣子呢！

「哎呦！我的小姑奶奶啊，妳們是不是怕賊不惦記著妳們呢？」渤莊郡主對著金光燦燦的四位公主高聲驚呼。果然都是沒出過門的富貴孩子，不懂得人怕出名豬怕肥的道理。

「不是叫妳們穿得樸素一點嗎？幹嘛還弄這麼花俏！」有過出門經驗的皇帝保持著一個正常鄉紳的裝扮。他打量了一番女兒們，也不由得數落起來，再看看身邊的惠妃，順手拔掉她頭上幾個珠簪。

「可是……這已經是我們帶的最樸素的衣服了……」

公主們在外就代表著母親的臉面，所以這幾個丫頭出門之前，親娘都毫不吝嗇的往她們的行李中塞好東西。

「得了得了，還是先委屈點穿我這裡的衣服吧。」渤莊郡主說完便吩咐僕人拿來幾套質樸但不失體面的小孩衣服，當她抖開最後一件男孩子的外褂時，才發現好像少了一個人，「咦，羨兒呢？」

「他現在那個樣子，還是別跟著我們在人群裡面擠的好，所以皇后帶著他跟著昭暉了。」皇帝為目前仍腦袋遲鈍分不清東南西北的小羨默哀了幾秒鐘之後，回了一句。

五月五，是端陽。門插艾，香滿堂。吃粽子，灑白糖，龍舟下水喜洋洋。

作為夏季最重要的節日之一，端午這天的太原城張燈結彩，車馬熙攘。皇帝一行乘著馬車從晉陽宮的偏門出發，直奔將要舉行龍舟比賽的汾河岸邊，可惜半道上就讓人流堵住了。

「老爺，北大門那都堵著呢，車過不去了。」左羽林衛將軍齊麟把頭伸進車廂，對著皇帝報告下屬探路後的結果。

皇帝掀開車簾望著外面黑壓壓的人頭，又看了看女兒們躍躍欲試的小臉，心中微嘆一口氣，做了個順水人情：「下車吧。」

「哦耶！」公主們爆出歡呼。

一群人徒步行走之前，皇帝忽又想起什麼，湊到齊將軍身邊吩咐道：「別叫朕……也別叫我『老爺』、『老爺』的，聽著真彆扭。」

「那屬下該怎麼稱呼您？」

「沒有年輕點的稱呼嗎？」

「少爺？」

皇帝考慮了一下，恩准。

通往北大門的虎營街是城裡的主要馬路，此刻正是四里八鄉的小商販們聚成一堆做買賣的地方。豆娘、健人、艾虎、長壽縷等節日特色飾品一應俱全，跟宮裡比雖然等級低了不少，不過小孩子就是圖個熱鬧，一下車便跟魚入大海般沒邊似的亂竄，皇帝充當提款機，侍衛們則成了拎包的。

皇帝這次出門帶了八名羽林衛，他原本的打算是避免聲勢太大引人注意，再說八個人盯六個人也夠用了，可惜侍衛們並不這麼想。

千百年來，「皇帝」這種職業就特別愛招一種人，名喚「刺客」。左羽林衛將軍齊麟就深知這一點，所以眼下離開了視野開闊的宮殿，混入龍蛇雜處的市井之中，齊麟只覺得精神高度緊張，人人看起來都像不法分子，就比如現在這個站在皇帝身邊，手揣在袖子裡不知道在掏什麼東西的老頭……嗯？手揣在袖子裡？

「有刺客！」齊麟先發制人大吼一聲，一把就按住那個白鬍子老頭的右手，厲聲喝道：「你是何人？」

身邊人的獅子吼把皇帝嚇了一跳，更把老頭叫得魂飛魄散，「小、小老兒是城南馬首蘆家莊人……今年六、六十五了，家裡有個老太婆，兩個兒子……小兒子才娶了房媳婦……大、大爺饒命啊！」

老頭語無倫次，可見被嚇得不輕，這讓周圍的人紛紛對為首的齊麟投來責難的眼光。皇帝也臉色發青的拿手頂了頂齊麟，小聲罵道：「發什麼神經？」

「少爺！這個人剛才在您旁邊不知道在掏什麼東西，屬下怕他意圖不軌。」

齊麟不愧是職業出身，即使頂著眾怒也毫不懈怠，而那老頭大概終於弄明白自己是怎麼得罪了這路神仙，趕忙申訴道：「這是錢！這是錢！小老兒剛剛只是在掏錢！」說著手也開始在袖子裡掙扎起來。

齊麟順勢減輕了手上的力道，老頭終於把手抽了出來，攤開手掌一看，果然是五個黑黝黝的銅板。

「下次看清楚了再喊！不對，你在這種地方怎麼能喊『有刺客』呢？」

「是是是，是屬下失察了。」面對皇帝的惱羞成怒，齊麟只能連連道歉。可他深受「寧可錯抓一百，不可放漏一個」的思想培養，心裡還是卯足了百分之兩百的勁。

就在大家恭聽皇帝教育的時候，一個身材矮小的年輕人與他們逆向相遇，並以閃電般的速度從皇帝身邊竄了過去，直把皇帝撞得一個踉蹌。然而，還沒等皇帝搞明白是怎麼回事，齊將軍又帶頭高喊一聲「有刺客」，就領著兩個屬下衝入人群之中。

「少爺！少爺！您沒事吧？」剩下的羽林衛都緊張的圍住皇帝檢查起來，畢竟是直接的身體接觸，如果真是刺客的話，已經足夠解決掉皇帝了。

結果上下查了一遍，什麼也沒少，除了錢包。

「真是……應該喊有小偷嘛！」皇帝忿忿的咒罵一聲，一臉無奈的朝著羽林衛將軍消失的方向望去。

一行人走到北門口才發現為什麼路堵得這麼厲害，原來官府要在這放煙花。這時候的煙花製作水準已經相當之高，官府出錢的表演當然效果更好，所以幾個人合計了一下後就駐足觀望起來。

可是等了一會兒後，公主們發現，自己除了大人們的後腦勺外什麼都看不到，紛紛要求升高立足點。

皇帝一算，連自己在內正好四位男士，這齊將軍只帶走了兩個人還真是有先見之明。得！揹著吧。於是皇帝挑了身材最小的四公主揹著，沒想到小丫頭還挺沉的。

「空中捧出百絲燈，神女新妝五彩明。」四公主是康妃的女兒，說話風格盡得親娘真傳，必要引經據典。

此時四公主對著天上的煙花吟起詩來，皇帝聽後滿意的說著「不錯不錯」，不過小女兒的體重如果能夠再輕點，那就更不錯了。

「呀呀呀！那是萬山紅！」相對見識較多的大公主騎在一個侍衛的脖子上，指著個正在升空的炮竹喊了出來。

大家便順著她手指的方向仰頭望去，炮竹升啊升啊，人們的頭也越抬越高，然後就聽見「砰」的一聲，沒看到煙花，只看見一個火球炸了出來，帶著星星點點的小火團就開始往下落。

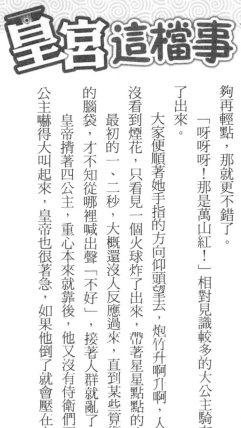

最初的一、二秒，大概還沒人反應過來，直到某些算術水準高的人估計到那拋物線可能正好砸中自己的腦袋，才不知從哪裡喊出聲「不好」，接著人群就亂了。

皇帝揹著四公主，重心本來就靠後，他又沒有侍衛們下盤穩固，被前面的人轉身一擠就向後倒去。四公主嚇得大叫起來，皇帝也很著急，如果他倒了就會壓在女兒身上，這做爹的要是拿女兒做了肉墊，那也太不人道了。

結果還是拜擁擠的人流所賜，皇帝後傾的同時又撞到了旁邊的人，這才藉著作用力勉強站穩腳跟。

可當他長吁一口氣，轉身想找那個擠他的人出口惡氣時，忽又被人從後面推了一把，這下前面再沒有人擋住他的去路，皇帝毫無懸念的直接用他的臉去親吻了大地。

「爹爹，你還好嗎？你沒事吧？」安全著陸的四公主蹲在皇帝身邊，輕輕扯著皇帝的袖子問道。

無秩序的人群依然在他們兩人的身邊奔走，也不知道是哪個不看地走路的傢伙又在皇帝的手上踩了一腳。皇帝忍無可忍、無須再忍，一個俐落的翻身爬了起來，臉上的灰也不撣，嘴裡的土還沒吐乾淨，當即就爆了句粗口——

「他媽的！我要抄你們滿門！誅你們九族！滅了你們祖宗十八代！」

氣完罵完，皇帝也不能真的大開殺戒，他只能自我冷靜一番，重新抱起四公主環視四周，這才發現羽林衛和另外三個女兒早已不見蹤影。

一般人遇到這種情況，都會扯著嗓門喊兩聲，皇帝也打算照辦，可等他深呼吸、張大嘴準備喊人時，卻忽然意識到除了剛剛投身於當地反扒事業的齊麟將軍外，他根本不知道其他侍衛的名字。

「湘樂！淮安！」皇帝喊了女兒的名字……仍然無果。

那就喊「我是皇帝，我在這」？可這樣的話，估計想招來的和不想招來的都得來了。幾番糾結之下，皇帝終於徹底失去了與隨行之人的聯繫。

「爹爹，我們迷路了嗎？」四公主陪皇帝在一座酒樓門前的臺階上坐了好長時間，也沒見父親有行動，所以弱弱的問了一聲。

「……看起來是這樣。」皇帝一邊回答，一邊發呆。

「那我們怎麼辦呢？」

怎麼辦？沒有錢，又不認識回去的路，皇帝能想到的辦法也就是繼續朝著他們原本的目的地前進而已。放他們半途下來的馬車預定是要到賽龍舟的漪汾碼頭接他們，如果侍衛們夠聰明，也該去渡口找自己。何況衡原王作為地方最高軍政長官，今天也會出席比賽，而且他還帶著皇后和靖海王。

實在不行的話……皇帝到時候也能找到他搭順風車回行宮，可這是個下下之策，皇帝決定不到最後關頭，絕不走這一步。

主意打定之後，皇帝又來了幹勁。他拍了拍身上的灰，再整整女兒的衣服，拉著四公主上路了。

「這位大爺，漪汾橋怎麼走啊？」俗話說鼻子底下就是路，而問路最好就問看起來年紀一大把、土生土長的本地居民。

「溺瑣撒？」老大爺正在吸旱煙，一口純正方言出來之後還順帶噴了皇帝一臉煙霧。

「漪汾橋！怎麼走？」

「撒？」

「……」果然是純種的當地人，連官方語言都聽不大懂。而皇帝對方言學又毫無研究。

正當皇帝一籌莫展的時候，只見四公主站到老頭面前，說道：「老爺爺，我們要去划龍舟的地方，龍舟！」說著還不停的做著划船的動作。

可能是肢體語言最終發揮了跨越地域的作用，老頭看見四公主稚氣的動作後，嘿嘿一笑，手往遠處一指，說道：「出聊背門，往懂揍，就成。」

這句話皇帝聽懂了，可這句話也太簡潔了！東邊大著呢！於是皇帝又囉囉嗦嗦重複了好幾遍，讓老頭明白了他想要問的具體路線指南。

「出聊嘖門，往懂三伯米，再往南拐個彎，揍大概易伯米，再往洗拐，再往……」

皇帝想知道的具體點，老大爺果然就詳詳細細替皇帝敘述一遍，其服務態度之好，不可謂不一般，熱情純樸得讓皇帝都不好意思叫他再說一遍。

「爹爹，你知道怎麼走了嗎？」四公主反正是沒聽明白，所以她很佩服皇帝的記憶力。

「不知道。」

「那你為什麼說你知道了？」

「……人家老大爺也不容易嘛，一直打擾人家總不好。」

「這是不是就是聖賢所謂的『打腫臉充胖子』？」

這話好像不是聖賢說的吧？不過皇帝依然保持著沉默。

可好歹大致的方向是清楚了，而且皇帝也看到許多人都是往那個方向前行。跟著群眾走，總該不會錯得太離譜的。

於是父女倆揹一段，歇一下，抱一段，再歇一下，等走到一個分岔口，皇帝又準備找個人問問的時候，忽聽不遠處一陣起鬨，緊接著就有人喊道：「快來看啊！打架啦！婆娘打大老爺們呦！」

皇帝目前的處境本沒有閒工夫看人家兩口子打架，可惜街窄人多，皇帝不由自主就被人流推擠著往事故中心走，而更讓他不得不一窺究竟的理由是，那個大嗓門的女人一口純正京腔，竟隱約有點耳熟。

「叫你再敢吃老娘的豆腐！」

「告訴你，就是皇上要碰老娘還得老娘同意呢！你算是哪根蔥，竟也癩蛤蟆想吃天鵝肉！」

「去死吧你！」

皇帝很難形容自己看到惠妃時的那種複雜心情。他當然很高興，高興這樣出人意料的與大家重逢，可是看到被兩名侍衛拉著、卻還不住對一個躺在地上的大漢拳打腳踢的惠妃，皇帝真的很不想現在就去認她。

但是四公主並不明白大人的心思，她一下就發現了人群之中的姐妹，興奮的大叫起來：「大姐！二姐！三姐！」

「四妹？爹爹！」對面的三個孩子也激動的衝這邊揮手。

至此，皇帝只好一臉黑線的從看熱鬧的人群中站了出來。

羽林衛把他們如何尋找皇帝、如何在這裡休息、惠妃如何遭人調戲又如何反攻的大致情形報告了一遍之後，皇帝從侍衛那徵集來錢包，開始賠償茶樓損壞的桌椅錢。掌櫃本來還拉長著一張臉，收到銀子後心情一緩和，也就同皇帝話起家常來了。

「尊夫人可真厲害啊，我還以為我們當地的婆娘就夠辣的了，跟尊夫人一比倒是小巫見大巫了！」也不知道掌櫃的是褒還是貶。

「……哪裡哪裡，她平時不是這樣的……」誰能想到她會跟侍衛一起喝酒呢！

「我明白我明白，這位爺，小人我也很佩服您啊！」

皇帝皺著眉頭看這茶樓掌櫃意味深長的笑臉，真想把自己知道的所有酷刑全部用上去。

你明白啥啊！你佩服個屁啊！

第十四章

北行漫記三

夏苗，歷來與春蒐、秋獮、冬狩一起成為皇家固定的狩獵活動。不過，當初為了在朝廷那裡強調此次北巡的必要性，皇帝硬是把在京城南郊禁苑就可以搞定的活動搬到了太原府。於是乎為了圓謊，儘管皇帝大熱天的根本沒有心思打獵，卻還是得趁著天剛亮的清涼時機跑到懸甕山麓來。

可是皇帝嫌天熱，動物們也是感同身受，幾乎沒有為皇帝「接風洗塵」，早就躲得不見蹤影。好不容易獵了幾隻雉雞野兔之流，皇帝估摸著可以交差了，便早早到樹蔭下去休息，等著來人叫他撤退吃午飯。

藍藍的天，白白的雲，皇帝蹺著二郎腿，前襟敞開，挽著袖管，還極不雅觀的叼了朵無名野花。

雖然此處不比宮裡，出京巡視縱然有再多的苦果子，這一點好處卻是始終不變的：那就是規矩少了，盯著皇帝的人也少了。何況此時此刻連皇后、惠妃和一群孩子都不在身邊，於是皇帝盡情享受這難得的清閒，再也不用操心有人在他耳邊囉唆，要求他像坐龍椅一般莊重的坐在樹根上之類的事。

世人最大的願望大概就是當皇帝，然而作為皇帝，他本身的願望豈能不更上一層樓？那就是——光領薪水不幹活。

「皇上，時辰差不多了，臣安排今天中午到太原府尹孫大人的別院暫歇，皇上意下如何？」

就在皇帝感嘆著「願此刻永恆」的時候，衡原王掀起圍帳進來跟他彙報下一個行程。本來難得的清靜被山貓干擾，皇帝會本能的不爽，可是現在看到衡原王風平浪靜的臉，皇帝只覺得內心無限愜意。

端午那天，皇帝一行比衡原王更晚回到行宮，在門口恭候他的山貓陰陽怪氣的問候皇帝玩得怎麼樣，嘴臉是一貫的可惡。可是皇后卻背地裡告訴皇帝，衡原王其實一早就派了暗衛跟著他，卻在北大門擠丟了，結果直到皇帝回來前，這傢伙都擔心得不得了。

小樣！你就不老實吧你！

「你不是要盡地主之誼嗎？那朕就聽你的。」皇帝完全沒自覺到自己也是這麼不老實的一個人，心情愉悅的拍拍屁股上的灰，理理頭髮，之後丟給衡原王一個讓他莫名其妙的笑容，率先走出了圍幕。

北都太原府尹孫殷早已率領著一大家子人在皇帝下榻處恭候大駕，他是這裡實質上的行政長官，雖然名義上的頭頭是衡原王，可卻是直接向中央負責的。

皇帝接受完臣子的跪拜，又不免要頂著日頭跟他客套幾句，直到扯得讓大家覺得禮數都盡到了，這才功德圓滿的踏進涼爽的室內，洗漱一遍準備吃飯。

「咦？小姐呢？怎麼沒來？」大圓桌上很明顯空出了一個位子，作為東道主的孫大人不免臉色難看的詢問著下人。

「小姐早上就去湖邊釣魚了，還沒回來呢，她出門前說讓老爺等她吃飯，她要釣條大魚做菜。」下人回答得自然且流利，似乎很習慣被詢問到這類問題。

「豈有此理！哪有叫陛下等她的道理！」孫大人說的話雖嚴厲，語氣倒不見得有多苛責，反而是一副見怪不怪的感覺。「還望皇上恕罪，小女自幼不在微臣身邊，疏於管教，故而行事多不分輕重。」

皇帝連冒犯他之人的影子都沒見著，自然沒有處罰的心思，不過就在他準備用一笑置之來展現他寬廣的胸襟時，傳說中的孫家小姐卻好巧不巧的登場了。

「爹！看看我釣的王八！這可比魚滋陰補陽多了！」

一個鮮紅的身影迅速從月洞門外竄了進來，光是燥熱的天裡穿著這麼出挑的顏色，就讓姑娘變得足夠惹眼。只見她一手扛著魚竿，一手提著她的戰利品，朝飯廳諸人咧嘴一笑，就露出了跟曬黑的皮膚相比更加潔白的牙來。

「成……成、成何體統！」孫大人就是再見怪不怪，也還是被女兒拎著老鱉的造型嚇到了，何況這還是在皇帝的面前，那不是把老孫家的臉丟到下輩子去了嘛！直逼得孫大人不敢再抬眼去看皇帝，自然也就沒瞅見皇帝一臉高深莫測的笑意。

「您去哪？」

皇帝的出巡行列是準備要在夜前返回太原城的，所以衡原王才在晚飯前來晉見，可他卻看見皇帝又套上了早上的狩衣，完全是一副要出門的模樣。

「這都看不出來？當然是要去打獵。」皇帝頭都沒回，自顧自整理著衣褶。

「……這個時候還去打什麼獵？」

「孫小姐說黃昏是抓刺蝟的好時候，所以朕只是決定滿足朕子民的小小心願而已。」

刺蝟？子民？衡原王心有所悟點了點頭，雖然沒有發出聲音，嘴巴還是做出個「哦」的形狀。之後他的眼神便瞟見皇帝頭上的髮簪，問道：「怎麼又換了個玉的，早上不是還說象牙的比較結實摔不斷嗎？」

「君子無故，玉不離身。」皇帝大笑著拋給衡原王一句古語。能夠直接忽略掉山貓語氣裡滿滿的冷嘲熱諷，可見皇帝的心情不是一般的好。「對了，你派人跟城裡說一聲，朕今晚就住在這邊了，明天再回去。」

君子？鬼扯！根本就是準備去當小人！衡原王望著皇帝的背影，挑了挑眉。

「小姐的這隻獵犬很漂亮啊，朕好像沒怎麼見過。」

套近乎的常識就是：要從對方感興趣的地方開始套起。所以雖然按照皇帝的審美標準，孫家小姐的那條獵犬實在不值得待見，但皇帝還是適時放棄了自己的審美觀，對著孫小姐不時投以關愛眼神的狗君大唱讚歌。

果然，孫小姐聽了喜笑顏開，「這狗在北方不常見，是南疆那邊的獵犬，家父在那任職時，家裡就養了不少隻，後來便一起帶來了。這隻是我自小親自養大的，因為渾身雪白，所以我都叫牠玉龍……啊！民女只是隨便起的名字，請皇上恕罪。」

孫小姐正得意的講解到一半，忽然驚惶的低下頭，因為她剛剛意識到自己替愛犬起了個可以和皇帝平起平坐的響亮名字。可皇帝並不在乎這隻狗是叫玉龍還是叫白毛，對方姑娘忐忑不安的可愛樣子對他更有吸引力。

孫小姐的外貌並不是特別漂亮，好就好在她的風格宮裡還不常見，少了分端莊，多了分靈動；少了分典雅，多了分鮮活。一個缺少嚴格管教的肆無忌憚的少女——大概也就是喝了酒的惠妃能有點這種味道，所以皇帝覺得跟這個姑娘一起待待的感覺不錯。

「小姐……」

「汪汪！」

就在皇帝準備開始套近乎第二步的時候，孫小姐座下的白毛忽然如感應到什麼一般，飛快朝密林深處衝了過去，皇帝身邊的青川犬聞風而動，緊隨白毛之後，接著便是孫小姐本人，她興奮的喊了聲「刺蝟」，也追著兩隻狗去了。

皇帝笑著搖了搖頭，策馬上前，尋思著怎麼讓逮著了刺蝟的姑娘更加開心，露出兩個好看的酒渦，不過皇帝是沒想到他此次卻再也沒機會開口了。

「啊！」

就在兩狗一人從皇帝的視野裡消失沒多久，前方樹叢中忽然傳來一個女人的驚呼聲，不用想也知道是誰喊的。皇帝一聽動靜不對，快馬加鞭趕了過去。

「怎麼了？」皇帝一看見孫小姐的背影，就急切的問了一句，可更加詳細的詢問卻被生生卡在喉嚨裡。因為皇帝看見孫小姐並沒有什麼事，只是雙手捂著臉，而在她的前方，皇帝那條青川犬正騎在孫小姐的白毛狗身上，幹著一些動物不在乎、人卻不能不在乎的事情。

孫小姐曬黑的臉上羞紅得特別明顯，皇帝的臉則一下就綠了。沒想到這畜生還動過這門心思，虧牠是天子的狗，居然光天化日之下來野合！而且……牠怎麼能看上皇帝都沒看上的白毛呢？

當然，天子的狗也還是狗，牠的眼光也不見得非要跟皇帝一致，不過顯然皇帝並不這麼想。

「啪」的一聲，皇帝一鞭子就抽了過去，惱羞成怒。那狗正被打中脊梁，嗷嗷叫著縮到一邊，正在興頭上的事被打斷了十分不滿，滿眼委屈的瞅著主人，彷彿是在控訴：憑什麼你能泡美眉，我就不行？

涼風習習，蛙鳴頻頻，皇帝坐在花架之下仰望星空發呆。這時候要是有活潑可愛的孫小姐來一起聊天，該是多美好的事啊！要不是那隻狗……那隻狗！

自從發生青川犬猥褻未遂案件之後，皇帝就覺得孫小姐看他的神情十分尷尬。俗話說「打狗看主人」，雖然用在這事上不太切題，但至少從一定程度上說明了狗與主人的關係，何況皇帝對孫家小姐的感覺確實不像紙張那樣純潔，因此邀請對方品酒賞月的這種話，皇帝已經說不出口了。

「唉……」這一晚上算是白住了。

皇帝鬱悶的把頭歪向一邊，卻忽然發現他視野所及的假山後面傳來窸窸窣窣的響動聲，等眼睛慢慢適應那邊的黑暗後，就看見一隻狗正在搖晃自己的大尾巴。

那不是剛被他懲罰不准吃晚飯的青川犬嗎！先是隨便勾搭別人的母狗，現在又開始隨便刨地找吃的了？靠！還有沒有當皇家獵犬的尊嚴！

皇帝怒氣沖沖的朝那隻狗走去，等走到牠身後，狗也正好聽到動靜回過頭來看著皇帝，嘴裡還叼著牠的「晚飯」。

嗯？這晚飯怎麼看起來有點眼熟？

皇帝忘了罵他的狗，當即瞇著眼審視起牠嘴裡叼著的某個不明物體。誰知不看不要緊，一看皇帝不禁倒吸了一口冷氣。

「皇上？您沒睡吧？臣跟您說一下明天的事……」

「……朕睡了，明天的事就明天再說吧。」

衡原王在門口站了半天，看了下夜色，又看了看皇帝屋裡明晃晃的燭光，完全不像在睡覺的樣子。又在搞什麼鬼？他疑惑了一番，最後還是走了。可是他沒走多遠，就看見一個端著臉盆的孫府侍女迎面走了過來。

「王爺。」侍女看見衡原王，趕緊行了個禮。

「幹什麼去？」

「皇上說要洗漱，命奴婢端水過來。」

洗漱？不是睡覺了嗎？衡原王回頭瞟了眼此時還亮著燈的房間，眉頭皺皺又鬆開了。他朝侍女做了個手勢，就跟著她又回到皇帝房門前。

「皇上，水來了。」

「知道了，就放在門外吧。」

侍女愣了一下，再看向站在門柱後面示意她不要作聲的衡原王，不明白這兩個尊貴的人在搞什麼飛機，可她人微言輕，哪有提問的資格？於是也只得放下水盆，懷著一肚子的莫名其妙退下去了。

衡原王屏氣凝神在柱子後面等著，果然，不出一會兒就看見房門上出現了皇帝的影子。這個影子在門邊停了好長的時間，似乎是在判斷外面的人走了沒有，然後才小心翼翼的打開門，而衡原王也就適時閃了出來。

「皇上，臣覺得還是有必要跟您稟報明天的情況……」

這是他事先就想好的說辭，畢竟皇帝之前是叫他明天再來的，他不能明著抗旨。低頭躬身等著皇帝的答覆，衡原王只能看見放在地上的水盆還有皇帝長衫的下襬，上頭的斑斑血跡強烈而顯眼……等等，血跡？

衡原王嚇了一大跳，猛地抬起頭，正對上皇帝一臉無措的看著自己，袖口和胸前也都是斑駁的猩紅色。

「皇……」衡原王才喊出一個字，就被皇帝一把拉進屋子，房門在他身後被用力關上了。

「朕不是叫你明天再來嗎！」皇帝的臉色已由無措變成鐵青，顯然是反應過來衡原王的小把戲。

可衡原王壓根沒工夫聽皇帝囉嗦，只是緊緊按住皇帝的肩，目光銳利的四下一掃，然後懵了。

「你……在幹嘛？」衡原王指著地上的一隻白色死狗，腦子有點反應不過來，連對皇帝的敬稱都忘了。

皇帝眼看秘密被別人發現，也不打算再隱瞞下去，口氣不善道：「這不明擺著嗎！在洗這隻死狗！」

可這個答案仍不在衡原王的可接受範圍之內，「……那你幹嘛殺了牠？」

「胡說！你哪隻眼睛看見是朕殺的！」

不是你殺的你為什麼要做這種毀屍滅跡般的事？不對，關鍵是為什麼要給一隻狗毀屍滅跡？

可皇帝似乎並不打算替衡原王解惑，只是以一種命令的口氣吩咐道：「既然你都看見了，那你就跟朕是一條船上的了，這件事絕不許再跟任何一個人說起，聽見了沒有！」

聽到皇帝這種語氣讓衡原王很不受用，何況他目前還搞不清楚狀況。什麼一條船？什麼不許說？我幹嘛要到處去說你在為一隻狗清理屍身？

「這樣啊……皇上……你是不是有點……」

「有點什麼？」

此時皓月當空，屋外的風景正是幽深絕俗的時候，房間裡的兩個大男人卻蹲在臉盆旁邊，其中一個無奈的看著另外一個，被注視的人則一邊俐落的洗著狗，一邊瞪著跟他說話的人。

「有點……太仁愛了……」衡原王嘴角抽搐了下，他原本想說皇帝是不是太秀逗了。

原來皇帝從那條不爭氣的青川犬嘴中發現的，赫然就是孫小姐那黃昏時分還活蹦亂跳的白毛的殘肢。

沒想到這青川犬沒什麼皇家尊嚴，卻夠有皇家的膽子，居然在人家的地盤上就把人家的狗當晚飯了！

一時間，無數有的沒有的念頭都從皇帝的腦海裡刷刷刷飛奔出來，而當務之急就是儘快轉移案發現場。

於是皇帝幾乎是下意識的，就把那條早已斷氣的白毛拖回自己的屋子，因為他實在不想讓孫家小姐在看見自己的狗猥褻了她的玉龍後，再發現自己的狗咬死了她的寶貝……說不定還是先姦後殺。

「說出來也沒什麼吧，大不了你再賠她幾隻好狗就是了。」

「這根本就不是一隻狗的問題！見一葉而知秋，你明白嗎？以小見大！」

以什麼「小」見什麼「大」？衡原王心裡暗笑幾聲，語帶詼諧的說道：「是是是，皇上教訓得是，這是見一狗而知皇上。」

話剛出口，皇帝要拋刀子殺人的眼神就朝衡原王飛了過來，衡原王乖乖的閉上了嘴，決定還是不在這個敏感的關頭再去刺激對方比較好。

「好了……朕洗乾淨了，你就負責把這些亂七八糟的都收拾了吧。」艱鉅的任務終於告一段落，皇帝大出一口氣，從盆邊站了起來。他捶捶肩，扭扭腰，再用袖子擦了擦手，滿意的看著被他打理得漂漂亮亮、音容宛在的死狗。

衡原王仰視著皇帝的這個老媽子造型，也沒把這種感覺說出口，只是跟著站了起來，認命的端起臉盆往門口走去。

「喂喂喂！你幹嘛去啊？」

「當然是去倒水。」衡原王不解的看著驚慌的皇帝。

「你瘋啦？你這麼大搖大擺的端著盆血水出去，那朕當初幹嘛還偷偷摸摸的讓人端水過來！」

所以說你幹嘛一開始就把簡單的事搞複雜？衡原王嘆了一口氣，再次環視下房間，然後改變路徑朝窗戶走去。

「喂！你又幹嘛啊？」

「從窗戶倒出去總可以吧。」衡原王知道這窗戶的外面就直接對著一個池塘。

「你瘋啦？窗戶下面站著羽林衛呢！你想把這盆血水當著他們的面倒下去？」

「那你說要怎麼辦啊？難不成要我喝下去！」衡原王終於不耐煩了，誰知皇帝居然還沒心沒肺的認真考慮了他的「建議」後，才將之否決。

「哎！用這個不就好了，咱們就螞蟻搬大樹吧。」皇帝搜索了一遍房間，終於找到了合適的工具。

衡原王盯著皇帝手裡那個小巧的青花瓷酒壺，嚥了口口水，把皇帝剛才訓斥他的話又原樣奉還——「你瘋啦？」

皇帝與親王的本質區別就在於：王爺瘋了，皇帝可以制止他，而皇帝瘋了，王爺也只能照做。所以衡原王不得不發揮愚公移山的堅毅精神，一次又一次的拿著酒壺，從皇帝的房間走出去。

「王……王爺，您這是在幹嘛呢？」

看到衡原王第七次拿著壺酒行色匆匆的從自己和管家身邊走過去，孫大人終於忍不住好奇心問了出來，哪知衡原王看都不看他一眼，凶神惡煞的拋下兩個字後便絕塵而去——「散步！」

這天晚上，有人在房間裡秉燭夜讀，有人在遊廊下吹風觀月，有人在床榻上呼呼大睡，沒準兒還有人在暗處談情說愛。而衡原王則是一遍遍重複著他的「散步」，其次數連他自己都算不清了。

這期間，皇帝的完美主義居然還不看時尚地點的發作起來，硬是把那隻死狗洗了兩遍。當然，出門接過水盆的是衡原王；迎著僕人詫異又曖昧的目光說著「不用你們伺候，我來吧」的是衡原王；最後偷偷摸摸把白毛隨便找塊草地放好假裝暴斃的，依然是衡原王。

東方漸漸泛起魚肚白，夜晚……就這樣過去了。

「惠妃？妳怎麼在這？」皇帝在如釋重負的美美睡上一覺後，一大清早就在客廳裡遇見了惠妃。

「娘娘昨天聽人回報皇上晚上不回城了，擔心這邊的人不能伺候好皇上，所以就讓妾身早早過來了。」惠妃的回答很感人，可眼神卻是少有的銳利。

其實皇后的囑託是真，但照顧皇帝的意思卻是假的。皇后吩咐惠妃的真實意圖乃是看牢了皇帝！畢竟，宮中的花園雖大，外面漫山遍野的花花草草也是不能掉以輕心的。所以聽到皇帝一夜不歸後，皇后當然就讓惠妃十萬火急趕到山麓下的孫府別莊。

不過皇帝此時身心都還放在白毛的死有沒有曝光的這件事上，也沒有回味出惠妃的話中話，表示完一番欣慰之後，就坐下來開始用早膳。

「皇上……惠妃娘娘？」第三個來到客廳用膳的是衡原王，只見他不停的打著哈欠，被喊成山貓卻又更像狐狸的伶俐臉上，多出兩個極不雅觀的黑眼圈。

「王爺，怎麼氣色這麼差？」

「他昨晚太忙了，大概沒睡好。」還沒等衡原王回答，皇帝就立刻把「答案」告訴惠妃，隨即自動遮擋掉衡原王咬牙切齒的表情。

惠妃的視線遊走在皇帝和衡原王潛臺詞豐富的表情之間，隱隱感到一種異樣，而當孫家小姐的紅色身影出現後，這種異樣就更明顯了。

「孫、孫小姐，昨晚睡得還好吧？」皇帝不太自然的打著招呼，殊不知他這句招呼在惠妃耳朵裡聽得是那麼曖昧。

「很不好……」孫小姐的臉色竟然比衡原王還要差上幾分。

「孫小姐是遇到什麼事了嗎？」惠妃輕聲問道，也很想從孫小姐這邊找找蛛絲馬跡。

「說起來真是讓人害怕，我的狗……」孫小姐刻意頓了一下，緊張的瞧瞧四周，「我的狗昨天忽然暴斃了，我很傷心，就讓人把牠埋在我常會去逛的花園裡，也算留個念想，誰知道今天早上……那隻狗居然乾乾淨淨的躺在假山後面，花園裡只剩下了一個坑，這真是太恐怖了！」

「噗！」

「咳咳！」

皇帝和衡原王一個噴茶，一個岔氣，惠妃則看著三人面色各異的樣子，暗暗尋思著女人、男人和狗，這三者之間的可能聯繫。

第十五章

皇后養成計畫

「政者，口言之，身必行之。今子口言之而身不行，是子之身亂也。子不能……子不能……子……」

「子不能治身，焉能治國政？」皇后接著背道，她這種極其外露的不滿口氣是很少見的，所以對面坐著背書的皇帝一直一臉苦相。

「皇后，不用背了，朕說過很多次了，朕之前已經背了好幾年，只是妳不記得而已，朕真的已經背過了！」

「就算是那樣，溫故而知新，再背一次也是好的。你看，你現在不就已經想不起來了嗎？」皇后一點也沒覺得自己不記得皇帝背過書有什麼問題，相反，皇帝不記得自己背過的書才有大問題。

「今天就到這吧，朕很睏了，明天還要早朝呢。」

「不行！不背完這章不許睡！」

皇后毫不妥協的口吻一如十幾年前她初入宮時的強勢，完全沒考慮到皇帝打著商量的語氣，皇帝只好猛掐住自己的手心，告誡自己要克制再克制，千萬不能如同十幾年前般和妻子置氣。

唉，這一切……說來話長……

＊　＊　＊

北巡之行已經結束，可皇帝的心情卻比出發前更為不爽。

原因無他，只因為除了被迫去北方前線視察一遍城防算是與預定行程一樣外，皇帝其他的願望一件也沒有達成！想消的暑沒消掉，想玩的地方也沒玩到，就連可愛的姑娘都沒來得及發展就被攪黃。

然而，這還不算完，從北巡以來就跟著自己的霉運似乎還沒到頭，就在皇帝回到皇宮不久，皇后又出了意外。

五天之前，皇后無傷大雅的摔了一小跤，接著無傷人雅的撞了根柱子。雖然當時並沒看出什麼不妥來，但鑒於當事人的身分非凡，就足以讓這個小事件成為影響非常深遠的嚴重人生意外傷害案，所以還是宣了御醫來為皇后診治。御醫當時開的也無非就是些消腫化瘀的膏藥，正巧皇后醒來，皇帝便扔下御醫，徑直走入寢殿之內。

皇后在一群宮人的服侍下已半坐半臥在床上，未經梳理的長髮如絲緞般的披散下來，只是看表情似還未完全清醒，可是當她的視線觸及到皇帝時，這種迷茫的神情……就更明顯了。

皇后眼睛裡的光彩瞬息萬變，忽詫異、忽震驚、忽又難以置信、忽又困惑莫名，直到把皇帝盯得心裡發毛，皇后才猶豫不決的開口輕喚道：「……皇上？」

「是……啊。」這有什麼問題嗎？

「皇上？皇上？怎麼可能？皇上您怎麼會這麼年輕！」

最後一句的驚叫幾乎可以斷定是感嘆句，而非疑問句。

皇后那毋庸置疑的語氣，讓皇帝不禁懷疑起自己是正在做皇帝還是正在做夢？

事後回想起來，皇后的這一小跤，還真是後宮的一大跤。

「孩子啊！妳這是怎麼了？怎麼一會兒沒見就變成這樣了！」太后抱著皇后哭得好不傷心，也不知道是為了皇后忽遭此霉運而憂心，還是因為兒媳剛剛脫口的「這個老婆婆是誰」，刺傷了她女性的自尊。

皇后被太后緊緊摟在懷裡，好半天也無法接受被告知的任何一件事情：這個年過半百的貴婦人是她的婆婆——過去的皇后，如今的太后；那個之前被她懷疑是先帝返老還童的青年也不是她婆婆的老公，而是她自己的老公——如今的皇帝，昔日的東宮。

沒錯，說到這裡，各位都該明白了，實際上，經過那表面看來無甚傷害的一撞，皇后患上了在文藝作品中出現率極高的失憶症，而且屬於失去時間記憶的那種。此時的皇后，其心理年齡大踏步的倒退了好幾個年頭，在腦組織體系中自認還只是個荳蔻年華的清純佳人，能記起的頂多就是有過被皇家甄選東宮妃的經歷。

至於結婚——那根本就是沒有的事！

當然，面對鏡子裡那張風韻有之、成熟有之，唯獨沒有花季少女青澀嬌羞的少婦面龐，皇后不得不承認自己瞬間就少掉了一段寶貴青春時光的事實，不過「承認」和「接受」……卻是兩個不同世界裡的事。

「皇后娘娘她……許是頭部受創所致，這才有點糊塗了……」老御醫面有難色的在皇帝面前耷拉著腦袋，適才他為皇后請脈的時候，本來就沒看出任何不妥來，這才只好把皇后無端端的犯傻怪罪到那根柱子上去，畢竟他經驗豐富，此類情況倒也是聽民間傳說過的。

「糊塗？哪有這樣糊塗的！」皇帝很不滿意，皇后認人識物的能力明顯退化，居然對著他三跪九叩高呼「萬歲萬萬歲」，把他嚇了一大跳，「那現在你說，該怎麼辦？」

皇帝的這個問題更讓太醫犯難了，他雖然聽說過有人撞頭後犯起呆來，卻沒聽說過怎樣才能把這呆勁治好。思及此處，老御醫不禁下意識的摸了把額頭上的冷汗，唏噓皇帝一家為何總要搞出一些五花八門的怪事來折磨他這可憐的薪水階級。

「或許……可以再適當的刺激一下……」

「什麼？」

「那個……因為也許是碰撞時刺激到了頭部的某些地方，俗話說，解鈴還須繫鈴人……所以……」

「所以你覺得最好讓皇后再撞一次柱子？」皇帝話說得咬牙切齒，大有一種御醫只要一點頭，就馬上先讓他撞個腦袋開花的樣子。

「不不不不！臣是說，也許可以透過其他方式刺激刺激，比如……驚嚇……」御醫當然不想測試自己腦袋的堅硬程度，情急之中只得說出其他方案：針灸、按摩、情境模擬……有很多治療頭部創傷的方法，雖然都不是針對這種奇怪的失憶狀況，但想他一代名醫，大活人一個，總不能讓尿憋死了。

「驚嚇？」這下，輪到皇帝犯難了，皇后一直是個膽大心細的主兒，還有什麼事能把她嚇住？不過話又說回來，膽大心細的也已是成婚十餘年後的皇后，誰知道她做黃花閨女時是個什麼樣子？

於是皇帝轉了轉腦筋，有了主意。

「來人，去傳幾位皇子公主過來。」

片刻後……

「吶，皇后，這是妳的大女兒湘樂公主。」皇帝鄭重的把大公主推到皇后面前，他相信對不承認自己已為人婦的妻子來說，貨真價實的孩子絕對是個不小的刺激。而皇帝也確實得償所願，皇后明顯一瞬間石化了。

「女、女、女、女、女兒？！」

「是的。還有，這個是羨兒。」皇帝又把另一個刺激推到皇后眼前，「怎麼樣，想起什麼來了？」

皇后看了又看，比了又比，最後愍了又愍，終於「哇」一聲哭了起來，「我的清白啊！就這樣沒了！」

回應皇帝「妙計」的竟是這麼個結果，皇帝皺著眉頭猛瞪了御醫一眼，意思是你這個方法怎麼不靈？

御醫汗如雨下，只能扯些需要循循善誘、不可操之過急的老話，反倒是小羨小心翼翼靠過來安慰他的母親：「母后，清白是什麼？是青菜和白菜嗎？沒了就沒了嘛，這有什麼好傷心的？」

皇后哭得正帶勁，忽然就被噎了一下。她抬起頭來疑惑的望著小羨，又看了看皇帝，雖然必須承認眼前的這個小男孩確實長得比較像自己，但是……

「皇上，這真的是我的兒子嗎？我怎麼覺得……」

皇帝沉痛的點了點頭，示意皇后無須再明言，對於她心中關於兒子的智商不像是從自己身上遺傳來的這一點，皇帝同樣深有體會，並且也不明白原因。

「哎？那……那邊那幾個孩子呢？也是我的？」皇后哽咽著擦了擦眼睛，忽然發現旁邊還站了三個漂亮的小姑娘，年紀有小有大，但若說都是自己生的……這個時間上，好像也太緊湊了點。

「不是，那是……親……親戚家的孩子。」皇帝本欲衝口而出的話，這時候忽然轉了個彎。他的腦筋有時候還是滿靈光的，想著眼下皇后還有點受不了自己成了「孩子他娘」的事實，那麼自己已經三宮六院的事實……還是留著以後再刺激她為好。

可惜皇帝原是好意，但他忘了皇后縱使不從他這，也能從敬事房的記錄發現後宮憑空多出來的許多女人。於是為了照顧她的病情而留宿環坤宮的皇帝，自然沒得到發現真相的皇后的好臉色。

「皇上……您還有什麼事嗎？」發現皇帝的聊天絮絮叨叨半天卻沒有重點時，皇后不禁有些不耐。

而皇帝發現皇后坐得老遠，用一副警惕小心的目光打量自己，卻十分納悶。

「朕沒什麼重要的事啊，朕只是今晚打算留在這。」

這話不說還好，一說皇后就從鼻子裡哼出氣來，「哼，皇上還有恭妃、康妃、寧妃好多人呢！幹什麼非要留在我這裡？」

「……啊，原來妳都知道了。」皇帝尷尬的撓了撓頭。

本來從他納第一妃子開始，皇后從來不曾語帶抱怨過。可他想，那或許是因為皇后用了十餘年來慢慢適應現實，如今一古腦忽然讓她全接受，似乎是有點勉強。沒辦法，這時候也只能做小伏低。

「這個……妳的心情朕也很能理解，不過這都是過了好多年的事實了，妳還有什麼好氣的？等妳病好了，就什麼都想起來了，妳就會知道妳其實沒有現在這麼生氣，而且朕也很喜歡那樣子的妳。」

皇帝訕笑著，可他這種得了便宜還賣乖的言論明顯很挑戰女性的神經，而讓皇后覺得更不舒服的是，皇帝那隻手不知何時已經熟練的攬到自己腰上。這時，皇后就做了一個心理年齡還是黃花大閨女的人都會有的反應——一陣哆嗦，本能的想要抗拒。

如果是在十幾年前，皇后這種青澀的抵制也同樣會讓皇帝緊張得手足無措，因為他那時也是個菜鳥，可是放到當下，情況就不同了。

少女獨有的羞澀肢體語言彷彿一陣電流，電得皇帝痲酥酥的，再加上皇后眼中半訝異半慌張的神情，看在皇帝眼中——那完全是老瓶裝新酒的致命誘惑啊！於是他幾乎情不自禁的就壓了上去……

「呀！」

「砰！」

「哎！」

在環坤宮外值夜的侍從們，幾乎是同時聽到了如上三種不同效果的現場聲效。

「你幹什麼！」皇后攥住床帳的一角驚恐的喊道。

而坐在地上嘶嘶倒吸著冷氣的皇帝則極度鬱悶，明明被踹下床的是他，怎麼皇后喊得越發像個受害者。

「做什麼?妳是朕的皇后，妳說朕還能做什麼!」

哦?好像是有這麼回事。皇后這才醒悟了過來，自己是這個男人的妻子，而且連孩子都有兩個了。只是大腦接受的這個訊息卻沒被身體接受，於是當皇帝嘟嘟囔囔的又坐回床上的時候，皇后還是下意識往已經無路可退的床角縮了縮。

「這樣吧，皇上，如此良宵時刻，我們還是做些有意義的事吧。」

「……有意義的事?」皇帝摸著屁股不屑道，都這時候了還有什麼比春宵一度有意義。可失憶的皇后永遠能帶給皇帝驚喜，就見她兩手輕撫的勸諫道：「不如讓臣妾來考考您背書吧。」

「啊?」

然後，就出現了開頭的那麼一段景象。

皇后自然不記得新婚不久，她就曾以督促學習為由，要求皇帝幹過這種事，因此也就不知道皇帝對這項行為有很大的抗拒。所以在剛開始的那麼一會兒，倒真稱了她的心，讓皇帝好幾天都沒有來騷擾她。可是清靜日子沒過多久，皇帝卻又跑來了，並且欣然答應她的背書提議。

原來是御醫對皇帝說要幫助皇后做一些曾經做過的事，沒準兒有助於恢復記憶，皇帝這麼一合計，就豁出去了，反正背書嘛……過去他頭上還有父親管著，不得不用功，如今已是天上地下唯我獨尊，誰怕誰!

說來似乎是皇帝的努力起了作用，皇后的病情時好時壞，腦子時管用時不管用，對一些事情已有了模糊的記憶，至少不會再把她兒子喊成「小鮮」，把諸妃的稱呼張冠李戴。

不過奇怪的是，不管是在什麼時候、什麼情況下，皇后就是對皇帝全無印象，而且僅僅對皇帝一人全無印象，邪乎得很。

「或許皇后是越對誰親近就越難想起來呢？這說明皇上你始終是特別的嘛。」太后這樣勸慰道。

而皇帝不敢在眼神上露出不敬來，只能心中暗自腹誹：您老還真會編，這都能跟「情有獨鍾」扯到一起去。

「唉……皇后妳原來不是這樣的啊……這日子什麼時候是個頭？」

眼見天天浪費腦細胞，做的卻還是無用功，皇帝不免有點氣餒，頹喪的往床榻上倒去。而床榻這個工具向來是一切曖昧不明事件的便利載體，皇后心裡發毛，可又不好硬去拉他，只得順便接了話頭，好分散皇帝的注意力。

「那……臣妾原來到底是什麼樣子的呢？」

「原來……原來妳當然是美麗善良、天真可愛、小鳥依人、朕說東妳不會說西，體貼入微，朕累了還能主動替朕捶腿捏肩的那種賢妻良母啊！」

皇帝嘴巴裡面吐出來的，與其說是皇后，還不如說是世上男人皆會做的白日夢。但當他發現自己一時之間真的很難把對皇后的感覺說到點子上，乾脆就睜著眼睛說瞎話，反正也不指望妻子能忽然開竅。

問題是，皇帝這麼想，皇后卻不知道，當然更不可能知道皇帝的話是真是假。於是她皺著眉頭思索良久，終於弱弱的回了一句：「真要捶腿捏肩的話，也不是不可以……」總之讓你沒機會對我動手動腳就行。

「真的？」皇帝激動的一下子從床上彈了起來。

片刻後……

「皇上，這樣嗎？」

「嗯嗯，再往左邊去一點。」

「這裡？」

「稍微用點力氣……哎！」

「怎麼了？」

「沒事沒事，再稍微輕一點。」

「哦。」

「舒服嗎？」

「呵呵，很舒服。」皇帝簡直是從心裡樂到嘴巴上，在皇后看不見的角度咧著嘴賊笑，就差沒哼個小調什麼的了。

其實皇后的技術並不比恭妃高明到哪去，但是皇帝何時享受過這樣的待遇？早在以前，皇后就堅持各司其職、分工合作的家庭理念，她自己顯然不是管人體按摩的這塊。因此，物以稀為貴，一國之母的皇后像個普通妻子一樣，心甘情願的為他捶這捶那，皇帝能不舒服嗎？

直到這一刻，皇帝才忽然頓悟——皇后也不是非恢復記憶不可。妻子失去記憶，豈不是等同於脫胎換骨？眼下正是重新將之打造成自己心中極品女人的大好良機啊！如果成功了，不就相當於無形中又結了一次婚？這麼便宜的事哪是人人都能遇到的。

於是乎，日復一日，皇帝樂此不疲。是說沒看見皇后的情況有什麼改觀，只見著皇帝的精神越來越好，化被動為主動，往環坤宮跑得很是勤快。

對此情景，大家雖然都有點摸不著頭腦，但也樂見其成，尤其是環坤宮外值夜的內侍宮人們，每每聽到殿內曖昧不明的快樂聲音，都掩嘴而笑——當然，他們樂的跟皇帝樂的完全是兩回事。

可是，正當皇帝摩拳擦掌準備進行他的「皇后養成計畫」時，天不從人願。在某一天的清晨，皇后兩眼一睜，全想起來了。

或許有人要說，這太扯了吧！又沒撞牆，也沒受刺激，連一直以來的治療都被皇帝別有用心的暫停了，皇后怎麼又突然全想起來了呢？但是，本來喪失記憶就是件很扯的事，既然皇后能莫名其妙的失憶，自然也能莫名其妙的再想起來。

總之，皇后不僅恢復了她丟失的十幾年婚姻記憶，連這段日子被皇帝當個白痴矇騙的經過也沒有忘記，所以就在誰都沒有察覺到的情況下，她在自己的床上「哼哼」冷笑了兩聲。

幾乎是在同一時間，在隆宗殿上早朝的皇帝沒來由的打了個冷顫……

「陛下，今晚可要臣妾做點什麼嗎？」

當晚皇帝再次跨入環坤宮時，直覺感到圍繞在周身的氣氛有點奇怪，可是看到皇后笑臉盈盈的向他走來，便也開心的丟下那一絲異樣的感覺，大剌剌往床上一坐，說道：「皇后替人按摩的功夫大有長進啊，不如今晚就再接再厲吧。」

說完皇帝就自動往床上一躺，等著那雙羊脂玉般的手撫上他的背脊，可是等了一會兒，聽到的卻是衣料窸窸窣窣的聲音，皇帝扭頭一看，皇后不知何時竟也爬到床上。

「嗯？妳怎麼也上來了？」

「我之前就聽說宮裡恭妃的手法最佳，所以今天剛向她討教一番呢，皇上要不要試試？」

「好啊好啊！」看到皇后居然為了自己不恥下問起來，皇帝欣然捧場，把頭又扭了回去，老老實實做挺屍狀，也因此沒有察覺到皇后眼裡閃過的一絲精光。

混蛋！讓你騙我！

「哎呦！」猛然感到脊椎一股重壓，簡直要把內臟都壓吐出來了，沒有心理準備的皇帝當即喊了起來。

「怎麼了皇上？弄疼你了嗎？」

「沒、沒事，但妳幹嘛使這麼大勁？」

「可是這方法就是要使勁啊，而且據說身體感覺越明顯，按摩完以後就越舒展。」

「是……是嗎？」

回應皇帝疑問的是皇后無辜的臉龐，那是少女無比的純良表情，於是皇帝只得忍住被剛才那麼一下壓出來的眼淚，繼續趴了回去。

先苦後甜，大概這套按摩法是在宣揚這個精神吧……

只是在隨後靜寂的夜色裡，環坤宮裡響起的一直是皇帝「啊」、「咦」、「哎」、「呦」的狀聲詞，苦是苦得徹底了，就是不知道甜他嚐到了沒有。

「今天晚上好像動靜格外大呢！」

「哎……皇后娘娘也真夠辛苦的，什麼都不記得了，還要……」

「你懂什麼啊！這叫小別勝新婚，感覺可好了！」

「呦呦呦，看你那樣，你也幹過？」

「怎麼，你嫉妒啦，沒吃過豬肉還沒見過豬跑嗎！」

「喂喂喂，你們不覺得奇怪嗎？為什麼反而是皇上的聲音這麼大？」

「……咳咳。」孟賢安故作鎮靜的咳了兩嗓子，覺得有點待不下去了，乾脆裝著巡視的樣子溜達了出去。他這一走，底下的小輩們自然是更加熱火朝天的討論開來。

至於第二天皇后奇蹟似的「恢復」了記憶，但聲稱自己完全不記得最近發生了什麼事，而讓皇帝有苦都沒處說去的計畫，目前還只在某位女士自己的心中掖藏著，無人知曉。

第十六章

隨傳隨到

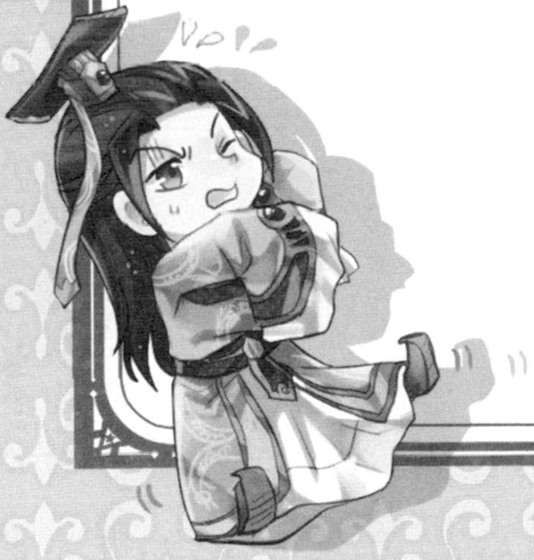

皇后的失憶症在皇帝最不希望她好的時候好了，而且好得如此莫名其妙，這讓皇帝不得不感到一絲遺憾。但很快皇帝就發現，與因為北巡數月而積攢下來的公務相比，這一絲遺憾根本就不值一提。

＊＊＊

「陛下……陛下！」

一聲一聲呼喚飄進了半夢半醒的皇帝耳中，在他確定聽到這個聲音的同時，夢鄉中那群漂亮美眉在御花園裡戲水的美好景象瞬間就被打破。

「閉嘴！朕聽見啦！」皇帝猛地一下就坐了起來，怒吼一聲，他倒不怕會驚嚇到人，因為他知道此時自己身邊肯定一個人都沒有，除了孟賢安。

後宮的諸妃都知道這條不成文的規矩，那就是侍寢時絕對要比皇帝起得早。這倒無關乎尊敬或宮規之類的問題，而是因為如果妳在皇帝醒來後還在他旁邊，那無疑會成為皇帝低血糖無差別起床氣攻擊的第一個炮灰！

因此，叫皇帝起床這種高難度工作，就落到了從皇帝東宮時代即開始服侍他的內府總管孟賢安身上。

孟公公叫皇帝起床，總是事先立一個屏風擋在他前面，確定皇帝醒了以後就做無比虔誠伏地狀，直到皇帝的混沌狀態過去為止。當然，儘管這樣他也免不了被罵，不過心理素質很好的孟公公，懂得將之看成是自己的修煉。

「什麼事！」皇帝一看天色還完全不是他準備上早朝的時間，語氣裡又不免瀰漫起火藥味。

「涼州傳來的急報，是關於黃河上游連降暴雨的事情，工部、戶部幾位大人已經在內殿裡候著了。」孟賢安很平靜的回答道。這是一件具有將皇帝提前叫醒價值的大事，所以瞭解皇帝品性的孟賢安也不怕主子發飆。

果然，皇帝雖然臉色難看，到底是「嗯」了一聲算做表示，孟賢安便同得了大赦似的指揮宮人替皇帝梳洗。

皇帝像提線木偶一樣被別人服侍著，一邊眼睛則還漫無目的的亂轉。昨晚睡在身邊的惠妃已沒了影子，肯定是聽從前輩的警告早早撤離了寢宮，她應該會回她的寢宮繼續補眠，可皇帝卻不得不強打精神爬起來工作，沒辦法，他的臣子頂著「國計民生」的名目在召喚他，他不能不去。

唉……這些人要是也能像皇后一樣來一場失憶就好了。走在去外殿的路上，皇帝不無感慨的妄想著。討論的過程永遠是漫長、乏味、複雜和曲折的，並且最後也不見得能解決問題。將防汛工作暫時性告一段落之後，離卯時的早朝也沒多少時間了，孟賢安抓緊時間把早膳擺了過來，皇帝卻只是味同嚼蠟般的吃著。本來嘛，心情不好的時候胃口也不會太好。

寅時四刻，皇帝飯吃到一半，又有人來召喚他了。

「皇上！不好啦！有位大人失足掉到河裡，光華門那邊正亂著呢！」

小內侍的這個消息讓皇帝差點把剛喝下去的湯又從鼻子裡噴出來，他不敢相信的重複了一遍，「什麼?!掉河裡了?」

進了光華門，前面就是君臣議政和接待四方來朝的主殿隆宗殿，殿前的廣場則成了上朝的官員們列隊等候的地方。廣場上貫穿著一條金水河，九座白玉橋橫跨其上，平得可以跑馬車，是說怎麼會有人大路不走，掉河裡去的?

「下雨路滑，幾位大人都不是能夠掌燈的品秩，估計是失足掉下去的……」

聽小內侍大致說了一遍，皇帝便揮揮手叫宮人撤了早膳。別人好歹是黑燈瞎火的摸黑上朝，如今落水，怎麼著也得算個工傷，他這個做上司的要是此時還繼續在這悠閒的吃飯，似乎不妥。得!還是走一趟吧。

依舊制，宮中除朝房及各道宮門外，禁止燈火；而上朝者除宗親及高齡要員外，一律不准掌燈，因此一群「無光」上班族平時在路上磕磕絆絆也屬正常，不過能夜不視路掉河裡的，這還是頭一次。

好在等皇帝趕到時，那個都察院的倒楣鬼已經被撈了上來，雖無大礙，但渾身濕透又喝了一肚子冷水，也不能指望他上朝了，皇帝好言安慰幾句後，便命侍衛送人回家。

於是，早朝上的議題除了之前的黃河汛情外，便又多了一道——有關於放寬可掌燈者資格的議案。

本來朝議這種場合，就是個大事搞不定、小事說不完的地方，這下又多出個這麼涉及祖制的事情，時間就顯得更加漫長。皇帝已經在龍椅上坐了兩個半時辰，如果再從黃河暴雨通報時起算的話——是四個時辰，這中間他只吃了半頓早飯，此刻是餓得眼冒金星。

但就算是這樣，皇帝也不能發火，不能不耐煩，更不可能退朝，因為這樣做的話，別人不會廢話說他沒責任心等等，只會直接送他兩個字——昏君！

一想到只為爭取舒適的作息時間，就可能被扣上昏君的大帽子，皇帝不禁悲從中來。

好不容易撐到午時下朝，皇帝幾乎跟司禮太監「散朝」的宣告聲同時消失在大殿上，可在他剛把一隻腳邁出隆宗殿後門的時候，卻看見一個小內侍探頭探腦往這邊張望。皇帝熟悉那個內侍的長相，那是太后樂寧宮裡當差的人，頓時，他知道自己清清靜靜的午休計畫算是泡湯了。

「哀家這新摘的杭白菊不錯吧？臨安府剛貢上來的，去去嘴裡的油腥味剛好。」太后氣定神閒的撥弄著手裡的茶盞，輕輕抿了一口，長吐口氣，微笑的看著皇帝。

皇帝連忙點頭稱是，也不忘對太后泡的菊花茶誇獎幾句，可他心裡想的卻是「朕嘴裡倒是想有些油腥味呢」！

今天的午飯是太后請他來樂寧宮吃的，恐怕是為了彌補好幾個月沒在他面前嘮叨的缺憾。只是老年人口淡，皇帝在這等同於吃素，何況老年人食欲又小，主張少食多餐，於是皇帝在這當然也就不好狼吞虎嚥，早膳那頓算是吃了一半，中午這頓嘛……勉強算是吃了三分之二。

而太后的午飯向來不只是吃飯那麼簡單，現在的品茶正是前奏，幸好今天皇后也同席，讓皇帝的負擔可以輕一點。

果然，太后補充完了水分，開始了。

太后從臨安府的白菊花講到目前在當地療養的壽陽郡王，又從老郡王身上講到他新婚的小女兒，再從這新婦身上講到她那江南名士的丈夫，由此引出南方的風流才子，感慨京師缺少的書香底蘊，遙想到將來給孫女們在南方尋找了不得的夫家，繼而回憶到先帝早年的南巡，遺憾自己沒有一飽眼福，酸酸的描述著先帝口中的南方佳人，更進一步籌劃著給孫子娶個江南閨秀，然後憧憬起四代同堂的幸福中……

太后在說這種言論時，旁人基本上插不上嘴，所以皇帝和皇后只能盡力做個合格的聽眾。

此時，明媚的陽光透過花窗照進樂寧宮裡，時值初秋，光線中還是帶著絲絲溫暖。舒適的太陽的觸感、菊花茶的氤氳、榻上打盹的白貓，皇后身上淡淡的紫羅蘭香……皇帝只覺得太后的聲音忽遠忽近，一層層在他腦內迴盪著，好似湖面上的漣漪，最終消失於無形。

就在意識消失的最後一刻，皇帝想的是——還能不能繼續夢到早上那群漂亮美眉呢？

不過皇帝最終也沒能夢到美女，但相較起來其實也不差，他夢到一桌子豐富的晚膳就擺在自己面前，在他正準備動筷夾那道烏雲托月時，一個很不合時宜的聲音又響了起來：「皇上……皇上！」

雖然皇帝午睡時是沒有起床氣的，但夢到煮熟的鴨子飛走了終究是件鬱悶的事情，他一睜開眼睛剛想發作，卻在對上太后哀怨表情的瞬間土崩瓦解。

「果然不是親的就是有隔閡啊！皇上現在連我這老婆子的話都聽不進去啦！」

太后的悲情女主角開場白一上，皇帝只會一個頭兩個大，幸虧皇后在邊上提醒他孟公公有急事求見，皇帝才找到理由從樂寧宮逃了出去。

從未時到酉時，一個昏君可以走馬放鷹、聽曲說戲，甚至出宮調戲良家婦女，可皇帝不敢當昏君，於是只能不斷奔走在內朝與外朝之間，做個全天候隨叫隨到的人民公僕。

這期間工部與戶部各召喚他三次，兵部召喚他一次，中書省召喚他兩次，光祿寺、太常寺、翰林院求見不斷。皇帝偶爾不耐，訓斥他們屁大的事也來煩自己時，這些個臣子們就會擺出一副「蹺了幾個月的班還有臉在這叫苦」的鄙夷表情，讓皇帝一肚子悶火無處發洩。

終於挨到晚膳時分，皇帝才好好吃完今天的第一頓飽飯，然後依照「飽暖思淫慾」這句至理名言，他躺在了惠妃的床上。

「有時候朕在想，朕還是不是在當皇帝啊……」

「皇上當然是皇上，而且是位英主！」

惠妃目前依然處在入宮的初級階段，談不上巧舌如簧，連奉承話都講得中規中矩，不過這大概也算是新鮮感的一種，所以皇帝愉快的笑了笑，刮了下惠妃的鼻子打趣道：「一大早醒來看不見妳的人，就那麼捨得朕嗎？」

談不上巧舌如簧的惠妃，在這種程度的玩笑面前就能羞得滿臉通紅，而這種反應則讓皇帝更加開心，兩個人很快扭成了一團。

惠妃的嬌喘聲變得越來越撩人，就在這時，一陣敲門聲突然混了進來。

「皇上……皇上……有人……」

惠妃畢竟不是當紅顏禍水的料，面對著緊急而有規律的敲門聲無法裝作沒聽見。皇帝倒比她看得開，只是簡短的說了句「別管他」。

但是有些事不是你不管它就會消失，也不是你沒聽見它就不存在的。敲門聲重複幾次之後，孟公公那不辨雌雄的聲音接著響了起來：「皇上，隴西八百里加急！」

「……」

惠妃眼裡所看到的，只是皇帝頹然的鬆開自己，然後翻到一邊把臉埋進枕頭裡，一動不動。惠妃等了很久，也不敢妄自行動，聽諸妃們說起關於皇帝起床氣的惡行惡狀讓她印象深刻，而現在的情況……從某種意義上來說，應該不亞於「起床」。

皇帝目前的心情確實是跌停板，他想哭！想罵娘！想砸東西！想殺人！但是他最終只是把自己的臉埋在枕頭裡，抓著枕頭的手用力到骨節泛白，好像是想把自己悶死，或者當這個枕頭是他的頭號敵人把對方悶死。

大概一炷香之後，桐蒼宮內殿的大門應聲而開，孟公公看到的是個已經表情平靜的皇帝，在惠妃的恭送下走出桐蒼宮。皇帝看了看宮外等候自己的眾人，看了看惠妃，最後看了看天上的殘月，忽然就淒涼的發出了一句讓在場人士都覺得很彆扭的感慨——

「哎……誰叫朕就是個當皇帝的命呢！」

第十七章

家訓

自古逢秋悲寂寥，我言秋日勝春朝。晴空一鶴排雲上，便引詩情到碧霄。

……晴空一鶴？唉，可惜自己的身邊只有成群的麻雀而已。小羨用鋤頭做支撐點，艱難的直起身子，衝著又一次降落到田裡銜食穀物的麻雀用盡全力的怒吼道：「滾滾滾！」

驅趕完麻雀，小羨極目遠眺一番，好放鬆下視覺神經，誰知一看，就又看到一個非法入侵者。

「啊啊……」小羨手指著遠處的不明物體想喊人幫忙驅趕，可話到嘴邊卻不知道該怎麼描述入侵者和被害農作物。

那是一隻通體深灰毛色的四足動物，耳朵長長的耷拉在頭的兩邊，尾巴上的毛還稀稀拉拉極為寒磣。在小羨有限的物種知識中，只有馬跟這廝長得比較接近，但卻明顯不是。乍看之下無法認出是什麼動物，二來小羨也認不出那長著大眾臉的綠色植物是什麼，情急之下只好喊了一句：「快來趕啊！動物在吃植物啦！」

「瞎嚷嚷什麼啊！驢子不吃植物難道還吃人嗎？那是油菜。」溧川郡王阿驍訓斥了他一句，瞧著堂弟一臉不食人間煙火的傻樣，他就不屑的撇了撇嘴角。

而小羨即使面對著這個正處於性格彆扭期的堂兄，卻鑒於他「淵博」的知識，仍然對他投以欽佩的注目禮。

「大表哥說錯了，那是騾子，啃的是芝麻。」

不和諧的聲音驟然響起，說話的是站在田埂上的兩個男孩中的一個，年紀介於阿驍和小羨之間。這兩個男孩都戴著遮陽的斗笠，身上穿的湖綠色長衫，讓他們看起來尤其像在金色的小麥地中種錯地方的水稻。

＊＊＊

如果皇帝的勞碌命是他坐穩位置所必然要付出的代價，那麼小羨就覺得自己這次被下放到鄉下來勞教，完全是一次無妄之災了。

在北巡之行中，他被發現有「暈船」這麼一個大毛病。老實說，小羨覺得自己一輩子也未必能再坐幾回船，但顯然他的父皇覺得自己兒女的德智體群美應該均衡發展，於是在回京後，便一道旨意把他發配到京城西郊的占鼇山莊來鍛鍊身體。

占鼇山莊是梁弘長公主駙馬崔璿的私人產業，不過由於崔大人住在城裡的家方便上下班，所以這個郊區的莊園就被改建，提供給某些特殊人物與大自然做親密接觸的場所。現在，小羨也成為了這樣特殊人物中的一員，不僅如此，他還意外的在這裡遇到許久不見的堂兄阿驍。

「咦，驍哥哥你怎麼也在這？一直沒在宮裡見到你，我還在想你到哪裡去了呢。」

「切！你當然不會在宮裡看到我啦！我被你爹陷害，早就掉到虎狼窩裡了！」阿驍氣憤的控訴著。不過小羨初來乍到，實在不知自己姑姑家的別莊，怎麼就成了虎狼窩。

「咦，姑丈回來了？」

幾個人回屋休息時必然會經過中堂，此刻終於幹完上午的農活，小羨走過中堂時就發現牆上正中央掛著的字畫又變了，遂有此一問。

「人生小幼，精神專利，長成已後，思慮散逸，固須早教，勿失機也……」走在他前面的水稻少爺輕輕唸了一遍掛軸上的字句，回過頭來凝重的對小羨和阿驍說道：「你們待會兒還是放機靈一點吧，我爹不知道又要說些什麼了。」

這位水稻少爺是崔璿的長子，小一號的水稻則是他弟弟，兩人與小羨他們是姑表兄弟。他會做出這番言論，乃是出自他父親崔璿開創的一代家風——凡是這中堂之上所掛字畫的內容，都是他們崔家的家訓。這種事，小羨之前是不知道的。他第一天來時，只見正對面牆上掛著大大的「有朋自遠方來，不亦樂乎」的字，還頗為驚喜。

「常卿哥哥，你們家這字畫倒好像是特意歡迎我似的。」

「就是特意為你寫的。」崔常卿解釋道：「這上面掛著的，都是我爹寫出來的家訓，要是我爹覺得有必要變變了，就會隨時換一幅的，今天正好你來了，就臨時換了《論語》。」

啊？原來家訓也可以這樣隨時更換！小羨驚訝的又瞅了瞅那幅字畫，心中不免風起雲湧一番。

於是，在眼下這張預示著家主精神指向的家訓昭告下，小羨武裝了一下自己的腦袋，嚴陣以待。

「今天羨兒是第一天下地吧，可有什麼收穫？」梁弘長公主溫和的替姪子夾了一筷子菜，因為小羨的原因，她現在往鄉下田莊跑得很頻繁，而崔璿則是因為適逢朝廷的休沐日，才有空來鄉間巡視在此短期拉練的兩個皇室子弟和長期拉練的兩個兒子。

說到收穫，小羨第一個想起的自然就是他物種智庫裡新加進去的樣本。好奇本是他的天性，興奮之餘也就忘了一旁坐著的嚴厲的崔璿，滔滔不絕的報告道：「我今天在田裡看見了騾子呢！姑姑，以前我從來沒見過，驍哥哥還跟我說那是驢子，結果聽表哥說那是馬跟驢生下來的後代，可真有意思！」

「呵。」不出意外，崔璿冷哼一聲，聽那音調，絕沒有一絲為小輩「大開眼界」而高興的成分在內。

他本人從小到大都屬於精英階層，所以也有這個階層常有的一個毛病，那就是不能理解為什麼會有人不夠精英？而把騾子跟馬和驢混為一談，顯然也不在他可理解的範圍之內。

在座小輩在那一聲「呵」之下，全部乖乖自動噤聲，唯恐成為精英大人的打擊目標，但是也偏偏有些激流勇進的開拓者，比如眼下這個挑戰權威的慣犯——溧川郡王阿驍。

「本王又不立志當農民，幹嘛要認識那種雜交的畜生！」阿驍朝姑丈獰笑一聲，肆無忌憚的挑釁起來。

「非也，郡王你沒聽說過『天下大事，必作於細；天下難事，必成於易』？遠的不說，就說現在，你連騾馬都分不清，又何談識人之道？」崔璿冷冷回道。

「本王也不想成天下大事，怎樣？還要認得騾子嗎？」

「那郡王將來想幹什麼？」

「本王就想娶賢媛女、領清要職，舒舒服服過太平日子而已。」

「哦，原來郡王的夢想就是成為一個紈褲子弟啊。」崔璿悠揚的總結了一句，淡淡笑道：「那你就更不能不認識騾子了。你想想，要是你身邊的那些公子哥們都在走馬放鷹，你卻騎著一頭騾子，那跟郡王你尊貴無比的身分多麼不相稱。」

「你！」

「我什麼我，郡王該不會忘了崔某人還是你的姑丈吧，你如今已由親王降品，卻還如此目無尊長，真是看不出一點有接受教訓的跡象！我實在是擔心有朝一日要親手把你的名字從玉牒上勾掉。」

崔璿絲毫不給阿驍還口的機會，語氣越說越嚴肅，不像是嚇唬小孩，倒幾乎算是威脅。面對這樣的姑丈，阿驍既不能在言語上討到便宜，更無法在氣勢上戰勝對方，嘴巴蠕動了半天，終於一扔筷子甩手而去。

「你也別太過分了，驍兒還是孩子呢！」梁弘長公主望著阿驍的背影，嘆氣說道。

「孩子怎麼了？固須早教，勿失機也。」崔璿也瞟了一眼遠去的少年身影，嘴角不自覺往上一彎，把現任家訓的最後一句又重複一遍，然後安然自若的繼續吃飯。

小羡吃完飯後好心的替堂兄帶回兩顆包子，但阿驍此時仍沉浸在對某人的階級仇恨之中，對嗟來之食不屑一顧。

「可惡！可惡！怎麼會有這麼討厭的人！」阿驍不知從哪弄來一個稻草人，正在狠命的往上扎針。「皇室裡怎麼會有個這樣的親戚？姑姑到底看中那傢伙什麼啦？」

「……可我聽父皇說……當初姑姑是皇祖父最寵愛的女兒，所以皇祖父給她千挑萬選了天下最優秀的駙馬。」

「崔璿優秀？就他那皮笑肉不笑的德行？」

確實還是挺厲害的不是嗎？小羨在心中暗自嘀咕著，因為就連他父皇都沒本事把堂兄氣成這樣。

結果，下午小羨他們重新下地幹活的時候，幾個孩子看到中堂的崔氏家訓再次更新，這回上頭寫著的是「君子報仇，十年不晚」。

大家稍稍一愣，不約而同的看向一旁的阿驍，只見他脣齒發白，從牙縫中硬是擠出幾個斷斷續續的詞句：「好……很好……非常好……」

什麼門上放水桶、路上撒釘子、飯菜裡下胡椒這些個下九流手段，阿驍不屑於用，用出來也沒什麼意思，但是上九流的陰謀陽謀之類的……如果說崔璿有千年道行的話，阿驍的道行估計才勉強到十位數，壓根用不起來。

幾天折騰下來，崔璿如老僧入定般毫無動靜，卻是阿驍的情緒越來越不穩定，最終在一條「識時務者為俊傑」的家訓面前徹底潰敗。

「這是在幹什麼？」小羨看到一幫僕人正在忙碌的打掃正廳，便問向一旁站著的表哥。

「聽管家說今天有爹爹的貴客登門拜訪，這不，又要換家訓了。」水稻少爺一邊回答小羨的問題，一邊監督著上凳子掛字畫的小廝。

啊，終於把那個「識時務者為俊傑」的字畫撤下來了，小羨鬆了一口氣。在關於掌控阿驍的分寸這件事上，小羨自認沒有姑丈看得清楚，所以他是真的擔心阿驍隨時都有暴走的可能。

「千載一聖，猶旦暮也；五百年一賢，猶比髆心。」就在小羨默默誦讀著掛軸上的古語時，一個陰陽怪氣的聲音冷不丁從他身後冒了出來，嚇得他猛一回頭，就對上阿驍那張陰森森、醞釀著狂風暴雨的臉。

「看起來姑丈很重視這個客人啊。」

「聽說好像是位名士，剛結了婚，帶著妻子來拜訪爹爹的。」崔常卿又替阿驍解釋了一遍。

「哦……」阿驍拖了個長長的尾音，含義深遠。

崔璿款待的的確是對頗為年輕的夫婦，大小兩位水稻少爺也被允許免一天種地的活，去跟客人見面。雖然隔這麼遠，聽不見大人們在談什麼，但是現場氣氛想必很是融洽，因為崔璿臉上是難得的皮笑肉也笑，可是除此以外，小羨實在不覺得有必要在牆外偷窺這麼長的時間。

所以他拉了拉正聚精會神偷看的堂兄，小心翼翼的試探：「驍哥哥……我們是不是該幹活了？耽誤工時的話，會被姑丈唸的。」儘管他知道堂兄一定不會採納他的意見，但還是要表態一下，至少日後盤問起來，他可以說「我也沒辦法，他不聽我的」。

「幹活、幹活，幹什麼活？你沒看見那傢伙有事沒事就擠對我嗎！我還為他種地？我難道吃撐啦！還有你，你好歹是個親王！為什麼對姓崔的這麼唯命是從？」

阿驍果然把小羨鄙視了一番。不過，考慮到堂兄最近的精神壓力比較巨大，小羨抿了抿嘴，還是把那句「這不是有你這個前車之鑑嘛」吞了回去。

「是說你趴在這看這麼長的時間，到底要幹什麼啊？」

阿驍看了看小羨，又瞇著眼瞅了內院好一會兒，似乎自己也在考慮這個問題，隨後他忽然沒頭沒腦的問了一句：「你說，我跟那個客人長得像不像？」

「啊？」

大約一炷香時間之後，小羨就無比懊悔起來。懊悔自己為什麼沒有早看穿阿驍高深莫測的表情；懊悔自己為什麼沒有扔下阿驍先去田裡勞動；懊悔自己為什麼此時此刻還待在莊園的牆外，眼睜睜看著阿驍奔向那對正向崔瓘辭行的夫婦，並且抱著男子的腿，飽含深情的大叫一聲——

「爹！」

所有人在那一刻都呆了，只有阿驍還認真的抱著人家大腿。

「爹，我就知道你一定會來崔伯伯家的，所以一直在這等你啊！爹，我以後一定聽你的話，你叫我幹什麼我就幹什麼，你叫我不去家裡找你我就不去，爹，只求你不要不理我，不要丟下我一個人不管啊！」

阿驍越哭訴越動情，估計是把自己父親早逝的情感也代入進去了，可以說是催人淚下、感人肺腑。

於是乎那位年輕夫人難以置信的看著自己的丈夫，雙眼中已隱隱透出股鄙夷，而莫名其妙就多了個兒子的當事人則早已進入當機狀態。最後就是崔瓘，在臉色經過一連串好似彩虹般的複雜變色後，一把抓住阿驍的領子朝府院裡面拖去。

「爹！爹！我娘說她從來沒恨過你！」阿驍不忘最後再落井下石一句。

「……姑丈會把驍哥哥怎麼樣？」小羨心有淒淒然的問著梁弘長公主。

從崔璿把阿驍一個人拎進書房後，已經過了大約一盞茶的工夫，小羨除了擔心堂兄的下場外，還難免對崔璿這次又要怎麼修理阿驍，抱有著極大的好奇。

「羨兒還是別知道的好，驍兒這次……實在有點過了，我也……唉。」梁弘長公主重重嘆了口氣，那樣子就像醫生面對著病危患者的家屬，只差沒把「請節哀」說出口。

小羨瞧著姑姑欲語還休的樣子，不禁對著遠處書房的方向投去恐懼的一眼。

不過書房現場其實也沒有小羨腦中所自行構想的那麼慘烈，至少……從表面上來說。

「知道這是什麼嗎？」崔璿只是讓阿驍乖乖站在房間裡，然後自行從書架上翻出一本裝訂頗為古舊的書本。

「切，不稀罕知道！」罪魁禍首的態度依然強硬。

崔璿也沒有介意，只是隨手翻了翻裡面的書頁，有幾次還會情不自禁的笑笑，好像完全沉浸到某種回憶當中，反倒把阿驍晾在一邊。

直到阿驍忍不住要先開口了，崔璿才合上書，緩緩吐出口氣，說道：「這也是崔家家訓的一部分，不過跟掛在中堂裡的不同，這是崔氏代代自己寫下來的，我還可以告訴你，這本書就連本家世嫡的子弟都未必看過，所以郡王你該感到榮幸才對。」

「我榮幸個屁！」

「唉，看過的人也都這麼說。」崔璿沒有搭理阿驍，翻開書的第一頁直接唸道：「這本書總共只有一章內容，就叫素口罵人……」說完頓了一下，抬眼瞅了瞅阿驍，忽然綻放出一個微笑，彷彿南風拂面，又如春花綻開。

而阿驍則沒來由的打了個冷顫，忽然想起曾聽人說過，這個在家連笑容也懶得擠幾個的姑丈，在朝堂上卻有一個外號，叫做「笑臉閻羅」。

「好了？」

「好了。」

「……你該不會下了死手吧？」

「怎麼會呢，我只唸了三分之一。」

等崔璿終於從書房氣定神閒的出來後，小羨所見的，就是姑丈與姑姑之間這段意義不明的對話。

「姑丈到底對驍哥哥講了些什麼呢？」

幾日之後，小羨依然打聽不到當日的詳情，似乎除了姑丈和姑姑，就連水稻兩兄弟都想像不出書房裡能有什麼樣的對話。但是阿驍明顯消沉下來的現狀是大家有目共睹的，可惜如果直接向他打聽，他只會氣急敗壞的大吼「不許再跟我提這事」，顯然受的刺激不小。

是的，這種事阿驍這輩子也不打算讓第三者知道，因為最後，他幾乎可以說是痛哭流涕請求崔璿原諒。

他簡直難以想像，他居然會被罵到心神俱喪的地步；他也難以想像，崔氏這百年鐘鼎之家，居然也能罵人罵得如此難聽……不！這已經不是難聽的層面了，而是罵得如此徹底！如此決絕！如此不擇手段！完全是以造成終身精神打擊為目的，毫無人道的反社會行為！

他決定了──阿驍在心中暗暗發誓──他阿驍這輩子最大的心願不再是當一個安安穩穩的閒散王爺，而是要徹底打倒崔璿，要從身體上和心靈上同時打趴他不可！

「大表哥，別發呆了，趕緊幫著找吧。」

就在阿驍重新擬定他人生的宏偉「藍圖」之時，崔常卿的聲音又把他拉回現實。他們現在正在崔家的藏書庫裡，因為崔璿派人傳話過來，說是會跟六公主的駙馬一同回田莊來，所以要求他們預先把家訓換了。

六公主徽寧公主的丈夫也姓崔，是個眾人皆知的絕世帥哥，恰恰還是崔璿的族弟。只可惜在崔璿眼裡，這位族弟只有臉稱得上精英，其餘一無是處，所以他並不太把這事放在心上，只是交代一下長子找個泛泛的家庭倫理類古訓即可，這四個孩子便一上午就泡在這浩瀚的私人藏書閣之中。

「姑丈的書還真多啊！」小羨一邊由衷的讚嘆，一邊踮著腳去搆書架最上排的卷軸，可是書架上的物品實在太多，這才抽出來一個，上面就劈里啪啦砸下來一堆。

「咦，這裡有個特別漂亮的卷軸！」小羨舉起一個從錦盒裡滾出來的掛軸，向身邊的人宣布他的發現。

「確實裝裱得格外精緻呢。」崔常卿仔細看了看後鑒定道。

「少說廢話，先拆開來看看！」阿驍一把撈過卷軸。有過上次的經驗之後，他不介意再見識見識崔家還有什麼厲害的究級家訓。豈料打開來後只匆匆掃了幾眼，他便控制不住的狂笑起來，直把堂弟表弟們都嚇得倒退三尺。

「……驍哥哥……你、你怎麼了？」

「沒事沒事，只是這則家訓太好了，正適合這次掛出來。」

「是嗎？」崔常卿狐疑的湊了過來，把卷軸的內容從上到下看了一遍，又發現了一個問題，「這好像是娘寫的啊。」他指了指卷軸左下角蓋著的梁弘長公主璽印。

「不錯，應該就是姑姑寫的治家之道，所以更有價值啊，就掛這個，絕對沒錯！」

「……但最後這兩句是什麼意思？什麼『需要』和『不要』？」看到堂兄反常的如此傾心於崔氏家訓，小羨也認真的研究了起來。

「這個我就不知道了，不過絕對也是家庭倫常的金玉良言。」

阿驍這次說的是實話，實際上他也就是最後兩句沒看懂，但這不妨礙他對書軸整體價值的判斷。只要掛上這個，哪怕為此再被強迫著把那剩下的三分之二「罵人經典」聽完，他也死而無憾啦！

於是，六公主駙馬崔璟踏進他族兄家的中堂之後，看見的就是這麼一幅條理清晰又思想深邃的「家訓」：

夫人休息時，要炎夏搧風，寒冬暖被；不得有打呼搶被之行為；
夫人無聊時，要搏命演出，彩衣娛親；不得有毫無所謂之行為；
夫人訓誡時，要兩手貼緊，立正站好；不得有心不在焉之行為；
夫人失誤時，要引咎自責，自攬黑鍋；不得有推託轉移之行為；
夫人憂傷時，要椎心泣血，悲痛欲絕；不得有面露喜色之行為；
夫人高興時，要張燈結綵，大肆慶祝；不得有潑灑冷水之行為；
夫人生氣時，要跪地求饒，懇求開恩；不得有不理不睬之行為；
夫人需要時，要予取予求，持之以恆；不得有力不從心之行為；
夫人不要時，要淚往肚流，自行解決；不得有金錢買賣之行為。

上述正文之外，在最後兩句下面還分別畫了兩條紅槓，像是書籍上常會留下的那種批註一樣，寫著「何解？」的字樣。

「……上面歸納的……倒是挺全面的嘛……」崔璟面部抽著筋，好不容易才憋出這麼一句至少字面上算是誇獎的話。而對於身邊的族兄，他連看都不敢看，光是靠汗毛就知那邊氣場紊亂的程度到了何種境界。

果然，崔璿一甩袖就閃得不見人影，然後便聽見院子深處響起一聲暴喝：「不想死的就自己招！是誰幹的！」

第十八章

冷戰

中書令正在做工作報告，兵部尚書在挑中書令的刺，工部尚書在挑兵部尚書的刺，左都御史在挑工部尚書的刺……就在大家沸反盈天的時候，沒人知道高坐龍椅的皇帝貌似深思，實則神遊。

皇帝一直堅信著一點，那就是：沒事的時候開大會，有事的時候開小會，有重大事情的時候不開會。所以底下的人吵得越熱鬧，他往往也越放鬆。可惜只要一想到考功的日子迫在眉睫，皇帝就知道自己這樣輕鬆的日子是過一天少一天了。

所謂「考功」，即朝廷每六年一度對官員的考核，官員的獎懲、升遷、俸祿全指望著考功的成績，所以這件事從朝廷到各地大小官員無不重視，可今年的情況卻特別嚴峻……一想到現在的狀況，皇帝的頭又疼了起來。

＊　＊　＊

「大姐說她什麼時候回去？」

皇帝下朝來到後宮，照例問了皇后幾天以來同樣的一個問題，皇后的回答也是千篇一律。

「公主說她再也不回去了。」

「這話她說了多少遍？」

「已經打破以往的記錄了。」

「……看來這次有點嚴重了。」

皇帝與皇后對望一眼，均是無奈的嘆了口氣。

沒錯，今年的考功正好碰上梁弘長公主與她的駙馬冷戰，而駙馬崔璿，好死不死就是負責考功最終評定的吏部尚書！

天下無人不知，十八年前梁弘長公主下嫁崔璿的那場世紀婚禮。紅綢帷帳一路從宮城排到崔府門口，由東宮太子親自送親。一邊是天子的掌上明珠兼大眾情人，一邊是少年成名前程似錦的青年才俊，在外人看來，這兩人簡直般配的跟副對聯似的，只不過當事人到底作何感想，卻不是看熱鬧的人能明白的了。

歷史的真相是：大紅喜轎內的公主殿下一臉心不甘情不願，而崔府裡的新郎也是牢騷滿腹，究其深層心理原因，倒也不難理解。

荳蔻年華的梁弘長公主對指婚這事持本能反感，也直接導致她把崔璿認為成一個恃才傲物的傢伙，沒有好印象；至於崔璿這邊，他忽然被迫娶了個高貴的老婆，覺得今後鐵定要被扣上「吃軟飯」、「裙帶關係」等大帽子，一輩子翻不了身，想想就嚥不下這口氣。

於是十八年間，梁弘長公主回門「探親」的次數一直穩居同輩公主之冠，直至今日拖家帶口的年紀了也沒有終止的跡象。

起先她的娘家人還挺當回事，苦口婆心做小夫妻倆的思想改造，後來漸漸發現這簡直是兩口子間正常的例行公事，或者可說是一種週期性行為，也就開始睜一隻眼閉一隻眼靜觀其變了。反正弄到最後，都是某一方先找到臺階，正所謂床頭吵床尾和，真的用不著外人瞎操心。

「那這次究竟是因為什麼事啊？」皇后中午來拜訪留在宮內的梁弘長公主時，不厭其煩的問道。

其實若是讓她猜，憑這十幾年間的前例也能猜出個八九不離十，只不過這次她大姑子的立場似乎分外強硬，滯留宮內的時間也屬歷次之最，不由得皇后不好奇，崔大人到底又怎麼挑動了她家大姑子的神經？

「還能為什麼事？還不是因為他的臭脾氣！」梁弘長公主重重擱下茶盞，不屑的回了一句。

皇后暗自苦笑，崔璿倨傲的脾氣滿朝野有目共睹，身為關係最親密的妻子，也不可能這個時候還為這種事生氣，於是旁敲側擊道：「駙馬最近才調為吏部尚書，應該心情很好才對吧。」

崔璿之前為宗人令，吏部尚書的品級雖沒有宗人令高，但這個職位貴為百官之首，將崔璿由以往專門處理七大姑八大姨關係的居委會工作調到了權力中樞，算是明降實升的好事，只不過梁弘長公主聽到這句話反而更生氣了。

「什麼心情好！現在別跟我提這事，一提我就來氣！這個神經病！」

敢罵崔璿神經病的，大概也只梁弘長公主一人了。皇后啞然一笑，眼見話匣子已有打開的趨勢，便忙不迭的跟進。梁弘長公主本就不是逆來順受悶不吭聲的人，幾番詢問之下也就老實不客氣的開聞了。

事情的起頭還是因為這一場人事調動。

據梁弘長公主說，前陣子崔璿去給過世的老吏部尚書弔唁時，就有不少同僚說他會是下任的吏部尚書，被他斷然否認了。結果皇帝忽然宣布了這個任命，事先又沒與崔璿通氣，以致崔璿絲毫沒有心理準備，覺得簡直被人當眾搧了耳光般的難堪，最後只得憋著一肚子氣接了聖旨。

「妳說這跟我有什麼關係？我招誰惹誰了？哪家丈夫升了職不是回家來報喜的，他倒好，就跟我欠了他人命似的沒有好臉色，還問是不是我找皇上討要的！妳說我……我梁弘從小到大求過別人什麼事嗎！」梁弘長公主越說越覺得自己委屈得緊，新仇舊恨一起算上來，胸口氣得一起一伏。

「……崔大人的心思，也不是不可以理解，他一向心氣高，最厭惡的就是別人說他不勞而獲……」

「他心氣高了不起啊？我難道沒有心氣嗎？父皇在時誰不知道我的脾氣，我何曾給過別人氣受，更何曾受過別人的氣！說起來幾個駙馬裡面，也就屬他最不識好歹！」

「怎麼能叫不識好歹呢，誰不知道崔大人是先帝的女婿裡面最有才學的人，也只有公主妳才能與他配成一對。說句不敬的話，要是換了皇上的另幾位姐妹，這親事沒準兒還成不了呢，難道公主妳願意找六公主家那樣的？」

皇后潤物細無聲的奉承話讓梁弘長公主的面色緩和了很多，再拿六公主的花瓶駙馬崔璟一比，更讓她覺得還是自己的丈夫靠譜。

皇后敏銳的捕捉到長公主神情上的這一變化，加把勁的勸道：「要不讓皇上找崔大人來談談吧，既然是因為陛下的疏忽造成的，就讓他去解決。」

「不行！」提到這個，梁弘長公主卻再次嚴肅了起來，「妳別讓皇上去說，我算是看透了，我最大的失誤就是自己穿著新衣帶著嫁妝送上門給人家了！要是像妳這般被六聘之禮抬進來的，看他還敢不敢給我臉色看！這次說什麼我也不能主動，我倒要看看他能拖到什麼時候！」

要等崔璿主動示弱……皇后覺得一點也不比等梁弘長公主示弱容易多少，而且她對於大姑子拿自己做比較也不能認同。自己的確不是主動送上門的，可自己也沒有大嗓門喊丈夫是神經病的權利啊，有得必有失，人的心態得放平衡一點。所以皇后準備按照這個思路繼續開導梁弘長公主，不過還沒等她開口，殿外的女官進來稟報了。

「皇后娘娘、長公主殿下，長公主府上的兩位小公子來了。」

夫妻倆雖然在冷戰，可孩子畢竟是心頭肉，梁弘長公主對著多日不見的兩個兒子左看右看、噓寒問暖，最後才不在意的、順帶的、隨口地問道：「你爹最近在幹什麼？」

「爹當然是在工作，最近回家的時間都很晚。娘妳什麼時候回家啊？」崔常卿站在母親的身邊，他弟弟則拉著母親的裙襬撒嬌。

梁弘長公主不自然的咳咳兩聲，其實很想問「是你們想讓我回家還是你們的爹想讓我回家」，可礙於皇后在場，又不好意思說得這麼直白，只能採取迂迴的方式。

「就你們倆自己來的？」

「爹也知道我們今天來。」

「你爹有沒什麼話要你們帶？」

「哦！有，爹讓我們給娘帶了封信。」

哼！這還差不多。梁弘長公主看兒子晃晃悠悠從懷裡掏出一方信紙，一時心急，直接從兒子手裡拿了過來，之後又覺得自己有點失態，靦腆的看了眼皇后，還是掩飾不住一臉得意的背過身去看丈夫寫的家書。

「娘，妳什麼時候回家啊？」崔家二公子見母親半天沒有反應，不免心急又問了一遍。他們還沒告訴娘最近在父親周圍的低氣壓雲團越來越擴散，家裡的環境實在不適宜人類——特別是兒童——的良好生長。

「……」

「娘？」

「我再也不回去啦！永遠，永遠不回去！」梁弘長公主良久的沉默之後忽然爆發出一聲大喝，手中攥著那信，渾身不停的顫抖著。

這一行為不僅把她的兩個兒子嚇了一跳，也把皇后嚇了一跳。她看著大姑子緊抓不放的信，尋思著難道崔璿還有閒心寫信來冷嘲熱諷？不至於吧，依崔璿的個性即便不會主動低頭，也不至於這個時候還拿妻子窮開心啊。

「公主……崔大人他寫了……」

「他什麼意思啊？這是在向我認錯嗎？」

梁弘長公主啪的把信拍在案几上，讓皇后有幸一睹新任吏部尚書的作文水準——

公主，最近適逢朝廷六年一度的考功，所以我也沒有時間過問妳的近況，儘管進吏部不是我的初衷，可是既然坐到這個位子上，我也只能對它負責，恰好今天常卿和常茂說要去看妳，就讓他們帶封信了，權當是對妳表以問候吧……

只看了幾行，皇后就覺得太陽穴突突直跳，崔璿通篇是對朝廷工作、家庭事務、僕役近況的彙報，儼然一副妻子只是出門旅行似的鎮定自若……至於希不希望妻子回家，只在最後寫了一段——

妳若在宮中住得舒心，還可多住些時日，等我忙完了這段日子再去接妳，只不過妳雖是皇家的公主，畢竟也是嫁出去的人了，所以別忘了盡量少給宮中諸位添麻煩。

「大姐到底什麼時候回家啊？」皇帝第N次不死心的追問。

「不知道，臣妾看這一次可能還需要不少時間來平復公主的情緒了……」

皇后嘆了一口氣，回想起梁弘長公主那天瀕臨爆點的狀態，實在對未來做不出樂觀預計，而她不樂觀，皇帝可幾乎要絕望了。

「還要等？還要再等多久啊？朕恐怕是等不到大姐回家的那一天就要先瘋掉了！」

「皇上這是什麼意思？」皇后疑惑的看著皇帝，心想少了老婆的又不是你，你瘋什麼瘋？

「妳是不知道，現在朕只要一看到崔璿就渾身發怵，不！不光是朕，現在整個朝廷看見崔璿就發怵。這段時間不正好要吏部考功嘛，京城官員和地方官員已經不知道給朕上了多少道奏摺，直說在崔璿手底下沒活路啦！」

「難道駙馬還會公私不分？」

「問題就是他還沒有公私不分啊！那些對官員的處置理由也確實沒有一項說錯的，可是水至清則無魚嘛，哪有人一點錯都不犯的，照他這樣裁下去，難道要朕當個光棍司令？他明明知道的，妳說這是不是城門失火，殃及池魚！」

對於皇帝的這一比方，皇后暗自汗顏。人家夫妻冷戰就能讓朝廷變成被無辜殃及的池魚了，真不知道是該說皇帝馭下無方，還是該說崔璿果然不負幼年「神童」之名。

「只是……臣妾看這次長公主是絲毫不打算讓步的了……說來也怪陛下你，你調動職務前詢問駙馬一聲不就沒這事了嘛。」

「朕就知道他不會答應，才會當眾宣布的……那妳說現在怎麼辦，難道要朕去道歉？朕的面子難道不比崔璿那莫名其妙的神經質重要嗎？」

雖然不贊同皇帝這樣先斬後奏，可是皇后確實也沒打算讓皇帝去找崔璿溝通，「陛下出面自然不妥，這是長公主的家事，陛下少在裡面攪和為妙，臣妾倒有一個人選……」

於是第二天，六公主徽寧公主的駙馬崔璟，叩響了自家族兄兼連襟家的大門。

「這關你什麼事？」崔璿雖然耐心接待了崔璟，可對於他忽然上門來詢問自己的家庭生活並不報以好臉色。

「按理說……這還是關我的事的吧，你我是同族兄弟，公主又是我大姨子，我來問問，也不過分啊。」

崔璟硬著頭皮宣揚他「你好我好大家好」的和諧理念，當然也有更深層次的原因他沒有講出來，那就是他的公主老婆逼著他來給崔璿做思想改造。

至於徽寧公主怎麼忽然這麼關心外人的家事，那還是因為皇后講了一句「即使像崔璿那樣的人，也終究有比不上六駙馬的地方啊，想必公主妳的夫君能在夫妻之道上給崔璿很多建議呢」的話，這大大滿足了徽寧公主的虛榮心。

「所以呢？你有什麼建議？」崔璿壓根沒指望從他族弟嘴巴裡聽到什麼建設性的意見，但對於他的好心，總是保持起碼程度的尊重，所以一邊寫著公文，一邊漫不經心的接話。

「當然是在公主面前說點好聽的，公主她也無非是想找個臺階下而已。」

「好聽的？比如……」

「比如『如果我不向妳道歉，我會後悔一輩子，因為妳是我的唯一』。」

「咳！」崔璿一筆從文案頭劃到文案尾，「你……你從哪學來這麼肉麻的話！」

「這叫什麼肉麻？那要不這句『沒有妳的話，我的心也停止了跳動』。」

「你的心才停止跳動了呢！」

「那還有這句……」

……

「好了，你可以不用再說了。」

在崔璟搜腸刮肚把徽寧公主強迫他學的情話寶典背誦完之後，崔璿覺得自己的隔夜飯都要吐出來了，而且他也不忘強調一下：「我有做錯什麼嗎？沒有！既然沒有，我為什麼要歪曲我的意志去迎合別人？」

「大哥，這不是『別人』，這是你的妻子啊！姑且不論對錯，身為男子漢大丈夫，難道連在女子面前低頭的氣量都沒有嗎？」

崔璟起先還不太敢在崔璿面前大放厥詞，但講著講著他自己倒來勁了，很有種女權主義先鋒的味道，這不得不說是徽寧公主長期教化下的潛移默化。

崔璿首次沉默了下來，不知道是崔璟的話打動了他，還是崔璟的熱情說動了他，何況目前的冷戰也確實需要一個突破點。以往這種情況都是雙方各有退讓，不過總的來說，崔璿很少是退讓的那一方，他一直不想聽到別人說他是靠妻子的庇蔭，所以在妻子面前也有意無意的強勢了起來，自己有時也覺得自己是不是矯枉過正了點。

崔璟看到族兄停下筆陷入沉思，趕忙加把勁：「如果大哥你覺得說出來太彆扭，那也可以用寫的嘛！」

「寫什麼？」事實上崔璿覺得自己上次寫的那封信已經是很大的示好了，真不知道妻子為什麼一點也沒感覺到？哪知崔璟的示範才讓他知道什麼樣的信叫做真正的「示好」！

「還是寫點好聽的話嘛，比如『想妳的心是一日不見兮，思之如狂；愛妳的情是剪不斷，理還亂；對妳的意是……』」

「……你這些倒胃口的東西能不能既不說出來也不寫出來？」

崔璟對於族兄對他精心設想之詞的不以為然十分不滿，可是為了成功教導崔璿在兩性問題上男子主動讓步的重要性，他還是決定拿出看家本領。

「不用說的不用寫的，那就只好用這招了。」

「哦，用哪招？」

崔璿有點好奇的看著族弟，但見他神秘兮兮的湊了過來……

「啪！」

那天正巧路過書房外的公主府僕役們，都說自己聽見了一聲類似耳光的清脆響聲。

「你來幹什麼？」見到崔璿，梁弘長公主把臉扭到一邊，其實這是為了掩飾自己激動的心情。堅持了十八天後，她終於等到這勝利的一刻，同時也一舉打破自己的離家記錄。

「我當然是來接妳回去。」崔璿說話不緊不慢，似乎這是再正常不過的事。

「怎麼？崔大人的公務忙完了？」

「算是吧，剩下的不需要我親自處理了。」

「你……要回你回！我不回去！」

梁弘長公主一口氣差點沒接上來，而崔璿也意識到自己的失言。沒辦法，這樣說話帶刺也是他多年在職場上養成的習慣了。

「公主，我們都是成年人了，不用這樣吧……而且妳還是孩子的娘，難道要這樣一直把他們兩個丟在家裡嗎？」

「我是孩子的娘，那你是什麼？你不是他們的爹啊！你不是我丈夫啊！你憑什麼就給我氣受！」

「……對不起，當時我很生氣，所以欠考慮了。」

「當時？那現在呢？」

面對妻子不依不撓的架式，崔璿重重吐了一口氣，然後重新來了個深呼吸，腦袋也開始尋思起來：究竟說哪句好呢？

沒有了妳，我的心也停止跳動？不行，他的心明明還在跳，太假了！

想妳的心是一日不見兮，思之如狂？那都十八天沒見了，這怎麼解釋？

別看崔璿被崔璟的話肉麻到不行，但他過耳不忘的記憶力還是全部牢記了下來，此時反覆挑選，還是覺得只有崔璟說的第一句稍微要正經含蓄那麼一點點。就這句吧，誰讓他是男人呢！

「現在……現在我向妳道歉，如果我不向妳道歉，我會後悔一輩子，因為……因為……妳是我的……唯一。」

「……什麼？你說什麼！」梁弘長公主目瞪口呆的看著崔璿，她不是幻聽了吧？或者眼前的人是別人冒充的？什麼「妳是我的唯一」……這種話，她可是一輩子，不不，是上輩子、是前世今生加起來也沒想過會從崔璿嘴裡說出來啊！

「你……沒事吧？」眼看崔璿一臉侷促的看著自己，梁弘長公主始終不放心，還是靠近丈夫用手去摸他的額頭——沒發燒啊？

原來這話這麼有殺傷力！崔璿至此不得不相信再高貴的女人也有審美情趣低下的時候。此刻，妻子柔荑冰涼的觸感從他的額上傳來，看著她詫異、無措、擔憂的混合神情，他就想起了崔璟所使出的最後一招——同時也是讓他反射性給了族弟一個巴掌的那招——便不由自主的俯下身子，對著妻子的後脖頸輕輕呼出一口氣。

「啊——」梁弘長公主的驚呼聲響徹雲霄，許久許久也沒消散。

「大姐怎麼又來了？」皇帝憂心忡忡的問皇后。這才回去一天啊，這老夫老妻的別這麼快又鬧彆扭吧！

「公主是回來請御醫的。」

「御醫？誰生病了？」

「聽說是給駙馬請的。」

「什麼？崔璿！崔璿有什麼病？」

「……公主好像覺得駙馬的腦子出問題了。」皇后感嘆的對皇帝搖了搖頭，「所以她很緊張的回到府裡去了……不過皇上不用擔心，臣妾想駙馬應該沒有問題，等公主確認了這一點後，應該會有很長一段時間不會來宮裡了。」

第十九章

活見鬼和鬼見愁

崔駙馬的小家和諧了，皇帝的朝廷終於也和諧了。考功的風頭一過，該升的升、該貶的貶，京城裡一時又多出了許多新官員的面孔，這裡面就有皇帝一路提拔上來的新人——京兆尹袁克恭袁大人。

袁大人是皇帝親自指派到京兆尹的空降部隊，自然對皇帝感恩戴德，只不過帶著一家人初來乍到的袁大人，尚未搞清楚京城錯綜複雜的人際關係，就又被一件皇家的「美事」砸中了腦袋。

＊＊＊

「袁家二小姐？」豫林王跟著太后重複了一遍，一盞茶還端在半空中。

「是的，新上任的京兆尹袁克恭的二女兒，目前正是要出閣的年紀，聽說膽子也很大……」

如今再給豫林王介紹對象的話，後宮諸人已形成普遍的認知——相貌、家世、秉性那都是其次，熊心豹子膽才是首要的考察標準。所以這次一聽皇后說到這位袁家二小姐，太后就興沖沖的召豫林王前來遊說。

「兒臣是沒什麼意見，一切要等見了面才有結論……」豫林王現在面對相親這種事，是足夠平心靜氣、處變不驚的。因為打從太后的姪女開始算起，跟豫林王見過面的姑娘已能湊成一個大分隊，再菜的鳥也該熟了。

能有共同語言相互交流的妻子……他已經不抱什麼希望，單單就是能不被他嚇得神經衰弱的，估計也是可遇不可求。想到這裡，豫林王不免又小小的嘆了口氣。

也許有人要問，難道豫林王不講鬼故事能憋死不成？這只能說因為王爺是個厚道的好青年，與其過了門再被嚇死，不如提前攤牌，這叫對自己負責，也是對人家負責。

「愛卿不用這麼緊張，豫林王的故事雖然恐怖一點，不過他又不吃人，不會把你女兒怎麼樣的。」正式相親這天，不僅後宮的女人們都留神觀望著，皇帝和姑娘的父親也沒閒著，坐在偏殿等待結果。

京師一向是達官權貴的彙集之處，京兆尹這個位子經常可說是不上不下，所以這次安排豫林王和袁家小姐相親，一半是替弟弟解決個人問題，另一半皇帝則存了私心，那就是為臣下找個夠硬的靠山，日後跟京裡的權貴們打交道也好辦事。

現今豫林王的相親模式相當固定，就是先客套幾句，然後再講個鬼故事，說完之後，是丁是卯自然一眼分明，因此整個過程十分快捷。至於結果……只要一看女方的臉色，大致上也就能猜個八九不離十。

果然，兩炷香之後，袁二小姐就從宮門口走了進來，遵從禮節先向皇帝行了個禮，待她抬起頭來，臉上的一片煞白已是相當明顯。

「唉……」

「唉……」

皇帝和袁大人各自嘆了一口氣。

「妍兒，真的有那麼恐怖？」袁二小姐的沉默一直保持到進了家門，身邊人的輪番詢問就鋪天蓋地罩了過來，最心急的莫過於袁大人，跟豫林王的聯姻他也是十分希望能成的。

「女兒的膽子爹爹是清楚的，王爺今天也說了，能聽他把整個故事說完的，我還是第一個呢！可是……女兒也只能撐住一個而已……」

「說來聽聽，二姐！讓我們也見識見識！」袁三少爺被勾起了好奇心，這時也管不了聽後下場如何。

袁二小姐環視一遍家人，臉上似乎都是「明知山有虎，偏向虎山行」的決心，便清了清嗓子，開始敘述。片刻後……

「……王爺他……」袁大人不敢置信。

「天吶！這要天天講還怎麼活啊！」袁三少爺直接叫囂。

「……但是從理論上來說，這個故事有點說不通啊……」袁四小姐緊緊皺眉，得出一個科學的論點，而她這話剛一說完，一家人就驚詫莫名的望著她。

「……四妹，妳該注意的不是這個吧！」袁三少爺吞了吞口水。

「妳難道都不害怕嗎？」袁二小姐不相信自己的膽子還沒有妹妹大。

「我只是一直在考慮那個問題，害怕嘛……忘了考慮了。」

袁四小姐說完她的感想後，一兄一姐只猛然覺得無力，袁大人卻是兩眼發亮——婚事，也不是沒有轉機的嘛！

「袁家四小姐？」豫林王吃驚的看向太后，怎麼走了一個又來一個？不過他回想了下袁二小姐的樣子，忽然意識到一個更為關鍵的問題，話說袁二小姐今年也就十六、七歲的樣子，那麼她的妹妹……

「這位四小姐……芳齡幾何啊？」

太后和皇后對望了一眼，有點難以啟齒的說道：「離及笄…也就只差四年而已。」

太后的話一聽就知道是在避重就輕，可是只要不是白痴，都能很快的反應過來：及笄就是十五歲，而十五減四……等於十一。

十一歲？豫林王的臉色都變了。相親無數次不成功也就罷了，他也不介意被別人調侃，但若是扯出什麼猥褻兒童、蘿莉控、飢不擇食之類的，那可得另當別論了！

「開什麼玩笑！我怎麼能！怎麼能……」結巴了半天，豫林王都不知道該怎麼表達自己的反對態度了。

「哎呀！你怕什麼？又不是要你現在就娶她，先帝當初給你定的那家小姐，不也只有十歲出頭的年紀嘛！」太后看出豫林王臨陣退縮的態勢，趕緊打氣道。

您怎麼不說我那個時候也是個小孩呢！豫林王瞥了太后一眼，一張黑臉毫不減色。

「是啊，現在看差距雖然大了點，但再過個幾年，當這位小姐荳蔻年華之時，千乘你也還沒到而立之年啊，那不就沒問題了。何況據袁大人說，當時所有聽到故事的人裡，只有這位四小姐從容應對，絲毫不見懼色，小小年紀就有這份魄力，實在難得啊！」皇后站在長遠發展的前瞻立場上，說得頭頭是道。

「古人云後起之秀、後發制人。」康妃依舊不忘她的引經據典。

豫林王所有的反對意見，無非來自於兩人之間差了十歲，他心理上接受不了，而這點心理問題在眾人有理有據的說服之下，好似顯得十分渺小、不值一提。

最終，模範青年的豫林王抵制不住大家的「好心好意」，只得繳械投降，答應同袁四小姐的相親見面會。但同時他的心中也打好了主意，見上一面之後不管三七二十一，就說不滿意。萬幸這只是逼著他相親，不是逼著他結婚。

而豫林王對袁四小姐的第一印象，事後回想起來，該是她那張清清淡淡的面孔。雖說她的身體還是個黃毛丫頭的平板小身材，可是那好似面癱的表情確實有點超齡。衝著這張臉，說她不怕鬼故事，倒也有幾分可信度。

本來還該客套幾句，但對著身高還不到自己胸口的小姑娘，豫林王都不知道要跟她客套什麼好，索性一上來就開始講故事，也好速戰速決。誰知道這個過程卻是出乎他意料的漫長。

「那為什麼母親死了，這個姑娘會有感應？」豫林王問道。

「血濃於水，從理論上來說，也許會心有靈犀啊。」袁四小姐振振有詞。

「那個算卦的呢？他跟書生萍水相逢，總不會有心靈感應吧？」

「從理論上來說，有兩種可能：一是他一直跟蹤這個書生；二就是他胡亂矇對了。」

「那怎麼解釋那對自認為前世是夫妻的男女？」

「從理論上來說，也許是兩個傻子正好碰到一起。」

「……」豫林王還是第一次講鬼故事講到無語。他總算是明白了，對於這個小丫頭片子來說，這不是害不害怕的問題，而是她壓根沒有代入感！你跟她講鬼故事，她當成聽教育片呢！

「……那麼最後那個故事，那個鬼要是真的抓到妳了呢？」豫林王不死心的問道。

「那有什麼好怕的？從理論上來說，我可以對它吐唾沫。」

「妳這是哪來的理論！」

「宋定伯捉鬼的那個故事裡就說了，鬼最怕人的口水了。」袁四小姐眨巴眨巴眼睛，認真的回答道。

「哎呀呀，真是開了眼界了，想不到最後破了千乘記錄的，是這樣可愛的一個小姑娘！」太后樂呵呵的把袁四小姐摟在懷裡，在她看來，這就算是她的準兒媳了，自然是越看越順眼，連小姑娘一貫的冷淡表情，都變成了「文靜」、「早慧」的同位異形體。

豫林王在一旁看著太后和諸妃對著袁四小姐又誇又讚的熱絡勁，不知道為什麼，就是覺得心裡堵得慌。有人沒被他的故事嚇跑，這本該是值得高興的事，可是是誰不好，偏偏是個才十一歲的小丫頭！是個小丫頭也就算了，偏偏不是因為膽子大，而是先天缺乏感性細胞才沒被故事吸引！沒被吸引也就算了，偏偏還頂著個跟他相親的名號，被一群人稱讚著，儼然成了拯救人們脫離他恐怖故事苦海的救世主！

一連幾個「偏偏」下來，豫林王就無法自控的生出一種「被壓了一頭」的感覺，被一個冰山臉的小惡魔給壓了一頭！

「只不過是個無知的孩子，因為無知而無畏罷了。」脫口而出的這句話，連豫林王自己都暗暗吃驚，他可從未曾如此尖刻過，尤其還是對著個孩子。

果然，太后、皇后和諸妃也都回過頭來望著豫林王，沒想到他會在大半天的沉默裡蹦出這麼一句怪腔怪調的話。

「是不是無知小女子不清楚，小女子只是不相信理論上無法成立的東西。」袁四小姐倒沒有什麼驚詫的表情，因為她一直頂著個萬年冷臉。

「理論上無法成立的東西，袁小姐可以相信它不存在，但也沒有理由去否定它的存在吧。」

「從理論上來說，我可以！」

「尚未見識過，如何斷言？」

「有些東西即使見到了，也不足以取信！」

袁四小姐開始變得激動，像個誓死捍衛自己學術理念的研究者；豫林王也越說越來氣，為自己一個成年人居然被個總角之童挑釁。而後宮諸人則旁觀這一大一小妳一句我一句，說是針尖對麥芒，又像是打情罵俏。

「那本王若讓小姐見識到了，小姐當如何？」豫林王森森說出一句話，有生以來第一次決定故意去嚇唬一個人。

「若是真把小女子嚇住了，小女子就嫁給王爺！若是王爺被嚇住了……」袁四小姐昂首傲然相對。

豫林王豈能在小孩子面前服輸，何況他會怕這個小丫頭？門都沒有！於是想都不想，豪言壯語衝口而出：「那本王就正式向袁家下聘！」

這兩個賭不是同一個結果嗎？諸人看到相親見面會竟然發展到這麼詭異的境地，也都傻眼了。

雲迷霧鎖、日月無光，晚間的皇宮偏僻處，正可謂是作奸犯科、偷雞摸狗的絕佳好地方。豫林王屏退眾人，獨自一個人帶著袁家四小姐朝冷宮──萃鶴宮走去。

萃鶴宮經過上次皇后的定點整治之後，已經清靜了不少，再也沒冒出什麼怪力亂神的故事，不過鑒於它在歷史上的特殊作用，這裡仍不失為一個裝神弄鬼的合適場所。

「王爺帶我來這裡幹什麼？」袁四小姐終究還是個孩子，雖然不懼怕理論上不成立的東西，但對著這個實際矗立在她面前的黑漆漆、空洞洞的建築物，內心還是頗有點沒底。

「我帶妳來看鬼火。」豫林王蹲下身子直對著袁四小姐的雙眼，宮燈的光線正好從他的下巴打上去，將眼窩與額頭隱沒在一片濃重的陰影之中，只剩下流光溢彩的眼睛，閃爍著分外詭異的光芒。

沒想到白天看起來很陽光的男人也能裝出這麼驚悚的效果，袁四小姐不自覺的嚥了口唾沫，卻不忘倔強的堅持道：「危言聳聽！這裡哪來的鬼？又哪來的鬼火？」

豫林王似乎就料到她會這麼說，莞爾一笑，「別急嘛，鬼要是這麼容易就看到，也就不嚇人了，妳在這乖乖等著，我去裡面看看情況，再帶妳去。」說著，就把唯一的宮燈留在袁四小姐腳邊，隻身一人走進黑暗的宮殿之中，不一會兒，整個身影便消失得無影無蹤。

「鬼火」在今天來看，除了有點嚇人外，已不能引起內心深處的恐懼，因為除了火星人，大家都知道這是磷的氧化作用。可是在那時候，這些星星點點、還能隨著人移動的藍綠色火焰，仍是種能讓人心膽懼怕的利器。

豫林王在隴西下放那會兒，就已經培養出對鬼怪異聞的興趣，所以他也經常跟當地一些神神鬼鬼的人打交道。這種用骨頭提煉火焰的方法，就是當地一個土著巫師告訴他的。當然，豫林王其實並不知道這是鬼火，更不通曉其中的原理，他只是覺得從骨頭末中製造出來的這種小火苗，跟鬼火極其相似，且嚇人的作用也該旗鼓相當。

如果豫林王再稍稍有點科學研究精神的話，或許他就能以火柴發明者的身分被載入史冊，只可惜當時，他僅打算將這項秘密當成嚇唬人的終極武器，並且首次試驗就用來對付一個小姑娘。

話說豫林王一個人進入萃鶴宮主殿之後，便掏出之前準備好的幾份原材料，多番搗鼓之下，一個個藍色小火苗就在他的身邊點燃了起來，配上豫林王頎長的身影，別說……還真有點小恐怖。

滿意的最後打量一遍自己的「得意之作」，豫林王隨即興奮的走出殿外，準備帶袁四小姐來參觀這個偉大的歷史時刻。可待他一到外頭，赫然怔住了，眼前那盞宮燈還擺在他原先放下的位置，而袁四小姐站著的地方只剩下空氣……

見鬼了！這是豫林王的第一個念頭。

當然，此「見鬼」非彼「見鬼」，他只是覺得一個小女孩不老實待著，三更半夜瞎竄個啥！雖說皇宮大內不會冒出搶劫犯、殺人犯之類的，但這一帶位置冷僻，又沒有什麼人，萬一小姑娘出了事，還是要他這個大人負責的。

「袁小姐？袁琰！」豫林王開始呼喊起袁四小姐的閨名，可是沒人搭理他。但正當他準備再次開口喊人的時候，一聲淒厲的尖叫卻從這個冷宮大院的一角傳了出來，其穿透力與淒慘度皆可以排上「心驚膽顫前三甲」。

如果這個聲音是從豫林王事先布置鬼火的宮殿裡傳來的，那他估計要樂歪了，但實際上卻不是，於是豫林王等著驗收結果的好心情一下子煙消雲散，心中一緊，就朝聲音的來源奔了過去。

還沒跑到半路，一個嬌小的人影就從另一個宮室中迎面衝了出來。一看見豫林王，對方就彷彿看見了救星，什麼也不管不顧了直接跳到他身上，像個章魚一樣把豫林王扒了個死緊。

「有老鼠！有老鼠！有老鼠啊！」

居然是老鼠……豫林王抱著袁四小姐，心中可算是五味雜陳。沒想到自己夢寐以求的結果，到頭來卻是被一隻老鼠輕易實現了。

「哎，嚇死我了，還以為怎麼了，連鬼都不怕的，怎麼會……」

「王爺，你剛剛說什麼？」袁四小姐剛剛還眼角帶淚的縮在豫林王的懷裡，這會兒忽然抬起頭來盯著他，語氣中是中了彩券般的難以置信。

「什麼說什麼？我剛剛說……」豫林王的聲音驀然卡殼了，而他的思維也跟著一起卡在這個地方。天啊！他說了什麼？他說了什麼？他居然說「嚇死我了」！

「王爺，這個賭……是小女子贏了吧……」袁四小姐破涕為笑，冰山彷彿在一瞬間便被正午豔陽融化，只剩下極其可愛的甜美笑容。

自從豫林王愛好鬼故事的事情曝光以來，宮人們就自動替他獻上一個綽號——「活見鬼」。不過，這只是針對他講鬼故事的時候而言，閉著嘴不說故事的豫林王，還是相當賞心悅目的一個正常人。

於是，為了與丈夫的綽號相呼應，日後的豫林王妃袁四小姐就獲得了一個「鬼見愁」的外號。不過，這也只是針對鬼故事而言，面對某些東西，王妃還是相當發愁的，比如老鼠。但是發愁歸發愁，對老鼠君，王妃心中仍同時存在著一份感激的。

第二十章

假想敵

豫林王的親事解決了，雖然匪夷所思，但大家都喜聞樂見。皇帝對此很是欣慰，不免就覺得自己治下不乏人才濟濟、臥虎藏龍，是該好好調幾個地方官進京換換這朝廷的風氣才好。於是趁著這次考功的機會，皇帝認真翻閱了幾本地方官升遷入京的名單。而這一翻，還真被他翻出了個人來。

當「趙景和」這三個字映入眼簾時，皇帝雖然覺得有點眼熟，卻也沒想起來是在哪聽過。而皇帝第二次聽見「趙景和」這個名字時，卻離上一次只隔了幾天的時間。由於管道不同，皇帝聽到的自然也跟他從吏部履歷上看到的內容有所出入。

「聽說忻州的趙大人今年有望入京為官呢！」

「趙大人？」惠妃夾在聊得正歡的淑妃與裕妃中間，可卻不知道她們聊的是誰。

而為不明所以者掃盲，向來是八卦愛好者熱衷的一件事，於是裕妃和淑妃聲情並茂的說明起來。

「哎呀呀！那可是風月場上的名人！」

「聽說被他相中過的姑娘全都會身價暴漲！」

「對了，現今坊間的那首《佳人賦》就出自他的手呢！」

「可不是！趙大人的文采可好了，當年抱病都能奪得榜眼啊！」

「是啊是啊！不愧是平章大人的得意門生！」

……

就在淑妃和裕妃彷彿雙簧般的交相稱讚中，一個文武雙修、精通詩詞歌賦的風流公子形象躍然而上。

所以說，永遠不能小看八卦的力量，雖然嬪妃們不熟悉政事，但從她們口中出來的「趙景和」，已然是比吏部公文上那篇個人簡歷要輝煌得多，不僅讓惠妃對這個素未謀面的男子印象深刻，也讓無意間從外面路過的皇帝印象深刻。

不過，令皇帝印象深刻的並不是什麼詩詞歌賦的事。

平章大人的門生？現任的平章政事不過四十出頭，斷不會有將近三十的門生，那也就只能是前任平章政事霍誼了。

霍誼者，國丈是也。就是這條線，猛然讓所有模糊的記憶鮮明起來，也讓皇帝想起了一切！

就在當年他迎娶太子妃的新婚之夜，他挑起新娘的蓋頭，並因為醉酒而腦袋發渾的說了句「太子妃不如路休顏漂亮」的時候，太子妃烏溜溜的大眼睛也直視著自己，來了一句「殿下也不如景和哥哥俊逸呢」！

難怪自己覺得這名字熟悉呢！趙景和，原來就是他！灑脫、風流、知識淵博，而且……單身！

＊＊＊

「金松靈祝壽珊瑚盆景一對、嵌松青金佛一尊、琉璃八寶香爐一對、醬色緞貂皮袍二件、青緞天馬皮袍一件、繡五彩緞蟒袍料二十三匹……」

隨著宮人報禮單的節奏，皇后親自檢查著紅漆箱子裡的壽禮。今天就是國丈六十大壽，皇后請了半天的假，下午準備回娘家一趟。

就在皇后忙活的這會兒，坐在旁邊一直很安靜的皇帝忽然沒來由的乾咳了兩聲，惹得皇后轉移了注意力，「有什麼事嗎？陛下。」

「沒什麼沒什麼……朕只是想國丈六十的壽辰，恐怕是要賓客盈門吧……」

皇后沒作聲，只是點點頭，繼續核對著禮單上的物件。

「……國丈當年門生眾多，如今應該也都會回來給老師祝壽吧。」

「這段日子正好是各官員回京述職的時候，或許一些外放地方的學生也恰巧能趕上壽筵啊。」

「所謂青出於藍更勝於藍，國丈看到那些前程似錦的學生們，想必也會十分欣慰……」

「皇上，您到底想說什麼？」皇后已經默默等著皇帝繞了大半天，還沒見丈夫繞到主題上，眼下她為了回娘家的事正忙著，所以不打算再繼續跟皇帝耗下去。

「沒……朕只是隨便聊聊嘛……一想到有那麼多青年才俊匯聚於國丈府上，朕不能親臨現場，甚為遺憾啊！」

看到皇帝不準備老實交代他的意圖，皇后只好分點心思來猜他的話中話。難道是擔心她父親結黨營私？聽起來又不太像，這裡面隱隱還夾雜一股酸溜溜的味道，這就更讓皇后奇怪了。

皇后雖然精明，但還沒有聯想力豐富到把這一切和十幾年前自己的一句話聯繫起來，最終只能公式化的回道：「皇上太高抬了，家父請的多是些舊時同僚，無非是熟人之間的聚會罷了。」

皇帝聽後只是意義不明的「哼哼」幾聲，也不再發話，可就在皇后準備完畢抬腳要走的時候，皇帝卻又喊住了她。

「那個……那個……」那個了半天沒有下文。

「陛下？」

「那個……早點回來……」其實最好壓根不要去！因為皇帝已經旁敲側擊從吏部那裡得到內部消息——進京述職的趙景和目前正滯留在當年的恩師霍大人府上。

皇帝與皇后的婚姻就像許多皇室子弟一樣，起源於一樁普通的政治聯姻，關鍵不是尋找愛人，而是尋找一個巨大事業的完美合夥人。不過，皇帝怎麼說也跟皇后一起生活了十來年，要是一點私人感情都沒有，那才有鬼！

可是皇帝把皇后當成了「老闆娘」，皇后是否也把自己當成「掌櫃」呢？趙景和的出現讓皇帝忽然意識到這個以前根本沒在意過的問題。

一個男人吸引女人的因素有很多，名利權勢不是萬能的，所以皇帝沒有自戀到認為全天下的女人都非他不嫁；但沒有名利權勢又是萬萬不能的，所以喜歡思索人生的皇帝，就像很多愛思考哲學問題的土豪一樣，糾結起了「她是愛我的錢還是愛我的人」這種矯情問題上。

最後，按照「由推理到實證」的科學研究步驟，皇帝決定去實際考察一下。

「妳們覺得朕怎麼樣?」皇帝在御花園的水榭上巧遇正在逗魚的淑妃和裕妃，他斟酌了一番之後，決定採取這種不太直接的方式發問。

可惜他這樣不直接的開放式問題，由於涵蓋面過廣，搞得淑妃和裕妃不知道怎麼回答，更不知道皇帝為什麼忽然問這個，只得泛泛的說道:「皇上當然是很好啦。」

「哦，怎麼個好法?」

怎麼個好法?比較好說話……但是這能說嗎?於是淑妃和裕妃眼神交流了一下，換了一種保守的回答方案——馬屁!即使不討好，至少也不會得罪人。

「妳們讀過《鄒忌諷齊王納諫》嗎?」聽完二人關於自己如何風度翩翩、英名神武的詠嘆後，皇帝追問了一句。

「鄒忌?那是誰?」

顯然，淑妃和裕妃是一點也沒摸過《戰國策》的，可是宮裡沒讀過《戰國策》的還大有人在，比如恭妃回答皇帝的話就與前兩位妃子大同小異。只不過恭妃相對老練一點，在真實基礎上輔以適當的誇張，讓她的奉承話聽起來不是那麼的假。

「那妳在入宮之前可有過心儀之人?」皇帝不放棄的繼續問道。

對於這個可以說比「妳覺得我怎麼樣」更棘手的提問，恭妃反倒沒怎麼猶豫，頭微微一揚，就傲氣十足的說道:「臣妾入宮之前可從沒有看上過任何一位男子呢!」

「可不是！娘娘出閣之前早就豔名遠揚，來提親之人無數，可娘娘一個都沒看上呢！」恭妃身邊的女官是她的隨嫁，也配合著證實女主人往日的風光。

「那如果朕不是皇帝的話，恭妃妳願意嫁給朕嗎？」順著恭妃的話，皇帝自然而然把議題深入了下去。

恭妃一時語塞，雖然她又極迅速的換上嫵媚的表情，嬌嗔道：「臣妾與陛下這是早就定下的姻緣嘛！」可是她那語塞的瞬間卻足已讓皇帝的危機感陡然提高了。

「富而可求也，雖執鞭之士，吾亦為之；如不可求，從吾所好。」

「天下熙熙，皆為利來，天下攘攘，皆為利往。」

「名利自道德來者，如山中之花，得自然之精華，自是舒徐繁衍；自功業來者，如盆中植花，隨遷移變動，或繁榮或枯萎；自權力來者，如瓶中插花，其根不植，其萎可立而待也。」

從恭妃那出來的皇帝，本來對博古通今的康妃抱有很大的期望，可是康妃引經據典了大半天，就是不知道本人是個什麼意思，於是皇帝只好用大白話問道：「這就是妳的想法？」

「不，臣妾只是想告訴陛下，古人曾經這樣說過。」

言下之意就是：此為先人個人意見，不代表官方態度。

果然是像《鄒忌諷齊王納諫》裡說的那樣——妾之美我者，畏我也。所以對於各位妃子或走題或躲閃或偷換概念的回答，皇帝雖然很不爽，但還是給予理解，轉而去向太后求證。

皇帝心裡想的是，至少太后應該是不怕他才對。

結果證明太后不是不怕皇帝，而是完全不怕皇帝！在回答兒子的問題之前就先把他一頓評判，而且，評判到最後的結果是——太后也忘了皇帝之前提的是什麼問題了。

被迫在樂寧宮裡耗了將近一個時辰還一無所獲的皇帝，此時也只剩下懊悔自己來自投羅網的分。

調查進行到這裡，皇帝不禁生出一種高處不勝寒的淒涼感來。家人尚且如此，那這個世界上還有誰敢不偏不倚、不畏不私的給他做個評價呢？可是這個念頭剛一劃過腦子，皇帝就忽然想起一個人醜惡的嘴臉來——

作為皇帝從小到大的死對頭，山貓不就是最該替他解決這個問題的人嗎！

於是，皇帝立刻提筆給遠在漁陽的衡原王寫了封私信。信的內容很簡短，就是：卿覺得朕這個男人當得怎麼樣？

不過由於路途遙遠，這封信傳到衡原王再返回皇帝手上的話，還得花上幾個月的時間，因此衡原王那封「臣覺得陛下腦子進水了」的回信就自然是後話了。

總之，直到皇后從霍府回宮之時，皇帝都還沒來得及重建起自己的自信心。

「國丈大人怎麼樣啊？」皇帝假殷勤的問道，他此時雖不想知道這個，可卻不得不做很多鋪墊的工作。

「家父很好，他也很感激皇上的賞賜。」

「……那……這次出席的都有些什麼人呢？」

皇后警惕的打量了皇帝一眼，因為他又繞回了早上的問題，而且在皇后剛回宮之際，諸妃就已經向她反映了皇帝今天下午的古怪舉動。

這種種的一切都讓皇后肯定皇帝另有所圖、意有所指，但是在真相水落石出之前，皇后本著以不變應萬變的原則，還是把出席霍府壽筵的賓客大致報了一遍，這裡面當然也有被她父親視為入室弟子的趙景和。

「趙景和？」皇帝的語調頓時變了。

「怎麼？皇上認識趙大人？」

「啊，不，那個……因為今年吏部的推薦名單上有他的名字，似乎對他評價很高，所以朕有印象。」

「趙大人確實是個棟梁之才。」說到這事，皇后也不禁點了點頭，「家父一直認為趙大人將會是朝堂後起之秀中的佼佼者。」

「哦……原來如此……那麼皇后呢？」

「什麼？」

「……皇后覺得那個趙景和怎麼樣？」

「臣妾早年曾跟他一起接受過家父的教誨，依臣妾的感覺來說，趙大人清能有容，仁能善斷，明不傷察，直不過矯，確實是不可多得的人才！」

「可朕聽說此人風流成性，個人修為似乎很成問題啊。」皇帝忍不住輕蔑的反駁道。

「公事之外再約束臣子的私生活，似乎也有點不近人情，趙大人於公於私都分得很清楚，臣妾倒覺得這些無妨。」

皇后能如此欣賞一個人，是不多見的，而且讚美時連排比句都用上了，這是皇帝都沒享受過的待遇！

皇帝本來還打算多迂迴幾趟再接近核心問題，聽到皇后這樣維護趙景和，忍不住熱血上頭，就把那句一直憋在嘴邊的話提前吐了出來：「那，皇后覺得趙景和與朕比怎麼樣？」

「什麼？皇上……何出此言？」

「妳以前不是說朕不如那個趙景和好嘛！」

「……」皇后愣愣的看著皇帝。不能怪她犯糊塗，實在是她低估了皇帝的記性，高估了皇帝的心眼。皇后自己其實早就把當年洞房花燭夜的事情忘了個一乾二淨，何況她當時只是為了賭氣，才隨便找個能拿得出手的熟人來回擊皇帝，現在當然自認從沒說過這麼沒水準的話。

皇帝也看見了皇后一臉茫然的表情，並不像是裝出來的。他不禁心中一沉，忽然就有了不好的預感，可這時事情偏偏就如他所想的那樣發展。

只見皇后茫然的表情沒有一絲一毫的變化，怔怔的說道：「臣妾何時說過這樣的話？」

「妳……妳……」皇帝哆哆嗦嗦的指著皇后，臉憋得通紅。

自己心心念念擔驚受怕了一下午的事，對方卻完全沒有印象了！

套用時下比較氾濫的一種描寫就是——皇帝很想找一塊豆腐當場撞死算了。

第二十一章

到此一遊

「站住！別跑！」

一聲喝斥由遠及近傳來，遠遠只看見左羽林衛將軍齊麟帶領著一隊禁軍發足狂奔，而在他們前方不遠處猶如被獵狗追著的兔子般的人物，則是個一身內侍打扮的年輕小夥子。

這兩撥人就這樣雞飛狗跳的穿過宮巷，禁軍腳力雖個個堪比海軍陸戰隊，但那年輕內侍顯然跑得也不慢，可畢竟齊將軍占盡了天時地利人和，一盞茶工夫之後，便把這個可疑人士追得出氣多進氣少，終於在御花園將其擒獲。

「我看你再跑！鬼鬼祟祟幹什麼的？」由於齊麟本人也累得夠嗆，拿人之時便用了十分的力氣帶十分的怒氣。

被他按在身下的年輕內侍立刻疼得哇哇大叫：「冤枉啊大人！我不是可疑人士！」

「怎麼這麼吵……齊麟？你在這幹什麼？」

正當年輕內侍哇哇喊冤的時候，一抹明黃忽然從樹叢後面閃現，齊麟一驚，當即把內侍整個壓在身下，並向來人處高聲提醒道：「皇上小心！這有刺客！」

「有刺客」算是齊麟的口頭禪，對他來說，大概所有他不認識的人都是刺客的預備役。可是那年輕內侍聽到這話，卻是掙扎得更厲害，沒被壓住的一隻手啪啪拍著草地。

「我不是刺客！我叫張春福！採買司的張春福！皇上，是孟公公叫我來的啊！」

「張春福？」皇帝聽到這三個字，居然就有了反應。

「正、正是小人！」

「齊麟，退下吧，一場誤會，這人朕認識。」

「什麼？」齊麟大吃一驚，再看身下一臉泥土的內侍，心想當初看他鬼鬼祟祟在內宮門外晃蕩，自己一聲喝問就嚇得他撒丫子狂奔。這麼可疑的人皇帝怎麼會認識？何時？何處？莫非是上輩子？

彷彿是看穿了他的想法，皇帝又追加了一句：「他確實是賢安找來的，他剛才趴在地上，朕倒一時沒認出來。」

「可這人剛才一直……」

「朕都說認識了，怎麼？你還懷疑朕的記性不成！」

「末將不敢！末將不敢！」齊將軍連連磕頭，用餘光瞟了一眼皇上言之鑿鑿的臉，終於大手一揮，領著一幫弟兄輕手輕腳退出了皇帝的視野。

「你也真是的，見到盤查就應付一下，實在不行就報朕的名號唄，你跑什麼？不是等著被抓嘛！」禁軍剛撤了下去，皇帝就把小張內侍領進一個偏僻的殿室，言辭間頗為不滿，心想這次孟賢安實在是推薦了一個渾人，一點都不靠譜的樣子。

「小人……小人此前一直只負責採買，還沒來過這裡。」小張內侍緊張的擦了擦額頭的汗珠，雖然逃過被誤抓一劫，但直擊天顏也足夠讓他緊張的了，「孟公公交代小人的事又極為重要，小人這才慌了神，一見到禁軍就想……就想跑……」

「嘖，瞧你這點出息！」皇帝撇了撇嘴，又不知道咕噥了些什麼。他看向跪伏到只把後腦勺留給自己看的小張內侍，也沒心思跟他計較，遂不耐煩的揮了揮手，「算了，你初來乍到也難免，起來吧，我們這就出宮。」

「遵旨。」小張內侍爬了起來，終於鬆了一口氣。

＊＊＊

皇帝要出宮，原本該是件陣仗極大的大事，不可能就帶這麼個小內侍來，還搞得這般偷偷摸摸。可是問題就在皇帝根本不想被人知道他這次微服出宮，究其原因——還是那個被皇帝恨得牙癢癢的趙景和。

之前曾經提到過，皇帝跟趙景和是有過節的，雖然後來這「過節」被證明完全是皇帝的庸人自擾，但是皇帝的心理陰影還在。對他來說，「趙景和」就是個比他瀟灑、比他受歡迎、比他有魅力的代名詞——儘管誰也沒想過比較這兩個人。

因此，為了瞧瞧這個趙景和到底是何方神聖，皇帝才決定出宮走這一遭。

也許有人要奇怪，皇帝想鑒定趙景和，把他召進宮裡來看不就結了嘛！但皇帝知道趙景和還有個外號叫「白衣卿相」，乃是京城勾欄瓦肆之人所贈，由此推測，這姓趙的最風流瀟灑的一面必然是在煙花之地才能得見，又哪裡是一板一眼站在朝堂上所能體會的。

於是，本著實地考察之苦心的皇帝，也決定前往那些最負盛名的秦樓楚館。可惜縱然最負盛名，到底還是恥於出口的地方，何況在皇帝看來，就算他澄清自己去逛花街只是為了考察敵情，這天底下恐怕也沒人會信他的話，只好私下找來孟賢安，要他替自己物色個導遊，帶他去尋找趙景和的「芳蹤」。

孟賢安一聽皇帝這蛋疼的計畫，不好阻止，只能極力毛遂自薦，但皇帝認為留孟公公在宮裡，才能最有效的替自己掩藏行蹤，所以駁了他的擔憂之心，只叫他在常出入宮門的人裡尋找可靠之人。

孟公公沒法，挑來挑去就挑到了在採買司任職的小張內侍。一來張內侍老實本分，是個出名的悶嘴葫蘆，二來張內侍還一向負責採買胭脂水粉，想來該對女人堆的場所比較熟悉。

可惜小張內侍雖然業務精通，但也沒接過領著皇帝去逛妓院的項目，再加上孟公公一直對他灌輸此事重大足可抄家滅族，嚇得小張內侍還沒見到皇帝本人，就在上來盤問的齊麟將軍面前心虛萬分，謊話都沒編好就拔腿想逃，這才引起了追捕事件。

「皇上，您是想去哪處……哪處那個……那個……」小張內侍想了半天措辭，還是不得不把「妓院」兩字省掉。雖然如今沒有禁軍包圍，讓他稍稍恢復了點膽氣，但一想到自己要負責帶天子去那三教九流之地，小張內侍還是冷汗直流。

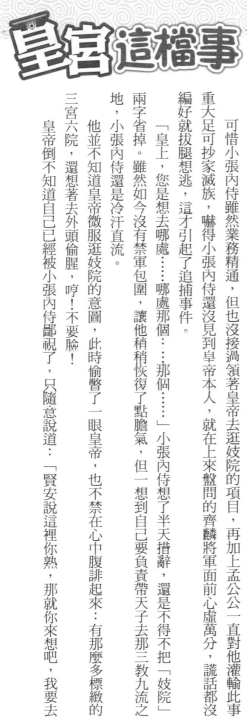

他並不知道皇帝微服逛妓院的意圖，此時偷瞥了一眼皇帝，也不禁在心中腹誹起來：有那麼多標緻的三宮六院，還想著去外頭偷腥，哼！不要臉！

皇帝倒不知道自己已經被小張內侍鄙視了，只隨意說道：「賢安說這裡你熟，那就你來想吧，我要去的是那種風雅之士最多的地方。」

切，逛妓院的還真能有風雅之士？小張內侍又在心裡吐槽，可到底是帶著皇帝三拐四拐來到了一處燈火通明的地方。

皇帝一看，好傢伙！只見華樓燈燭熒煌，一排排巧笑爭妍的女郎，茉莉盈頭，春滿綺陌，憑檻招邀。門上匾額三個大字——和樂樓。

「……這、這、這……」皇帝滿臉通紅，只覺得現在要說自己只是來尋找趙景和的，那恐怕自己也不信了，一時間也說不準自己到底是禮義廉恥多一點，還是狼血多一點，皇帝只得拍了拍小張內侍的肩，來了句「眼光不錯」。

皇帝逛花樓，這是頭一遭，小張內侍一介宦官，雖然認路，但也沒有進來消費的需要。於是兩個雛鳥便本著「大隱隱於市」的思想，不找雅間，單只在熙熙攘攘的大堂裡挑了個不顯山不露水的位置。不過皇帝那句「風雅之士」也就是隨口一說，沒想到還真的看到幾個按理算是「風雅」的人。

和樂樓本是官妓，國營企業的「員工」素質自然不錯。於是除了吃飯的大堂雅間之外，南北天井兩廊上也是人流攢動，這麼多達官貴人，皇帝難免就能看到他熟悉的某某、某某或某某某。

「嘿，連那個老匹夫都在！」望著主廊上戶部尚書矯健的身影，皇帝的腹誹與之前的小張內侍如出一轍：這群道貌岸然的傢伙，家裡嬌妻美妾算不完，還出來左擁右抱！哪像自己，只准看著碗裡的，不許肖想鍋裡的。

其實皇帝的一個「碗」估計抵得上別人的十口「鍋」，但重點不在這裡，而是一個自由，一個不自由，這就讓人難受了。

小張內侍倒是不知道皇帝此時的心理活動，他一邊點了幾個小食，一邊看臺上唱歌跳舞。

「媽媽！媽媽！玉波姑娘呢！怎麼不出來唱啊？」小張內侍的鄰座，忽然就有人喊了起來。

「玉波姑娘？誰啊？」偌大的嗓門引起了皇帝的好奇，對方則丟給他一個「鄙視你」的眼神。

「你來這了，都不知道玉波姑娘是誰？那是大名鼎鼎的『京兆四豔』之一！」

然後那位看起來很有紈褲子弟架式的年輕人就開始幫皇帝補充起青樓知識，大有把別人拖下水是自己的義務的架式。皇帝聽得雲裡霧裡，但他知道一般有著「ＸＸ之一」名號的，該是很了不得的美人，所以不時「哦哦」兩聲。

「那她也出來演出嗎？」

「像今天這樣的滿月之夜，一般是會出來的。」

「但要是被點了花名，也就未必了，聽說今天趙大人來了。」鄰座的鄰座來了一句。

「什麼？趙大人？趙景和！」

皇帝一個激動拍案而起，只把鄰座嚇了一跳，「是……是……就是那位趙景和大人。」

好啊！原本還以為要多找幾處才能找到，這下倒省了他不少力氣。皇帝暗自笑著，殊不知自己的臉看起來簡直像是來報情仇的，當即對小張內侍一聲吩咐：「春福，叫老鴇來！」

青樓老鴇這行是有著過人的眼力的。她瞧著眼前這位衣著考究、眼裡滿是無意識的高傲，基本上便判斷是個世家公子，口氣也跟著客氣起來：「這位公子頭次來吧，怎麼稱呼？」

「……免貴姓黃。」

這當然是個假名，實際上小張內侍曾看到皇帝出宮門的腰牌上寫著「黃笛」兩個字，就覺得一陣惡寒。

「那黃公子有何吩咐？」

「你們這的頭牌可叫玉波？」

「正是，奴家女兒李玉波。」

「她現在在接客？」

「可不是嘛，剛剛大理寺少卿趙大人來了。」老鴇說到這不禁面露喜色，趙景和在風月場素有名望，被他看中的姑娘，自己做媽媽的也是很驕傲的。

只是皇帝看到她這副樣子，臉更黑了，「他出了多少錢？」

「什麼？」

「我問趙景和出了多少錢包場？」

老鴇一看這客人好像很火大，還張口閉口「趙景和」的直呼其名，更加證實了來頭不小，當下陪著小心道：「點我家玉波的名，若是在內閣彈唱，倒看姑娘的心情，出局則最低一百五十兩，沒有上限，趙大人是熟客，五十兩的賞錢是給下面人的……但我家玉波是賣藝不賣身啊！」

「呵，我也只買藝不買身，春福，給她錢！」

「啊？」正在一旁看熱鬧的小張內侍的嘴張得老大，他著實沒想到皇帝出來逛，卻找自己買單，他哪來的錢？

「那個……公子，小人……沒帶錢……」

一句話差點沒把皇帝噎死，他怒其不爭的瞅著小張內侍，心裡想的則是回去怎麼修理孟賢安。不過好在皇帝以前有過出門不帶錢的慘痛教訓，後來也就經驗豐富了。於是他在身上搜了搜，本想找點小面額，無奈只有大張的，一想為了面子也不怕心疼了，啪的砸出張兩百兩的銀票。

「不用找了，也不用出局，只要玉波姑娘陪我聊聊天！」

「……可是……」

「可是什麼？妳嫌少？」這可是朝廷四品官員一年的俸祿！

「不是不是。黃公子啊……這不還有個先來後到嘛！」

「妳這裡是排隊的碼頭，還是花街啊？趙景和要是出的比我多，那就算了，要是出不了，就等我聊完了他再接著聊！」

老鴇一看這公子的口氣很橫，也有點不高興了。她知道有些豪門貴公子就喜歡玩爭風吃醋，所謂不買最好，只買最貴，也不管適不適合自己，衝著「花魁」的名聲就非要搞到手不可。

若是平時，她倒挺願意宰這種冤大頭，但今天趙景和也不好得罪，倒不是因為他的官有多大，而是此人是煙花巷的活招牌，請都請不來呢，哪好趕人？

可是左右一權衡，一邊是來歷不明的肥羊，一邊是脾氣還好的熟人。老鴇還是揣著那兩百兩，急急上樓商量去了。

趙景和確實好商量，這種倔脾氣的客人他也看得多了。再說他來這是找痛快的，不是找不痛快的，於是笑著對身邊的美嬌娘說：「這樣吧，妳就陪那位公子先聊聊，我下去喝點酒，完了再來找妳。」

倒是那位李花魁，剛跟心中偶像談得正起勁，忽然半路殺出個程咬金，還是她頗不待見的財大氣粗型，當下就抱怨起老鴇來：「媽媽真是，那種愣頭青也不幫我攔著。」

「哎呀姑奶奶！要是知道他是誰，倒也有辦法，問題是人家在暗，咱們在明。唉，一回生二回熟，我看他也就是圖個新鮮，妳就先擔待著點。」

「哼！看我怎麼讓他有一回就沒二回！」

花魁姑娘對著老鴇的和稀泥並不買帳，倒是趙景和一臉無奈的笑道：「玉波消消火，待會兒可別把客人嚇著了。」

於是，皇帝在他初次涉足聲色場所之時，就濃墨重彩的添了一筆——與絕代名妓的面對面接觸。

老實說，當李玉波的入幕之賓，與皇帝踏進和樂樓的初衷實在是背道而馳。他當初無非也就是想攪攪趙景和的場子，腦袋一發熱才幹了這種事。還有那兩百兩銀子……要知道皇帝雖然富有，可手頭上幾乎是沒現金的，微服出行的錢又不能報銷，心疼啊！

「……公子，你死乞白賴的非要跟奴家一敘，怎麼如今半天也不吭聲啊？」李花魁見皇帝打從跨入她房門起，就一副愁眉不展的樣子，活像是遭了多大的罪似的。她素以潑辣揚名豔場，心裡已對這人沒有好臉色，只是出於職業習慣暫時沒有發作。

「啊啊？……」皇帝這時才想起來，正眼去看花了他兩百兩的主角。

不管是粗看細看，確實是個佳人。正宗的章臺柳，昭陽燕：娉婷秀媚，桃臉櫻脣，玉指纖纖，秋波滴溜。但是好歸好，皇帝也有些職業歧視，對方不管怎麼說都是個樂籍，與自己完全不是一條道上的，口氣也就有點敷衍：「那個……不知道姑娘平時都愛談些什麼？」

「公子可善詩詞？」

「略通。」

「那以奴家為題，請公子做一首。」

什麼？還要自己的墨寶！皇帝的字雖然可能只算「墨」不算「寶」，但是名人啊，畫個王八都是極具收藏價值的。何況他都沒有為皇后寫過什麼讚美詩，怎好把處女作獻給一個娼門？但明明是自己非要進來的，這時也只得順水行舟，腦子裡搜尋點才子佳人的調調，用自己不常用的筆法，寫了一首詠美人的七言絕句。

李花魁在一邊靜靜看著，到皇帝落下最後一筆，她也不說什麼，只是不知從哪拿出了另一份詩稿，「不知公子覺得這首如何？」

「眉共春山爭秀。可憐長皺。莫將清淚濕花枝，恐花也瘦。清潤玉簫閑久。知音稀有……不錯，姑娘寫的？」

「哪能呢！奴家即使有千般的煩愁，自己也不知道該怎麼說，這是大理寺少卿的趙大人剛剛寫的。」青樓的閨情，青樓的傲氣，說實話比自己的立意確實高了很多。

李花魁望著那首詩，口中輕唸：「不願君王召，願得趙郎叫；不願千黃金，願得趙郎心；不願神仙見，願識趙郎面。」末了還順帶瞟了皇帝一眼，哪有什麼閨怨的樣子，分明是想說「你行嗎」？

皇帝的火「噌」的一下，又被撩撥起來了。

先不說皇帝在那李玉波處如何重拾自己荒廢多年的鶯詞蝶曲，只說小張內侍又換了個靠近樓梯的座位，等著皇帝完事。

「這位小哥，在幹嘛呢？」忽然一個聲音在他背後響起。

「啊，沒幹嘛！沒幹嘛！」他慌忙直起身，藏好自己想要在和樂樓的柱子上刻字留念的小心思。

「可是等你家公子？」問話的人青衣烏冠，眉宇間有著難以湮滅的自信，頭則朝皇帝的包廂揚首示意。

哦，原來這就是被皇帝攆出來的那什麼……趙大人。不過小張內侍也不知趙景和是哪路來頭，就算皇帝敢得罪，他也不敢得罪，於是連忙陪笑道：「失禮失禮，小人正是。」

「呵呵，在下也得等你家公子了。咱們也別乾等著了，媽媽，再請幾位姐姐來啦！」說著，趙景和就坐在小張內侍邊上，也開始投入歌舞欣賞中，間或跟小張內侍閒扯幾句，舉止悠閒從容。

小張內侍很感激趙景和竟比皇帝還厚道，給自己也找來了位美嬌娘，心中大有好感。再聊幾句，又覺得這個人談吐不凡，既幽默風趣又針針見血，不禁很是敬佩，決定收回自己認為逛青樓沒有風雅之人的論點——至少眼前這人比很多人，包括皇帝在內，要風雅得多。

皇帝要是知道小張內侍心裡這麼評價自己和趙景和之間的差距，恐怕立刻要將他就地正法，可他現在正被李花魁故意炫耀趙景和的詞氣得七竅生煙，根本管不了別的事，只想不顧體面的大吼一句：「朕是天子！朕他媽的幹嘛要在詩詞歌賦上跟別人火拚？」

但最終他還尚有幾分理智，知道那一嗓子下去，自己倒是很容易就留名青史了……或者該說遺臭萬年。

「呵呵，公子莫要氣了，聽說當年若不是殿試時抱恙，趙大人就是本朝第一個連中三元的人了，真正能比得過他的又有幾個？公子雖敗猶榮。」

連中三元是將地方決賽、全國決賽、京城總決賽的三個「第一」集於一身，比狀元及第還要引人矚目。本朝第一位連中三元者就出在皇帝的治世，這件事曾經讓他得意了很久。可經李花魁這麼陰陽怪氣的一「寬慰」，皇帝倒想起來了，昔日那位狀元還嘆息自己勝之不武，說是先帝時代的趙景和給他讓了位。

這麼說來，但凡沾上趙景和的地方，就沒有皇帝的好事，連這個藝妓都來寒磣自己！皇帝當下冷著一張臉，瞇起眼看著李花魁，忽然來了句很流氓的話：「哦，看來這位趙大人是千好萬好了，就不知床上功夫跟在下比怎麼樣？」

「……公子應該知道，奴家是賣藝不賣身的。」

「趙大人來了也不賣？」

「……」李花魁直視著皇帝挑釁的目光，眼神也變得犀利起來。不知道是氣皇帝侮辱了她，還是侮辱了趙景和。可她只大眼一轉，復又巧笑起來，眼中也充滿萬種風情，雙手撫上皇帝的臉嬌嗔道：「說得也是呢，男人光比文章又有什麼意思，還不知道公子的功夫怎麼樣？」

皇帝渾身一顫，本只想口舌上扳回一城，沒想到李花魁竟如此回應。名妓的媚功可不是宮裡的嬪妃能比的，皇帝對這個肢體接觸毫無心理準備，正待抽身，哪料李花魁就吻上來了。

「喂……唔……妳幹嘛……唔……啊！」皇帝連聲怪叫。

「公子不是想讓奴家品評您和趙大人的功夫孰優孰劣嗎？」

「唔……妳、妳不是賣藝不賣身嗎！」

這話由尋芳客嘴裡喊出來，還真不是一般的彆扭，李花魁哈哈大笑，「奴家是不輕易賣，因為沒幾個人買得起，公子今天初次來就這麼捧奴家的場，奴家怎麼好駁公子的面子呢！公子可知這是什麼？」說著，她徑直走在櫥櫃前，拉開了一層抽屜。

「……是鞭子？」皇帝看著那烏黑發亮的條狀物，疑惑的開口。

「正是。那請問這些呢？」

李花魁逐次從上拉到下，一層一層都是些稀罕物，既有皇帝見過的，也有皇帝沒見過的，但總的說來，這些東西似乎不應該出現在一位女士的閨房裡，而是出現在刑堂上比較適合。

「姑娘……想、想幹嘛？」皇帝看著李花魁拾起一個帶鉤帶鍊、具體用途不明卻很有違禁品味道的東西，嚥了口口水，身子不由自主的往後退，卻發現已經抵到床板了。

「公子想買，奴家自然要賣啊，這不正是一個願打，一個願挨嘛。」

「妝罷立春風，一笑千金少。歸去鳳城時，說與青樓道……」

小張內侍正聽大堂裡的樂師舞姬演得歡暢，忽然感覺一個人影咻的一聲從自己眼前竄了過去，差點把凳子撞歪。他剛想說這人怎麼這麼沒禮貌，就聽老鴇喊道：「黃公子慢走啊，今後多來玩啊！」

黃公子？小張內侍趕忙去看。嘿！不正是他的黃笛主子嘛，慌忙跟趙景和道了個別，也追了出去。

剛剛的人影趙景和也沒注意，只是隱約覺得有點眼熟。他抬頭朝倚著欄杆的李玉波望去，但見對方一臉得意看著自己，下巴高高往上一揚，好一副無花可比的作派。趙景和自然明白她的意思，低頭輕笑——哎呀呀，叫妳不要嚇唬人家的。

「公子！公子！」小張內侍跟在皇帝後面叫道，心裡很是納悶。好像在那種地方出來後，應該比較精神不濟才對，為什麼天子大人反而腳下生風，自己得緊趕慢趕才能追上？

「公子慢點啊！呵呵，那位李姑娘怎麼樣？」小張內侍湊到皇帝跟前，準備拍拍皇帝一親美人芳澤的馬屁，因為天色已暗，也就沒注意到皇帝比天色更黑的那張臉。

「什麼怎麼樣！那根本不是個女人！」

啊？不是吧！「京兆四豔」不是女子單項嗎？難道是男女混合的？

皇帝卻不管小張內侍有沒有明白過來，繼續惱羞成怒的控訴道：「那根本就是個女妖！」

先不管詩詞歌賦怎麼樣，到今天為止，皇帝至少確定了兩件事：第一，有一樣他確實比不過姓趙的……那傢伙的口味居然會這麼重！第二，皇后跟趙景和不可能有曖昧，他的皇后是多麼溫柔嫻淑的女人啊，才不會看上姓趙的那個衣冠禽獸！

第二十二章

領養資格

皇帝一趟微服出巡，自認為認識了趙景和的本質，立刻卸下了心理上的包袱，覺得神清氣爽起來。可惜好日子沒過幾天，一個意料不到的「醜聞」席捲了皇宮大內，其震撼程度完全超越皇帝在李花魁那見識到的各種玩意。

那就是——皇帝那堪稱孔孟再世的道德模範生弟弟豫林王，居然有了私生女！

＊ ＊ ＊

「呦，千乘，這就是你傳說中的女兒啊？」

「……不是……」豫林王說這句話的脫力程度，感覺只剩下一口氣似的。

「還否認！看，這孩子黏你黏得跟什麼似的。」太后看看懷裡的嬰兒正在朝豫林王手舞足蹈兼擠眉弄眼，繼續打趣道。

「這孩子跟兒臣一點關係也沒有！」豫林王幾乎要哭了出來，頂著一副好似世界末日般的表情。

太后知道這個兒子對道德標準的要求高於常人，玩笑開到這個程度已經夠了，便收斂起嘻笑的表情，開始認真打量起懷中的嬰孩道：「確實應該跟你沒什麼關係，這孩子可比你小時候漂亮多了。」

這個皮膚藕白、黑黑的大眼睛滴溜溜的、人見人愛的小女嬰，是在某個風高月黑的夜晚，被遺棄在豫林王駐京府邸的大門前。

遺棄她的人可能只是想為孩子找個好人家，可不知是出於什麼原因，卻獨獨看上了豫林王府的大門，這就讓一個可能只涉及到社會風氣的道德問題，演變成一個風靡全城的花邊新聞。

因為，全國人民都知道——豫林王是個黃金單身漢！

一個沒有家眷的男子府上忽然被扔了一個嬰兒……不被傳出點什麼私生子之類的謠言，那簡直就是反人民歷史潮流而動啊！

「哎呀呀，在對我笑呢！」

「別自作多情了，哪是在對妳笑？」

「這麼漂亮的娃娃，做爹娘的怎麼能狠心扔了呢？」

「從小看大，三歲看老。」

「將來一定是個美人胚子！」

「王爺也真是的，幹嘛不留著這孩子呢？」有個差不多大的女兒的寧妃把小女嬰抱在懷裡，遺憾道。

可這話聽在當時在場的皇后耳裡，卻引得她偷偷悶笑，一邊的恭妃更是早已壞笑出聲。

那天豫林王帶著小女嬰進宮，就是想要太后幫忙收留這個嬰兒，太后也知道不能把小女嬰留在一個連侍女都少有的和尚窩裡，自然是答應了，可最後還是沒忘記揶揄一下兒子：「哀家可事先說好了，這個就先幫你看著，下次除非是把孩子的娘也一起帶回來，否則哀家可不幫你管老二、老三！」

豫林王剛剛如釋重負的表情立刻扭曲，形象生動的闡釋了什麼叫「死不瞑目」。

嬰兒就這樣被太后留在宮裡，可太后顯然是照看不過來的，於是這項任務便責無旁貸的落到諸妃身上。

女人對孩子的喜愛，就好比烏鴉對發光物體的衷情，俱是來自天性，而在皇宮裡有一個自己的孩子——固然不能說很難，至少也不是想有就有。所以這項育兒工作，其實壓根不需要太后交代什麼，大家可說是相當的自告奮勇、積極踴躍。

首先奪標的是裕妃和淑妃，理由很充分——她們倆都沒有孩子。但由於她們倆的條件又太過一致，於是到底誰養的問題兩人相持不下。最後只得商量著輪流帶，好在她們住的宮室就只隔著一條宮道，串門倒也方便。

可這項計畫執行了沒幾天，裕妃和淑妃就抱著大哭不止的小女嬰來皇后這求援了。

「是不是生病了？」皇后摸了摸奶媽懷裡哭鬧不止的小娃娃，也沒發現什麼發熱發寒的症狀。

「都傳了幾回御醫了，也沒檢查出什麼來。」淑妃道。

「剛開始說是到了新環境不適應，可眼下都過去好幾天了，還是這樣哭個沒完。皇后娘娘，這到底是哪出了問題啊？」裕妃接著淑妃的話補充道。

根據千百年的經驗來說，一個孩子如果長時間的哭鬧不止，那百分之百是哪方面出了問題。可是生理問題——御醫檢查不出來；心理問題——醫學水準還沒先進到這分上，何況這孩子哭是哭，倒是不耽誤吃飯睡覺，只是吃飽睡足後就又開始扯著嗓子鬼嚎。皇后以一個過來人的身分，也是百思不得其解。

眼瞅著裕妃和淑妃這兩個新人是沒辦法解決這個問題的，皇后想了想，找來了恭妃。想當年恭妃養過一對雙胞胎女兒，那時也被弄得一個頭兩個大，如今當然就算是經驗老道之人了。

不消片刻，恭妃就來到了環坤宮。她看見兩位後輩手足無措的樣兒，輕斥了一聲：「早說過妳們倆手生，偏不聽……」說話間便抱過了孩子。

有那麼一瞬間，那孩子大眼睛一眨不眨的看著恭妃，果然不哭了，可還沒等恭妃為自己的親和力自鳴得意一番，小娃娃卻又開始「重操舊業」，不僅比之前更加響亮，似乎也越發撕心裂肺起來。這一打擊當即讓好勝心強的恭妃下不了臺，她自然不甘心與女娃初見就失敗，對皇后和二妃保證道：「看來這次問題有點棘手，不過交給我吧，我就不信我連個小丫頭都收拾不了！」

聽到恭妃大有以自己的魅力作保的意思，皇后剛想提醒她的決心是不是用錯了地方，恭妃就已經抱著嬰兒消失在大家的視線之中。

然而……恭妃這次卻註定是要失敗的了。

當恭妃帶著兩個黑眼圈，和那個中氣十足哭聲震天的嬰兒再次跨入環坤宮大門的時候，距離她上一次來此，只不過才一天的時間。

「……整整一晚上……我可真是黔驢技窮了……」恭妃無力的說道。而從她懷裡轉到宮人懷裡的嬰兒，也只是動靜小了一點，卻絕沒有一絲善罷甘休的意思。

恭妃沒了主意，皇后也沒有主意，康妃和寧妃又都有個年紀只能當拖油瓶的孩子，惠妃那更是新手中的新新手——也就是說，這一輩的嬪妃是全然指望不上的了。

皇后最終只好拉著恭妃和孩子，去求教那按說資格最老道的太后。

「看看，看看！妳們還能幹什麼！連個孩子都照顧不過來，竟然到頭來還得麻煩哀家！」

皇后和恭妃也自覺這次很失面子，所以沒有為自己辯護，只是不忘對太后的育兒經誇讚幾句，希望她老人家真有辦法妥善處理這個淚腺發達的小娃娃。

也不知是太后真有什麼法寶，還是老年人透著股天生的慈眉善目，那個一直鬼哭狼嚎的小祖宗打從入住了樂寧宮，倒真的是消停了不少。可就算是不再淚水長流，小女嬰看起來還是很不高興，被太后宮裡的那些老宮人抱著的時候，總是嘟著張嘴，哼哼嘰嘰的也不知道在嘀咕什麼。

除此之外，皇后在不久之後還發現了一個奇怪的現象。

這天早上，皇帝和皇后按照慣例來給太后問安，禮畢之後皇帝就一臉興奮的問：「朕的那個新姪女呢？讓朕瞧瞧！」

因為大家都知道豫林王的私生活嚴謹得連隻蒼蠅都飛不進去，所以才造成這種只要有一點點小機會就會被大家拿來調侃的效果，可惜調侃對象今天並不在場，所以效果打了個折扣。

「這話可別在千乘跟前說了，哀家看他也快禁不起玩笑了。」太后微嗔著囑咐皇帝，同時也把小女嬰抱了出來。

不過才幾天的光景，孩子的氣色比初進宮的時候明顯差了不少：身體雖還是白白胖胖營養良好，可總覺得缺少點精氣神，很有點萎靡不振的跡象。

「這孩子是怎麼了？精神這麼差？」皇帝顯然也看出這一點。

「唉……誰知道呢！飯照吃，覺照睡，就是整天無精打采的樣子……」太后為難的說著，就伸手準備把孩子遞給皇后。

嬰兒大概是才睡醒，發覺到動靜後不滿的睜開眼睛亂瞅，然而就在她瞅到皇帝的那一剎那，彷彿發現新大陸一般興奮起來，眼中精光四射，剛才那副頹廢樣子好似從來不曾存在過一般，小手又揮又抓，看樣子很想要皇帝對她「一親芳澤」。

皇帝也被這小娃娃突如其來的反應嚇了一跳，下意識就抱了過來，結果就見小ㄚ頭極為心滿意足的拉著皇帝的衣襟，快樂的直哼哼。

「咦？沒想到朕這麼受歡迎啊！」嬰兒這一眨眼間的態度變化，讓皇帝的自我感覺極度膨脹起來，卻讓皇后心裡布上疑雲。

在皇后的印象裡，皇帝對小孩的吸引度一向都在大眾標準之下，從第一個孩子到最後一個孩子，誰也沒在小時候對他表示過多少興趣，怎麼現在會忽然轉變了？

皇后一邊尋思著，那邊皇帝已經有點抱不住了，邊上伺候的老宮人一看皇帝那外行的樣子，幾步走過來抱走孩子，想不到剛一離開皇帝的守備範圍，嬰兒的眼淚就像開了閘的水龍頭般嘩嘩流了下來，又恢復到之前哭天搶地的景況之中。

最終，還是皇后走上前來抱過孩子，又把她塞回到皇帝懷裡……嬰兒不哭了。

抱走……又哭了。

再塞回去……不哭了。

再抱走……又哭了。

來來回回試了幾遍，而且是離皇帝越近哭聲越小，離皇帝越遠，哭聲越大，簡直比個聲控開關還靈敏！

「這……這到底是怎麼回事？」太后代表在場所有人問出了一句，可是無人能夠解答。

「千乘啊，你看……這孩子只買你皇兄的帳，但你皇兄怎麼可能照顧她？哀家看她在你那也是不怎麼哭鬧的，你還是把她抱回去吧。」

太后隔天就召見了豫林王，以便把這個在他看來完全是毀滅性的消息告訴他。為了證實此話不虛，後宮諸妃全都到場做試驗，那嬰兒果然是哪個都不願碰，哭著鬧著躲開一個個的懷抱。看見了豫林王，倒像是老鄉見老鄉，又笑又哼的努力朝他的方向靠去，那精神頭比起之前見皇帝的親近勁是只多不少。

「這孩子跟王爺這麼投緣，王爺您就乾脆留在府裡吧。」寧妃不忍心看見孩子遭罪，勸了起來。

「是啊是啊，府裡要是缺人的話，就從宮裡調人手過去。」皇后仔細盤算道。

「世人那張嘴也就是隨便說說，誰不知道千乘你是最本分老實的！」太后趕緊跟著再加一劑強心針。

豫林王心裡本是一千一萬個不願意的，但剛才小娃娃那要死要活的哭鬧勁他也親眼瞧見了，若是如此，他也不忍心真把小孩丟在這裡。雖然不知道是哪個不長眼的傢伙把小孩扔在他家，但既然扔到他家……他……難道能撒手不管嗎？模範青年的本能在這時發揮出強大的催眠能力，讓豫林王幾乎是不由自主的接過這個孩子。

事已至此，除了認命還能怎樣？豫林王不禁大大嘆了口氣，低下頭仔細打量著這個正使勁蹭他的小嬰兒，恰與這孩子的眼睛撞個正著。

嬰孩的眼睛是很神奇的，剔透的像個水晶球，反射著無瑕的光芒，阻擋著塵世的汙濁。豫林王被懷裡這個有著晶瑩眼睛的小娃娃盯著盯著，那點心理障礙似乎也消褪了下去，嘴角輕輕揚起了弧線。

「啟稟太后，徽寧公主和駙馬到。」

「哎呦！這就是小五家的女兒吧，快讓我看看！」

徽寧公主的一句話就像一陣強風，瞬間把剛才親子其樂融融的畫面颳了個無影無蹤。豫林王看著這個忽然冒出來的姐姐，眼耳鼻舌幾乎全都抽搐。

太后也在心裡啐了一口，她剛剛還在說世人那張嘴怎樣怎樣呢，現在倒是自家女兒來拆臺，於是面色一沉，不快的問道：「怎麼這會進宮來了？」

「母后，我們不是說好了這時候來商量我過生日擺酒宴的事嘛，我今天帶來了……」徽寧剛準備拿出她要租借的後宮器物目錄，就聽見豫林王懷裡的小女嬰一陣喊叫。

再看時，那小傢伙滿面桃色，兩眼放光，小手亂揮，叫聲中竟隱隱透著一股難以名狀的狂喜之意，只把人聽得心驚膽顫。眾人再往她拚命掙扎的方向看去，才發現原來她是朝著駙馬崔璟嚷嚷。

被稱為「傾世佳人」的崔璟一向是徽寧公主拿來炫耀的終極利器，今天照舊也是閃亮登場。不過最近公主改而崇尚低調的華麗路線，所以崔璟今天只穿著一色的花青色長衫，繡暗紋的蓮荷鯉魚，銀帶銀冠，樸素乾淨了許多——當然，那張天下第一的臉是沒變的。

眼瞅著這個精神亢奮的小嬰兒和一臉錯愕的崔璟，皇后忽然閃現出一個模糊的認知，然後越想越覺得像那麼一回事，但這也同樣令她難以置信：若說迄今為止受到這孩子歡迎和不歡迎的人有什麼最大的不同，那也無非就是性別和外貌而已。不會吧……

「了不起！沒想到妳小小年紀就有如此眼光，本公主的駙馬果然是老少通殺啊！」還沒等皇后最終理出個合理的解釋，徽寧公主就已經激動的一個箭步衝到嬰兒面前，拉著她的小胖手搖個不停，大有種英雄惜英雄的感覺。

「五弟，把這個孩子送我吧，我保證一定把她培養成材的！」

徽寧公主一邊說，一邊就把小女嬰從豫林王懷裡抱了出來，而那小女嬰這時倒一點也不在乎離開剛剛還死抓著不放的胸膛，只顧一個勁朝不遠處的新目標咧著沒牙的嘴傻笑。

小孩子應該都是天真、純潔、不受世俗一切條件誘惑的存在不是嗎？豫林王茫然的回憶到剛才腦海中湧現出的這種認知，痛苦的反思了起來。

第二十三章

花好月圓

剛剛才做好心理準備接手的小女嬰被徽寧公主抱走了，豫林王雖然遭受一點打擊，但仔細想想，確實也少了不少麻煩。畢竟若把孩子抱回去就要認真負責到底，那可不是他一個大男人能夠搞得定的。

只不過這件事了，那邊太后卻又催起他另一件事情，那就是與袁琰的婚期問題。不僅如此，太后還不忘搬出如今已是徽寧公主養女的那孩子，說要不是王府遲遲沒有女主人，豫林王又豈會被大眾嚼舌根？

每每此時，豫林王真有種不如當初就認下這個「私生女」，好證明自己道德敗壞不配為人夫君，因為他實在不想結這個婚！

＊＊＊

「什麼，王爺又想退婚了！這次又是因為什麼？」

「不關女兒的事啊，只是之前同殿下出門時，有人把我當作殿下的妹妹而已。」結果王爺好像又被刺激到了，袁琰無奈的聳聳肩，這種誤會她本人早見怪不怪。

她還只是個閨中女童，就算因為婚事的原因而人氣高升，但真正認識她的人卻並不多，從理論上說，誤認在所難免。甚至有一次豫林王去付帳時，店小二還打趣的跟她說了句「小姐，妳爹爹很年輕嘛」。

跟「父女」相比，兄妹還有什麼好大驚小怪的？

這麼想著，袁琰便對她充滿憂慮的父親安慰道：「爹爹不用擔心，從理論上來說，承受能力總是跟打擊的頻率成正比的，王爺被打擊多了的話，自然也就會習慣的。」

可惜袁克恭一直是位實幹派，這就意味著光有理論的話，還完全不能讓他放心。按理論來說，正式納吉過後的親事不就該高枕無憂了嗎？那為何他還會隔三岔五就收到那位高貴的準女婿想要退婚的消息。

因此，雖然他的小女兒沒把這事放在心上，袁大人卻每次都是如臨大敵般謹慎對待，深怕煮熟的鴨子要飛了。要知道，對方可是一人之下、萬人之上，真要耍賴，你還能賴得過他？

「哦，千乘又想退婚啦。」

皇帝聽了袁大人的報告後，反應倒跟袁四小姐一樣波瀾不興，因為他自認這個弟弟是一個謹遵先賢教導的人，既然都下聘了，就絕不會毀約。至於想退婚……無非就是喊喊而已，哪個男人在單身生活即將結束之時不這麼猶豫幾次的？

可是皇帝大概光記著先賢叫人要守信重義，沒注意還有一句話說「己所不欲，勿施於人」。豫林王自己是斷不會強娶民女的，自然他也就不願意有民女要強嫁他。所以他的退婚宣言可不是喊喊而已，那是口號與行動並進，理論視同實踐的！

只不過這個實踐……目前進展得很緩慢。豫林王現在所採取的，基本上屬於消極抵抗路線，碰上跟他提這事的，他就岔開話題，實在岔不過去了，他乾脆跑回封地躲著，跟你斷絕音信。

「王爺，您最近好像一直都很心煩啊，可否讓老奴幫您分擔一些？」

說這話的正是豫林王封地內的王府長史馮老頭。他在府內年資最久，資格最老，所以在年輕的主人面前也很說得上話。

豫林王瞅了老管家一眼，沒吭聲。他當然煩得很，因為婚事這樣拖著對他來說並不是令人滿意的解決之道。好歹他也是個有為青年，要是拖拖拉拉反耽誤了袁琰的姻緣，他也是於心不安的。可要是耍無賴來快刀斬亂麻吧，他又沒本事耍無賴。

豫林王的目標還是相當希望能夠和平友好、皆大歡喜的把這婚約退了，只是這個……看來很難。

「王爺……您可是在想與袁家的親事？」見主人沒答腔，馮老頭自己腦子轉轉，猜出了個備選答案。

豫林王大嘆了口氣，兩眼迷茫的望向窗外，「怎麼，你們也知道了？」

「這是王爺的大事，府裡上下自然都格外留心。」

馮老頭這麼說，並無藉機表忠心的意思。實際上，自豫林王和袁琰的婚約傳回碭郡的王府本宅之後，這府邸裡所有的女性員工就集體進入萎靡不振、萬念俱灰的狀態，那副悲痛欲絕咬手絹的景象，馮老頭還歷歷在目。

只不過馮老頭猜中了起因，卻沒猜出這門親事目前的情勢，所以當豫林王問出下一句話的時候，他一時有些轉不過彎來。

「……馮叔你說……要讓一個姑娘討厭男人，該怎麼做？」

「啊？討厭？」

「就是說一個姑娘最討厭男人做什麼事？」

「這……要看那姑娘跟那男人是什麼關係吧。」馮老頭摸摸鬍鬚，提出一個很嚴肅的假設條件。比如說，他老婆就討厭兒子不學無術，而府裡的丫鬟們則討厭小廝對她們擠眉弄眼。

可他的上述兩個設定都不符合答案，因為豫林王接下來問的是：「就比如說馮媽，她最討厭你做什麼？」

所謂馮媽，可想而知就是馮老頭的老伴。

而豫林王的真實意圖是：「馮媽」等於袁琰，「馮老頭」則等於他自己，馮媽會討厭馮老頭幹的事，袁琰也一定討厭自己幹。如今既然無法指望對方主動退婚，豫林王就琢磨起怎麼樣讓袁琰討厭自己，等她看自己不順眼了鬧退婚，這事不就結了嘛！

唯一的問題就是，豫林王這二十年裡學到的，都是怎麼讓人家對自己滿意的方法，至於要如何才能讓人對自己不滿意……他只好去請教閱歷豐富的老管家了。

馮老頭不僅是個閱歷豐富的老人，還是個閱歷豐富的——老男人，豫林王忽然提這問題，他立刻老臉通紅，哼哼嘰嘰了半天，這才含糊不清的說道：「這個……老奴家裡那婆子對老奴沒什麼不滿意的，不過要說大部分婦人的話……依老奴猜測，大概都比較討厭男人在外面……吃、吃花酒……」

「花酒！」豫林王的臉也一下就紅了，他當然不會清純到不知道「花酒」是什麼，只是他想到了許多女人會討厭男人做的事，例如家庭暴力、工作狂不顧家，卻唯獨清純的沒想過這個問題。

於是他心有所悟的抬頭看了眼老管家，露出一副受教了的表情，「馮叔，幫我收拾一下，我要回趟京城。」

「……王爺這是要急著回去幹嘛？」

而豫林王則彷彿下了極大的決心一般，沉重的說道：「吃花酒去。」

「……王爺，吃花酒的話，應該是在對面啊。」

小馮哥是馮老頭的兒子，長年派駐在豫林王駐京府邸，這次看見自家主子風風火火的回了京，正納悶不知是何故，老爹那邊報告王爺專程回京吃花酒的消息就傳來了。

他雖然訝異於主人怎麼忽然轉了性，可仍然本分的做好前期準備，直接帶豫林王到了京師最有名的青樓之一——和樂樓。相信記性好的人還有印象，這裡還是曾接過「聖駕」的。

只是豫林王到了人家門口，突然又不進去了，反而帶著小馮哥徑直上了對面的一家酒樓落坐，說是什麼……還要觀察觀察？

誰知這一觀察，就從日落西山觀察到了月上柳梢，還絲毫沒有挪位的意思。小馮哥時不時的瞧瞧主子，再時不時的瞧瞧對面的和樂樓，他就不明白了，這個講究身體刺激的場所，能觀察出什麼玄機來？

「王爺……要不咱們下次再來吧？」也許今天主子是忽然沒興致了也未可知。

可小馮哥這麼一說，豫林王卻眉頭緊皺，明顯非常猶豫。

小馮哥當然是不知道豫林王剛剛幾個時辰裡，內心都在天人交戰得好不激烈，一邊是仁義禮智信的價值準則，一邊是欲擺脫婚約的小花招，所以別說什麼下次，光這次就夠讓他心力交瘁的了！

啪的一聲，豫林王終於拍桌而起，豁出去了。想他堂堂皇室藩王，戰場上的風沙都吃過，難道還怕吃花酒？但是……豫林王又看看那近在咫尺的燈紅酒綠和樓下往來的招客姑娘，總覺得古聖先賢的聲音就在自己耳邊飄蕩：一失足成千古恨，年輕人，自重！自重啊！

呀！還真是很害怕啊！

一旁的小馮哥眼看著豫林王大起大落的糾結表情，覺得主人似乎是非常非常想要進去，卻又有著什麼難以言喻的大苦衷，不由得忠僕潛力爆發，眼睛一轉就想出個主意來，「王爺，您看咱們包幾個姑娘出局怎麼樣？」

「出局？」

「這裡三教九流混雜，也確實不方便進去，我們不如包幾個姑娘回府裡，在自己家裡，待著也舒心些。」

小馮哥的這個折衷主意，在豫林王看來倒的確不錯，不僅在自己的地盤上安心，還可把袁琰也喊到家裡，省得費神讓她去「聽說」這事。至此豫林王終於大大鬆了口氣，拍拍小馮哥的肩膀以示嘉許，順便把挑姑娘的任務也交給他，特別囑咐頭不頭牌無所謂，關鍵是要夠狐媚、夠妖精！

於是第二天晚上，接到邀請上豫林王府吃飯的袁琰，看到的就是兩個堪稱狐狸精轉世的香豔女人，她們一左一右的坐在豫林王兩邊端茶倒水、揉肩捶背。

可是事實證明，再好的「道具」也不能彌補演技上的缺陷，而挑戰自己所不熟悉的角色，亦不是豫林王這個門外漢能夠辦到的。

因此當袁琰看到這個景象時，就不明所以的問道：「殿下……你這是在幹嘛呢？」

「妳難道還看不出來我是在幹嘛？」

「……殿下你……落枕了？」結合著豫林王極端僵硬的表情和肢體語言，袁琰得出了這麼個答案，至於那兩個與氣氛很不搭調的女人，從理論上來說，也可能是王府新僱的丫鬟——儘管穿得單薄了一點。

「驍兒，看見了嗎？那就是袁家的四小姐，長得很可愛吧？跟你又差不多大，你要是能讓她喜歡你，我就把我馬廄裡最好的翻羽送給你。」

所謂一計不成，又生一計。當豫林王愁苦的問「如何讓姑娘主動離你而去」時，小馮哥機靈的回答「姑娘有了心上人，自然對旁人就不感興趣了」。

於是這個捨不得孩子套不著狼的計謀應運而生，不過阿驍並不是豫林王的兒子，所以也談不上有多捨不得，何況在豫林王看來，這對少男少女也挺般配的，若能就此成就姻緣，倒不失為一樁美事。

「但是……她不是跟五叔你有婚約嗎？將來就是我的小嬸嬸了，我怎麼能……」阿驍雖然被當成誘餌而不自知，卻也本能覺得這個「橫刀奪愛」的事情幹起來不妥。

不過對於這個情況，豫林王早就想好了說辭。

「這不是還沒成婚嘛，光有婚約算不得準的，而且……驍兒你何時變得這麼重視倫理綱常了？」

這句話對阿驍來說無疑是一劑猛藥，豫林王說罷還擺出一副很輕蔑的神情，頓時喚醒了阿驍「反傳統鬥士」的血液。為了捍衛自己的尊嚴，小傢伙二話不說就朝袁琰奔去。

可能厚道的人都比較樂天，也不知道是該說豫林王高估了自己的姪子，還是低估了袁琰。袁四小姐儘管有點面癱，但不代表腦子不活絡。她三番兩次應邀前來，不是看到妖姬，就是看到不知從哪冒出來的溧川郡王，邀請人自己反而不見蹤影。

袁琰回憶了一番豫林王最近頗為異常的行為，再結合一下自己豐富的理論基礎，漸漸就回味出一絲味道了：原來對方不只是嚷嚷幾句那麼簡單，而是真的變著法想要擺脫自己啊！

思及此，再看看身邊侃侃而談卻沒有重點的阿驍，袁琰的冰山臉上就漸漸顯出了變化來。雖然這都是極端細微的變化，但是除了她自己，尚無人能體會到這種輕微扭曲的表情下所蘊藏的狂風暴雨。

太可惡啦！我是垃圾啊，還是破布？就這麼惹人嫌嗎？而且你貶低自己來作戲也就算了，居然還想利誘我！瞧不起人啊！簡直是侮辱我身為女人——儘管目前還不算——的自尊！

「什麼！這真的是千乘那孩子做的？」太后聽說這事時萬分吃驚。

當然，向她打小報告的正是袁琰本人。

小姑娘知道這事要是告訴父親的話，父親只會訴諸官方手段，那是很沒效率且也缺少轉圜的餘地，所以就趁著進宮的機會找到了太后。儘管她跟宮中眾人打交道的時間還不長，但太后喜歡蹚渾水的性格，她還是很快就發覺了。

「小女子一開始也不敢相信呢！王爺原來是這麼的討厭小女子啊。」袁琰弱弱的回覆道，她並未裝出一副很受傷的模樣，但那幽怨的口氣卻足以讓太后覺得她是最需要被保護的一方。何況太后本就對同性有著本能的維護心理。

於是她嚴厲的瞪了一眼被拉來當汙點證人的阿驍，口氣不善的問道：「驍兒，袁小姐說的可是真的？」

「是啊，五叔還說事成之後會把他的馬送給我呢！」阿驍很爽快的就把叔叔給賣了，因為他一向視準則為糞土，既然倫理綱常可以打破，那麼拿人錢財與人消災的信用問題……如果有必要，也是隨時可以推翻的。

「嘿！千乘那孩子犯什麼渾啊？這麼好的媳婦到哪找啊！」

「太后您先別急，好在千乘到現在也沒有最終表態，我們還有餘地來想辦法。」一邊的皇后適時接話，平撫了太后的激動情緒。

皇后和袁四小姐同一陣營倒不是出於對同性有著本能的維護心理，而是因為袁家與豫林王聯姻對皇帝很有好處，況且阿驍欠何家小姐的桃花債還沒還呢，怎麼可以把他和袁琰湊一塊去。

「可是連王爺那樣的人都想出這種辦法來了，可見他的牴觸情緒相當大啊……我們要怎麼勸才能……」眼看著一段姻緣可能無疾而終，寧妃泛起了惋惜之心。

「誰說要勸了！」太后很硬氣的拍了拍扶手，「真是世風日下，沒想到連千乘這孩子也敢玩這種卑鄙手段了，那我們也不用客氣，要以其人之道還治其人之身！」

太后一句話說完，諸妃連帶袁琰都愣愣的等待著她的後話，看她老人家要怎麼以其人之道還治其人之身。

但見太后哼哼奸笑兩聲，一副很有城府的樣子說：「千乘現在敢動歪腦筋，無非是因為他跟袁丫頭只是才訂了親，那我們不妨就把這門親事給坐實了，讓他無路可退！」

「那要怎麼把親事給坐實啊？」裕妃和淑妃很自然的問出了這句，要是能簡簡單單就坐實了，她們還在這討論什麼？太后簡直說了句廢話。

「妳們的腦子還真是不靈活！戲文上不是常有的事嘛，叫作霸王硬上弓，生米煮成熟飯！」

「咳咳！」恭妃沒忍住，一口茶差點把自己嗆死。

其餘諸人也是滿臉凝重。這太后的腦子是不是也太靈活了點！話說……她老人家又是從哪齣三流戲裡看到的這種戲文啊？

「……太后，袁小姐還是個孩子，她哪裡能……」寧妃的意思是袁琰這個「霸王」太弱了，而豫林王這「弓」卻太強了點，只是半天也想不出來該怎麼表達這麼尷尬的意思。

「而且袁小姐尚未及笄，既不知曉床笫之事，更幾乎不可能有孕……」博識的康妃從生理角度闡述了太后的這個「生米」很難煮熟。

「那妳們說說，還有什麼比這更好的永絕後患的方法啊！」

太后一見眾人集體反對，不禁自覺很沒面子。倒是一直沉默的皇后發言表態，一方面安慰了太后受傷的心靈，另一方面引得眾人集體向她看來。

「太后您的這個主意，出發點還是很好的，不過既然我們不能用強，那不妨就來用弱……」

「病重垂危？」豫林王萬分吃驚的看著來稟報的小馮哥。袁琰前幾天來府上的時候不還是好端端的嘛，怎麼幾天不見就病重垂危了？

「是的，袁家僕人來報信的，說是四小姐自從上次從王府回去後就一病不起，藥石罔效，眼看著也……也撐不了多少時候了……」

小馮哥並不知道自家主子前段日子那麼折騰是為了擺脫這個未婚妻，因此說得極為悲痛，還暗自為主子惋惜，心想主子年幼時曾賜婚的未婚妻也是因病夭折，如今又要重蹈覆轍，難道自家王爺是天煞孤星命？

「撐、撐不了多少時候了？袁家真是這麼說的？」豫林王卻沒空想什麼天煞孤星的，他還在消化這一爆炸性消息。

「正是。」

「那到底是什麼病呀？怎麼得的？請的都是些什麼大夫？」

「這個……」

小馮哥還沒說出個所以然，就被一個傳旨太監的尖細聲音打斷，原來是太后也聽說了袁四小姐病重的事情，來傳豫林王進宮了。

「千乘啊，想必你也聽說了，袁琰那孩子……真是紅顏薄命啊！」太后說完即悲痛的抹了抹眼角，在座的諸妃也跟著一陣唏噓。

在這種壓抑的氣氛之下，豫林王要是還能因為解除婚約而高興起來，那委實太不厚道了，所以他也心情沉重的嘆了口氣。

太后偷偷打量了下他的神色，繼續說道：「據御醫回稟，那孩子大概也就只能捱三、四個月了，所以千乘啊……哀家有個不情之請，希望你不要推辭啊。」

「母后請講。」

「你與袁小姐本有婚約，按理說袁小姐若是早夭，這婚約就該作廢了，但是……這次，你能不能先與那孩子完婚，讓那孩子好歹有個王妃的名分？」

「什、什麼？」豫林王忍不住驚呼一聲。雖說一個好端端的姑娘就這麼沒了是挺讓人傷心的，但他可沒準備傷心到把自己賠進去的地步，而且完婚前死和完婚後死有什麼本質上的區別啊？

彷彿是知道他的心意，一邊的皇后又解釋了起來：「太后和我們也知道你對這樁婚事多少有些不滿，所以才沒趕著替你們辦，就是指望你跟袁小姐相處個幾年，也許就有感情了。」

「可想必你也知道，你的這樁婚事還含著皇上要為袁家找個靠山的意思，現在袁小姐時日無多，就算感情來不及培養，如果能讓袁小姐以豫林王妃的身分過世，袁家的臉面也算是有了，雖說功利了點，還希望千乘你能體諒啊。」

皇后的表情是那樣的讓人無法拒絕，何況再加個為國為君的名義在上，豫林王幾乎沒有反駁的餘地。可他不久前還在考慮怎麼解除婚約，現在就突然討論起結不結婚的問題，委實讓他難下決斷。

「可是……」

「哀家也沒讓你現在就做決定，不管怎樣，你還是先上袁家去看看吧，好歹是緣分一場。」

太后一副很體諒豫林王的樣子，揮了揮手就讓他退下了，只是在看到豫林王走遠之後，她又賊兮兮的問皇后：「妳這個辦法真的行嗎？哀家看千乘不像那麼容易就會答應的樣子啊。」

皇后卻不以為意，穩如泰山，「我們終歸只是推波助瀾而已，能不能成事，那就要看袁小姐的本事了。」

想要當皇家的媳婦，自己也得努力才行嘛！

至於袁琰這邊……只見她面色慘白的半倚在床邊，看見豫林王來了，縱然表情淡漠卻也是淚光盈盈，很有一種準備乘風歸去的感覺。

「讓王爺看到小女子這副病容，真是叫小女子無地自容。」

大概由於病弱的關係，袁琰的語氣也不如往常犀利，這讓豫林王頗不適應。以往小姑娘冷言冷語的時候，豫林王還可以無視自己長了十歲的差距同她較真，現在搞得這麼嬌弱，就不由自主的勾出他尊老愛幼的秉性，當下口氣也放得很輕柔。

「妳想到哪去了，現在只管好好養病就是。」

「王爺不必安慰小女子，小女子雖年幼無知，也知道如今是好不了了。」

「不要胡思亂想，宮裡還會派更好的御醫來，妳會好起來的。」

這話聽著真假！從理論上來說，我是個被宣告不治的人，根本就不會好！袁琰的「理論說」差點衝破偽裝，但被她生生忍了回去，只是扭過身去，語帶哽噎，為了不被看出來是裝哭，還用袖子遮住了臉。

「人總有一死，或早或晚，也沒什麼不同，小女子只是嘆息自己福薄，終究與王爺有緣無分……」

「妳這是……」

豫林王剛要開口再說些寬慰人心的話，卻聽到房門一響，袁大人愁雲慘霧的走了進來。

按照禮數，袁大人照例向豫林王寒喧幾句蒙王爺厚愛之類的話，說著說著卻突然毫無預兆的跪了下來。

「王爺從宮裡來，想必也聽說了皇上的意思，微臣能得皇上與王爺如此厚待，真是無以為報，只是委屈了王爺，娶小女這殘破的身子。」

「袁、袁大人快快請起！」

豫林王急忙去扶袁克恭，他可還沒答應要娶他家女兒呢！可又不知道要怎麼委婉推辭才好，倒是袁琰替他開了口：「爹爹！」

袁琰很氣憤的叫了她父親一聲，彷彿使完了全身的力氣。「我已是命若懸絲，又怎能再拖累王爺呢？這雖是皇上的好意，我們卻不該如此厚顏無恥！」

袁克恭剛站了起來，一看女兒持反對意見，就又對豫林王跪了下去，這次卻是像掛了秤砣般紋絲不動。「微臣也知道這實在是難以啟齒的要求，只是看在小女與王爺確實有婚約的分上，還望王爺成全，只要能撐過三個月，讓小女進了帝室的玉牒即可。這也算是微臣對女兒的一份私心，能讓她以王妃的身分風風光光的上路，她九泉之下的娘親定然也是十分欣慰的！」

袁大人一把鼻涕一把淚，連去世的夫人和祖宗十八代的臉面都搬出來了。像是排練好似的，屋裡忽然又湧入了一批人，包括袁琰的兄姐和七大姑八大姨，不是哀嘆「我苦命的XX啊」，就是對他千恩萬謝，把豫林王堵在屋內不得動彈，那陣勢……真是比被敵軍團團圍住還要讓他膽顫心驚。

豫林王可以說是完全沒了主意，這種情形下，如果不同意提前與袁琰完婚，簡直就像千古罪人一般；可若是答應了吧，心裡那點老夫少妻的障礙又揮之不去，只得迷茫的望向躺在床上的袁琰。

「小女子明白，王爺對小女子有諸多不滿，王爺不必勉強自己，只是小女子……小女子還想最後問一句，如果小女子不是這般年紀，王爺會不會願意喜歡小女子……是不是小女子就不會……這麼令王爺討厭了？」

袁琰對上豫林王的目光淒涼一笑，一貫冷淡的表情卻有著一種欲訴欲泣的悲涼，而她的以退為進則成了壓在豫林王良心上的最後一根稻草，讓豫林王的心理防衛直接崩潰了。

「我……我明白了，就請袁大人擇吉日儘快讓令嬡與本王完婚吧。」豫林王無比艱難的說出了這句話，像個殉道者般無語望蒼天。

既然已經同意娶袁琰為妻，他當然也不會沒品的想著對方早死早超生，不管是三個月也好，三年也好，他都奉陪到底就是，權當是為國捐軀了吧。

再說……他也並非討厭袁琰，這姑娘說什麼「如果不是這般年紀」，還莫名的讓他忽然有種期待的心情。

對於豫林王的婚事，朝廷當然給予了最高規格的重視，表面上是因為豫林王乃是皇帝唯一在世的親兄弟，暗地裡卻是皇宮眾人串通一氣的成果──把這場喜事辦得越轟動、越熱鬧、越天下皆知有目共睹，當事人日後也越不好反悔是不是！

於是，成親地點從王府移到了皇宮，皇帝大辦喜宴，京城百官紛紛慶賀，除了儀式之外，幾乎與皇帝的大婚沒有區別了。

唯獨豫林王一人有點不能融入狀況，雖然喜事當前，大家自然應當高高興興，但是……未免也太高興了一點吧？尤其是他的未來岳父和大舅子們，好像完全沒有將要痛失骨肉至親的悲傷啊，難道只有自己一人記著袁琰時日無多？

不過，等他看到紅蓋頭下的新娘子時，一定還會驚奇的發現，這個本該「時日無多」的小姑娘，也是一臉紅潤精神飽滿，除非是迴光返照了，否則絕對不會用上「時日無多」這四個字！

第二十四章

拜見岳父大人

「皇后……朕覺得……那個孩子還是不行……」

「皇上！你又怎麼了？這次不是你自己說可以考慮的嘛！」

「所以啊，朕考慮了，覺得不行，那個……只要稍微相處得久一點就又看出問題來了。」

「陛下！人就是再好，相處久了都會看出問題來的，臣妾理解你的心情，但是……」

「不不不！妳這一次絕對不會理解朕的心情的，絕對！」

「那你說，你到底是什麼心情？」

什麼心情？其實皇帝自己也很想找人諮詢一番。

＊＊＊

俗話說男大當婚，女大當嫁，這是雷打不動的鐵律。自從豫林王這個單身「釘子戶」被皇宮諸人齊心合力拔掉之後，太后便精神振奮，決定趁這股東風把第三代的終身大事也排進日程，而首當其衝的，就是皇帝的嫡長女湘樂公主。

對於婆婆的這番「美意」，皇后過去總是以「孩子太小」、「從長計議」之類的話搪塞過去，但是今年不同，因為太后有個現成的例子可舉。

「妳看看袁家的四丫頭，不就比湘樂大一歲嘛！就算你們近幾年不想把事辦了，至少也先定下來才好！

須知道好男人可是不好找的，倘若現在就有合適的，那又為什麼非要拖到以後？」

也不知道是袁四小姐的例子打動了皇后，還是太后所言確實有幾分薄理，皇后最終口頭答應了下來。她考慮著太后畢竟沒有把事說死，那就還有許多可轉圜的餘地，也許老太太只是最近被豫林王的親事激起了興致，等興致過了，事也就算完了。

終於做親娘的都首肯了，讓太后很高興。一時之間，京城權貴之家都接到明示暗示，要送自家適齡子弟入宮甄選。可惜太后在前期籌備中考慮了方方面面，卻唯獨漏掉了最重要的一點——那就是公主她爹的想法。

要論過去，皇帝對這種事確實不太抵制，因為太后插手的都是他表叔二大爺家的配偶，隔著一層，終究無關痛癢。但這次不同，湘樂公主可是他的第一個孩子！

看到這個孩子，皇帝就不由得想起當時初為人父的激動心情，想起為女兒取名而絞盡腦汁的心情，想起聽孩子第一次喊他「爹爹」時的心情……如今要把養了十年的寶貝送人，還要附贈好大一筆金銀珠寶？

不甘心！無論如何也不甘心啊！

帶著這樣一肚子怨氣，皇帝去參加太后操辦的少年選秀大會還能有什麼好結果？須知，這是個事先已有了偏見的評委，而且具有一票否決權。

「不好，這個太高了！」

「他跟湘樂沒有夫妻相。」

「嗯……太瘦了。」

「少年人，你是不是沒睡醒啊！」

「不行！這個太漂亮了！」

「漂亮又哪裡讓你不順眼了？」太后忍了又忍，實在氣不過了。

「朕怎麼可以把女兒嫁給一個比女人還漂亮的小子？這是禍根啊！禍根！」

「不是親生的就是有隔閡啊！哀家一大把年紀了還要替小輩操心容易嗎？你這做爹的卻還好心當成驢肝肺！」太后終於上演了她的苦情老戲碼。

誰料皇帝這次卻無動於衷，任老太太眼淚飆得多麼奔放，他也完全沒有愧疚的樣子。

皇后見現場劍拔弩張，趕緊出面當起和事佬：「太后莫要生氣，皇上他……不是頭一回嘛，太后您當年難道沒有感同身受過？」

皇后這麼一說，太后倒真想起來以前的往事，她也是一樣哭著喊著不要女兒嫁人，罵丈夫是專門拆散人家骨肉的白眼狼。於是她總算抹乾了眼淚，鼻音濃重的問皇帝道：「你的心情……也不是不能理解，那按你說，要怎麼樣的你才滿意？」

「……」這個問題還真是把皇帝難住了。俗話說丈母娘看女婿是越看越順眼，但岳父跟女婿卻好似天生的仇敵，皇帝只覺得那些良家少年們怎麼看怎麼彆扭，沒一個能配得上他家湘樂！

「閨女，妳喜歡什麼樣的大哥哥啊？」

因為所有人都卡在皇帝那關，所以皇后獻策，要從內部先攻克。如果女兒自己強烈主張的話，皇帝總應該會顧慮一下的嘛！

「大哥哥啊……」大公主認真的思考了起來。總是欺壓弟弟也挺無聊的，如果換個大號的，是不是樂趣也會大一點？

「我當然喜歡那種能陪我玩的！要會講笑話、翻花繩、踢毽子……最好還能讓我當馬騎。」

「……」女兒這標準到底是要找丈夫還是要找沙包？皇后有點無語，但小女孩嘛，這些要求可以理解。

皇后再問：「那要是母后和妳皇祖母找了一個這樣的大哥哥陪妳，妳願不願意？」

「願意願意！」

「但是……妳父皇卻不願意呢。」

「為什麼？」

「妳父皇擔心找來的大哥哥欺負妳，把妳惹哭了。」

大公主不滿的歪著腦袋，覺得父皇小瞧了她的本事，這很傷她的自尊心。

於是某天午後，在皇后的授意下，大公主自己站出來向皇帝提出了這個申請。

皇帝很驚訝，或許他不明白女孩的青春期來得比男孩早，又或許他覺得女兒這種年紀壓根不應該有這方面的需求。她還是一朵粉嫩嫩的小花苞呢，怎麼會想到要找夫君了？就這麼想離開自己的羽翼嗎？

皇帝又是沮喪又是傷心，但是在大公主的堅持兼太后鼓吹著天要下雨、娘要嫁人、女兒不能長期儲存的理論，皇帝只好先把自己的心情放一邊，同意女兒的要求。

不過，皇帝也不忘跟皇后千叮嚀萬囑咐一點：「一定要找個聽湘樂話的，為了湘樂，可以上刀山下火海粉身碎骨萬死不辭的！」

「……陛下是說徽寧家崔駙馬那樣的？」

「當然不是！崔璟哪有本事上刀山下火海？」他頂多也就是爬個土坡過條小溪罷了。

「那皇上是要什麼樣的？」

皇帝囉哩囉嗦的描述了半天，合著他是想找既上得廳堂又下得廚房，妻管嚴與男子漢的完美結合體！可惜皇帝的構想是美好的，現實卻是殘酷的。上得廳堂的孩子很多，下得廚房的也不能說沒有，但是合二為一的複合型人才……實在難找。

於是，淘汰掉所有候選人之後，皇帝開心了。看吧看吧，不是他不配合呦！是沒有合適的女婿。

「聽說太后和娘娘正在為湘樂公主物色未來的駙馬？」

「是啊，可是皇上他的要求……」一說起皇帝有點藉故為難嫌疑的擇婿標準，皇后就揉起了太陽穴。

「這些我也聽說了，其實……我親戚家有一個孩子，或許可以考慮一下。」

「哦？」

因為康妃很少摻和八卦，也一向沒有做月老的熱情，所以這次竟會主動來為皇后牽線，自然引起皇后的高度重視。再加上康妃的家族是個清閒安逸的文官家庭，且熟人知根知底的關係，皇后決定見見這個叫程瀾的孩子。

程瀾小少爺今年十三歲，文文靜靜，從容易臉紅這點來看，也應該很內斂才對，不過他回答皇后的提問卻有理有條、邏輯清晰，偶爾冒出的幾個典故證實其不愧為康妃家的親戚。

「平時你都玩些什麼？」問完一堆人口普查類的問題後，皇后想起了女兒提過的那些要求，不得不當著男孩的面事先探問一下。雖說不能對回答抱有多少希望，但至少男方不要有太大的牴觸才好。

「回稟娘娘，平時看看書，然後就是跳繩、踢毽子之類的。」

什麼！什麼！沒有聽錯吧？「是……女孩子常玩的那種跳繩和毽子？」皇后又確認了一遍，得到小程公子認真的點頭。

「那……講故事和笑話呢？」

「啊，娘娘要是不說，小人都忘了，這個也常玩。」

「……你喜歡這些？」

「回稟娘娘，還算喜歡，玩多了就習慣了。」

「……那麼……在遊戲裡當被騎的馬呢？」皇后嚥了嚥口水，凝重的問出最後一個問題。

但見小程公子笑得陽光燦爛，整個人閃耀著水晶般的純真光彩回答道：「回稟娘娘，這個小人十分擅長呢！」

事後康妃給皇后的解釋是，因小程公子排行老么，上面全是姐姐，父親又常年在外，所以跟著母親和一群女孩長大的他才比較熟悉異性的習慣和愛好，讓皇后打消了這小少年性取向不正常的顧慮。

而從大公主那得來的回饋意見也極好，只用了一個下午的時間，小程公子似乎就完全得了大公主的歡心，看那勁頭，恐怕不管這少年做不做得了丈夫，大公主都不準備放過這個難得的「閨蜜」了。

綜合各項指數來看，小程公子在「下得廚房」方面非常完美，至於「上得廳堂」……至少比上不足、比下有餘，還是能充一些門面的。於是，一份意見書兼帶一個大活人，就被推到皇帝面前。

諸妃都聽說康妃家一個親戚被皇后相中，就在皇帝親自審查的當天齊齊集中到墨蔭堂，呈扇形排開，對著站在中間的男孩子品頭論足。位處扇形正中間的則是皇帝，不同於他的鶯鶯燕燕，皇帝陛下黑著一張臉，比在外朝還嚴肅，好像隨時都會冒出一句「拖出去斬了」把小程公子解決掉。

這種不滿的怨氣是如此強烈，在場眾人都能感覺得到，所以諸妃也只是一個勁的打量小程公子，誰也不敢在皇帝之前率先開口說話。

小程公子也不是傻子，雖然面對諸位阿姨的眼波攻擊泰然自若，但是瞄皇帝的時候，臉色還是有點不自然。

詭異的安靜最終還是被打破了，畢竟把這臭小子——在皇帝看來——叫來不是讓大家大眼對小眼的，不知道的還以為他們以大欺小、以多欺少呢！所以皇帝「咳咳」兩聲，開始詢問。

皇帝最初也是由姓名、年齡、籍貫這些大眾化的問題開始，可是當提問進行到諸如「你怎麼盡懂些女孩子的玩意啊？」、「你覺得自己還算不算男孩子？」之類問題的時候，現場溫度不禁下降了好幾度。

皇帝當然沒有皇后客氣，實際上他是巴不得小程公子被他問得羞愧有加，急流勇退自動消失。可惜小程公子不知道是神經過粗，還是人太老實，或是這種問題早就被問過太多次的緣故，一直神情恭順、對答如流，讓皇帝無計可施。

皇后看皇帝欺負小孩子欺負得也太明顯了點，不得不出手干預一下。她一開個頭，原本就對小程公子有好感的諸妃們當然也無所顧忌起來。

「哎呀呀，這孩子真乖，看著就是很沉穩的樣子。」

「就是，這年頭願意瞭解女人心思的男人可是不好找了！」

「聽說你還會做菜？太了不起了！」

「江山代有才人出，各領風騷數百年。」康妃最後也跟著眾人一起讚賞了下自家的這個親戚。

「統統給朕閉嘴！」皇帝聽不下去了。

拜託！平時七嘴八舌也就算了，在外人面前有必要這麼不給他面子嗎？他不是已經很明顯表現出對這個小子的不悅了嗎？幹嘛還要這樣誇獎他！

於是皇帝乾脆直接斥退了嬪妃們，說是要進行「男人與男人」之間的對話，然後把纖細的小程公子獨自留了下來。

在皇帝的心裡，這就是想要偷走他寶貝女兒的小偷！不，不是小偷，而是強盜！所以諸人退散後，他也不說話，只是瞇著眼狠狠盯著小程公子，鍛鍊著「以眼殺人」的技巧。

小程公子第一印象雖然給人有點文弱的感覺，但是直接面對皇帝的怒視居然也不驚惶，這看在皇帝眼裡更有一種挑戰的意味，可在他繼續「緊迫盯人」之際，卻也漸漸發現一絲異樣，這個小程公子看他不僅不驚惶，甚至還臉紅了。

自己有什麼會讓小男孩臉紅的地方啊？

「陛……陛下……」

男人與男人之間的對話居然是小程公子先開的口。

「什麼事！」皇帝口氣很惡劣。

「陛下平時都是這樣嗎？」

「什麼樣！」

「就是……很威嚴很肅穆的樣子……」

這是在誇他嗎？嘿！你這個死小鬼，不要以為說幾句好聽的朕就會上當！所以皇帝將計就計裝著很威嚴很肅穆的樣子說道：「沒錯！朕平時就是這麼嚴肅的樣子，你這種孩子估計跟朕合不來。」

「合不合得來……小人就不知道了……小人還從沒接觸過陛下這樣有氣勢的……男人……」小程公子越說越小聲。

可皇帝對於稱讚自己的詞彙一向是十分敏感的。

哦！有氣勢的男人嗎？真的是在誇他耶。皇帝忽然覺得心情好了那麼一點點，順帶覺得小程公子也順眼了那麼一點點，也值得考慮那麼一點點。

「嗯，你這個孩子嘛……至少看人的眼光還能讓朕有點好感。」

得到了皇帝第一次算是和顏悅色的肯定之後，小程公子臉更紅了，吐出一句不清不楚的話：「謝……謝陛下抬愛，小人也十分……喜歡陛下……」

小程公子的話在當時，並沒有引起皇帝多大的重視——直到某天大公主跑來找他問了一個問題。

「父皇，我要是嫁人了，還能住在宮裡嗎？」

皇帝現在一聽到這話題就煩躁。當然不能住在宮裡了，所以他才不想正視「女兒總要嫁人」的這個事實啊！

「幹什麼問這個？」皇帝口氣悶悶的回道。

「因為程瀾問如果我嫁給他的話，我們是住宮裡還是住他家？」

這個小混蛋！皇帝火了，心想才決定對他客氣一點，這小子就在思索要把他女兒拐到哪去的細節了，他可還沒答應這親事呢！因此氣沖沖脫口而出一句：「住他家？沒門！妳當然是住宮裡！」

言下之意就是他絕對不會讓女兒嫁給那個姓程的小子。

可是大公主不知道有沒有理解這句話的實質意義，居然還很高興的歡呼了一聲：「那好！我這就去告訴程瀾。」

「哎，妳這麼高興幹嘛？」皇帝一直以為女兒早已通敵叛國，這下應該多少有點難過才對。

「因為程瀾想要住在宮裡啊！」

「……什、什麼？」皇帝更加迷惑，難道那小子真是越挫越勇，小小年紀就擁有虎口拔牙的信心？

「因為程瀾說他喜歡我，但也喜歡父皇，所以最好能跟我們住在一起呢！」大公主撲閃著晶瑩的眼睛，單純的沉浸在她喜歡的男孩和她同樣喜歡的爹爹其樂融融一家親的前景中。

大公主的話讓皇帝摸不著頭腦，他急速召來小程公子，要當面問個清楚。

「你跟湘樂說想要住在宮裡是什麼意思？」

「就是……就是字面上的意思……」

「字面上的是什麼意思？」

「就是……小人希望能跟……陛下和殿下住在一起……」

「嗯？」皇帝死死的盯著小程公子。跟女兒住在一起也就算了，為什麼還要跟自己住在一起？

「因為……因為……小人也很喜歡陛下……」

啊？那又怎樣？要是個小姑娘這麼說，皇帝可能還會為自己的魅力無窮小雀躍一把，但從一個少年的口中冒出來，他可一點也不覺得這有什麼需要特別說明的。

小程公子小心翼翼抬起頭打量皇帝，見對方沒什麼反應，他又扭捏了很久，也不知心裡作何盤算，最終猛吸了一口氣朗聲說道：「因為小人喜歡陛下！想跟陛下在一起！」

都說了啦，喜歡不喜歡的有什麼關係……啊？什麼？什麼？什麼！什麼！皇帝張口結舌地望著小程公子，這才反應過來這個毛頭小子剛剛一直在反覆唸叨的此「喜歡」非彼「喜歡」。

「難道……難道……」皇帝第一次被個孩子嚇得說不出話來。

可小程公子雖然更加扭捏，卻還是認真的點了點頭。

靠！這下事態嚴重了！

準女婿喜歡上岳父──這個理由可不可以用來駁回大公主跟小程公子的親事？

那當然可以！豈止是可以，完全是充分必然毋庸置疑了啊！可皇帝卻絲毫沒有喜悅之感，因為他好長時間裡，都沒有找到如何對人解釋又不會驚嚇到別人神經的方法。

「……皇上，您在開玩笑吧？」

果然，在皇帝苦悶徬徨猶豫了良久，本著必須面對困難的態度，把事情向皇后坦白之後，皇后不出所料的來了這麼一句。但其實以皇后對皇帝的瞭解，也明白丈夫是沒有這種程度的幽默細胞的，可是除此以外，她一時半刻也找不到能讓自己冷靜下來的其他理由。

「朕也希望這是一個玩笑。」

「您是說，因為那孩子覺得您比他見過的所有男人都要強勢，所以很仰慕您？至於湘樂，只是因為很像您，所以才順帶……」

「那孩子確實就是這麼說的。」但問題是除了他老爹以外，那個小鬼見過的「所有男人」充其量就是隔壁鄰居之類的。比那些人強勢……這可真沒什麼好自豪的。

「……真的不是皇上您幹了什麼？臣妾知道這話唐突了，但是請皇上好好回想一下，您有沒有無意間……」

「沒有沒有！朕什麼也沒幹過啊！」面對皇后狐疑的表情，皇帝頓覺遭受了奇恥大辱。他對那個小鬼冷眼相向的時候大家不都是在場的嘛！如果這都能讓別人喜歡自己的話，那應該懷疑對方有受虐傾向才對吧，怎麼可以懷疑他挑逗誘拐小男孩呢！

「那麼事已至此，皇上您打算怎麼辦？」

「這……這不就是找妳來商量了嘛。」

皇后嘆了一口氣，敲了敲桌沿，思考道：「要是依臣妾看，也只能是皇上出面對湘樂解釋一下了，對孩子就實話實說吧，說程瀾喜歡的是皇上您，所以不可以跟湘樂在一起。」

「……皇、皇后，妳不會真打算讓朕這麼做吧？」

皇后當然不會那麼傻，她只是要皇帝先有個最壞的想法，這樣比較容易接受她的其他建議，「那除此以外，臣妾能想出來的辦法就只有一個了，可是會委屈了皇上的……」

「不會不會！朕不會覺得委屈的！」

皇帝果然中了皇后的心理暗示，覺得沒有方法能比在自己女兒面前陳述事實更委屈難堪丟臉的了，便讓皇后儘管放馬過來，無論是多餿的主意。

「程瀾，來來來，再吃一塊這個。」皇后溫柔無比的夾起一個桃糕放到小程公子的手上。

而小程公子也是第N次接過皇后遞來的糕點，味同嚼蠟的吃著。

他年紀雖小，也知道前些天說了多麼大逆不道的話，所以此時看見若無其事的皇帝，非常的手足無措，而對於一向對自己和顏悅色的皇后，內心也產生出一種愧疚的情緒。

皇后自然把這個男孩子不擅於隱藏的表情變化盡收眼底，她不動聲色，坐回皇帝身邊接著說道：「你不要緊張，皇上和本宮這次找你來，只是要最終商量一下你與湘樂公主的事，你自己要是有什麼想法，也可以說出來。」

「朕還是那句話，不同意！」皇帝裝模作樣的保持著他「威猛強硬」的形象，為了皇后的計策，有必要現在裝得越像。

「但是陛下，這孩子跟湘樂處得明明好得很，我們做父母的沒有理由阻攔啊。」

「管他什麼理由，朕說不行就不行！」

「皇上，您怎麼可以不講理呢？」

「朕當然可以不講理！」

皇帝和皇后你一言我一語針鋒相對，原本還比較融洽的談判環境早已烏雲密布，小程公子則被拋到一邊，壓根沒有插嘴的餘地。而且小程公子還發現，原本以為非常溫和嫻淑的皇后娘娘也變得……越來越凶悍了。

「這是為了湘樂的幸福，皇上怎麼可以僅憑您一己的好惡！」

「湘樂是朕的女兒，朕當然可以隨心所欲！」

「皇上！」皇后啪的猛拍了一掌桌子，霍然起身。

還坐在椅子上的皇帝頓時矮了皇后一截，以至於氣勢上似乎也被壓了下去。

「妳、妳想幹嘛？」

皇帝語氣瞬間轉弱，皇后隨即哼哼冷笑兩聲，彎下腰一手輕撫過皇帝的臉頰，「外朝的事臣妾沒有立場管，這家內的事可是臣妾的地盤啊！」

即使隔了一定的距離，而且看不清大人們具體的眼神交鋒，但小程公子還是能清楚感覺到皇后森冷的語氣。而皇后的這種口氣、這種動作，甚至是這句話——都是他無比熟悉的幹練精明的母親與姐姐們同樣擅長的事。

想到這裡，他不禁全神貫注的觀察皇帝——那是個可以面不改色怒斥女性的人啊，跟他那抵抗幾句就得向母親陪笑臉的父親比，應該強出許多才對。

程都省了。

而皇帝呢，沒有辜負小程公子的希望，不做那回幾句嘴就忙著揉肩捏背討好妻子的窩囊事。他也蹭的一聲站了起來，眼看著似乎要同皇后一決高下，卻又海拔猛然一低，居然直接跪了下來，把揉肩捏背的過程都省了。

「皇后啊！朕錯了，朕以後再也不會在家事上指手畫腳了，您就饒了朕這一回吧！」

「那您說，要不要按老規矩罰？」

「是是是，朕晚上一定到環坤宮裡去，老老實實的給皇后賠罪。」皇帝邊說還邊拉著皇后的裙襬，一點也沒有不甘心的樣子，反而滿面喜色，活像得了多大便宜似的。

「呼，這下總算完了。」

就在小程公子紫紅著一張臉，丟下一句「陛下真是太讓我失望了」，隨即奪門而出之後，皇帝終於如釋重負站了起來，拍拍膝蓋上的灰，末了還極度不滿的嘀咕道：「真是，朕讓那小子失望什麼啦？」明明就是這混蛋小子一廂情願把他假想得太偉大了而已，不就是對妻子低了個頭嘛！

「可不是嘛，現在的孩子還真是讓人難以理解，皇上當初堅決不同意這件事的確很有遠見呢！」皇后謙恭的附和著皇帝。

不過皇后嘴上這麼說，倒也未必無法理解小程公子，而是已經初步體會到了在缺少強大男性形象薰陶時，極易產生現代術語裡所謂的「戀父情結」這碼子事。並且也在皇帝的配合演出下，成功的對小程公子這一心理進行了糾正。

只是看到皇帝在自己的「偉岸男子」形象轟然倒塌之後，不引以為恥，反而深感光榮的表現，讓皇后不禁又暗自嘆了口氣。

是不是得稍微反省一下自己對待丈夫的方式啊？要不然皇帝怎麼總在表演屈從形象時，無尊嚴無臉面無所謂得那麼自然而然呢？唉……就算是為了防止兒子將來變成另一個程瀾吧，皇后覺得有必要將皇帝的「夫綱」稍稍提升一下。

第二十五章
辭舊迎新

心愛的女兒以這樣匪夷所思的方式保住了，皇帝樂開了花，並且一直以這種樂開懷的心情，迎來了宮中的又一個新年。

當然了，皇帝在新春之際，也不得不費點腦子來尋思著給宮裡眾人發什麼樣的禮物，好感謝大家在一年中的勤勞苦幹，勉勵大家在新的一年再接再厲。

＊＊＊

「母后，您老想要什麼禮物啊？」皇帝一副拍馬屁的笑臉問道。

「哀家想要喝喜酒。」太后很不客氣的對他說出了她的新年願望——同時也是她人生中一直不曾中斷過的追求。

但是最近實在沒人要結婚啊……皇帝犯難的思考著。

「母后……這喜酒也不是想喝就能隨時喝到的啊。」

「果然不是親的就是有隔閡啊！口口聲聲要送禮給哀家，哀家說出來了又不幹！」

面對太后的悲情攻勢，皇帝立刻告饒，商量著妥協的辦法。

「那你就趕緊再找個孩子的婚事操辦起來嘛！湘樂的事雖然沒成，但老二、老三、老四、老五還有羨兒，選擇還有很多吧！」一直因為湘樂公主的親事落空而鬱悶的太后，趕緊提了出來。

可一向孝順的皇帝卻眉頭緊鎖，毫不讓步。開玩笑！他最大的女兒也不過十歲而已，湘樂都不行，其他的孩子當然是想也別想！

「要是這也不行，那皇上你就自己再納一次妃啦！」太后看見兒子一副唯唯諾諾的樣子，不禁來氣的拋出了最後的殺手鐧。

「那個……朕看還是籌劃看看羨兒他們的婚事好了……」

「裕妃，新年想要什麼禮物？」

「臣妾真的可以要什麼有什麼？」

「那當然！」皇帝自豪的點了點頭。

「那臣妾想要天上的星星，皇上您給不給啊？」裕妃撒嬌的往皇帝懷裡蹭著，其實無非是想聽皇帝說幾句肉麻話，哄自己開心。

「給，晚上妳看見的星星就全都歸妳了！」皇帝出去一趟，端回一盆水給裕妃，同時滿臉壞笑的欣賞著裕妃又氣又怨又憋屈的表情。

「淑妃，新年想要什麼禮物？」

「臣妾真的可以有求必應？」

「那當然！」

「那臣妾要是想要天上的月亮呢？」

切！果然是物以類聚啊！皇帝也端了一盆水給淑妃。

「康妃，新年想要什麼禮物啊？說吧，這次又是什麼書？」康妃每年提的禮物名單都是書，皇帝對這點已經爛熟於心了。

「臣妾今年想要一部《妙法蓮華經》，也好祈禱宮中諸事平安。」

「愛妃果然是見解非凡，品味超群啊！」康妃今年既不要孤本也不要善本，只要了本市面上尋常可見的經書，又加之她還有心為宮中諸人祈福，皇帝怎能不欣慰呢？當然是無比的欣慰。

可惜還沒等皇帝欣慰完，康妃的一句詳解頓時讓皇帝愣在當場。

「這可是要皇上親手抄寫的才最有效用呦！」康妃最後補充道：「最好是漢語、藏語各一遍。」

「恭妃，新年想要什麼？」

「臣妾想要薰香。」

「那簡單啊，說說看想要哪種？」

「臣妾要的這種薰香乃是要春天開的白牡丹花蕊十二兩、夏天開的白荷花蕊十二兩、秋天的白芙蓉花蕊十二兩、冬天的白梅花蕊十二兩；又要雨水這日的天落水十二錢、白露這日的露水十二錢、霜降這日的霜十二錢、小雪這日的雪十二錢。把這四樣水調勻了，合著花蕊研磨的粉末，盛在舊瓷罈裡，埋在梨樹根底下，待到春分時再取出……」

皇帝聽得目瞪口呆，「這……這是薰香？」

「怎麼了嘛，不行？」恭妃委屈的貼近皇帝埋怨道。

恭妃平時就會自然的散發出一種媚人的嬌態，電力十足，此時她有意散發這種電波，那更是無人能擋！

皇帝眼看著就要被攻陷了，「那個、那個愛妃啊，要不……再換一個吧？」

「那好吧。」恭妃的表情是「看在皇帝的面子上退而求其次」的潛臺詞，「臣妾前些日子看到皇后那有人進貢了一瓶世上難尋的百日香，皇上替臣妾要一份來吧。」

看到恭妃確確實實的為自己做出了讓步，皇帝很高興，覺得恭妃還是很善解人意的。殊不知，後者才是恭妃真正想要的東西。

「惠妃，新年想要什麼做禮物？」

「皇上，臣妾想要治好自己酒後無德的毛病。」惠妃誠心誠意的乞求道。

皇帝卻頭搖得像波浪鼓。莫說他辦不到，他本身也絕對不想把這難得的樂趣抹殺了，於是作為「補償」，皇帝送了惠妃一瓶內府珍藏多年的極品美酒。

「寧妃，新年想要什麼禮物？」

「臣妾什麼也不要，臣妾只要皇上身體康壽，姐妹們相處融洽，孩子們平安長大就好了。」寧妃溫柔溫柔再溫柔的小聲說道。

如果只當客套話來聽，這是個很討喜的「禮物」；若當成具體任務來聽，這又是個任重而道遠的世紀工程，所以皇帝的心情實際上是既感動又嘆息。

「皇后，新年想要什麼禮物？」

皇帝每次都是最後才來問皇后，每次也是來到皇后這裡最緊張。

「奇珍異寶、綾羅織錦、榮華富貴，臣妾都已擁有，但都是皇上所賜……」

皇后的口氣聽著不像炫耀，倒簡直有種憂愁一般。她的眼睛盯著皇帝眨也不眨，而皇帝便也跟著越來越心裡沒底，耳聽著皇后接著說道：「因此，臣妾最想要的，就是透過自己的能力得到的東西。」

「……然後呢？」皇帝弱弱的問了一句。果然，皇后又開始提這種宏觀縹緲、微觀廣泛的願望了。

「然後請陛下先閉上眼睛。」

看到皇帝忐忑的閉上雙眼，皇后露出了寵溺的笑容，在皇帝的嘴唇上迅速的「啵」了一下。

結果就這麼一下，皇帝像是被雷劈了似的猛然張開眼睛，整個人釘在座椅上一動不動；而直視著丈夫一雙撲閃撲閃大眼睛裡的驚異、疑惑和史多複雜情愫的皇后，只是保持著嘴角那得意的笑容。

轉眼之間，在他們這個家裡，十餘個年頭匆匆而過，然而在他們之前，已有無數個十餘年成為過去；在他們之後，亦有無數個十餘年即將到來。終有一天，他們也會變成人們茶餘飯後的閒談，或者是史書上平淡無奇的幾行墨跡，如同前人一般，隱沒在這宮城的一草一木、一磚一瓦之間。

江月年年總相似，人生卻代代變換……不過，那又如何？水去日日流，花落日日少，只須惜今日，莫待悔明朝。

《皇宮這檔事》全書完

飛小說系列093

皇宮這檔事

出版者■典藏閣
作　者■太微天　　繪　者■jond-D
總編輯■歐綾纖
製作團隊■不思議工作室
郵撥帳號■50017206采舍國際有限公司（郵撥購買，請另付一成郵資）
台灣出版中心■新北市中和區中山路2段366巷10號10樓
電　話■(02)2248-7896　　傳　真■(02)2248-7758
物流中心■新北市中和區中山路2段366巷10號3樓
電　話■(02)8245-8786　　傳　真■(02)8245-8718
ISBN■978-986-271-440-9
出版日期■2019年1月四刷

全球華文國際市場總代理／采舍國際
地　址■新北市中和區中山路2段366巷10號3樓
電　話■(02)8245-8786　　傳　真■(02)8245-8718

新絲路網路書店
地　址■新北市中和區中山路2段366巷10號10樓
網　址■www.silkbook.com
電　話■(02)8245-9896
傳　真■(02)8245-8819

☞您在什麼地方購買本書？☜

1. 便利商店（________市／縣）：☐7-11　☐全家　☐萊爾富　☐其他____________

2. 網路書店：☐新絲路　☐博客來　☐金石堂　☐其他__________

3. 書店（________市／縣）：☐金石堂　☐誠品　☐安利美特animate　☐其他_______

姓名：__________地址：____

聯絡電話：_______________　電子郵箱：______________________________

您的性別：☐男　☐女　　您的生日：西元_________年__________月__________日

（請務必填妥基本資料，以利贈品寄送）

您的職業：☐上班族　☐學生　☐服務業　☐軍警公教　☐資訊業　☐娛樂相關產業

☐自由業　☐其他____________

您的學歷：☐高中（含高中以下）　☐專科、大學　☐研究所以上

☞購買前☜

您從何處得知本書：☐逛書店　☐網路廣告（網站：______________）　☐親友介紹

（可複選）　☐出版書訊　☐銷售人員推薦　☐其他__________________

本書吸引您的原因：☐書名很好　☐封面精美　☐書腰文字　☐封底文字　☐欣賞作家

（可複選）　☐喜歡畫家　☐價格合理　☐題材有趣　☐廣告印象深刻

☐其他____________________

☞購買後☜

您滿意的部份：☐書名　☐封面　☐故事內容　☐版面編排　☐價格　☐贈品

（可複選）　☐其他

不滿意的部份：☐書名　☐封面　☐故事內容　☐版面編排　☐價格　☐贈品

（可複選）　☐其他

您對本書以及典藏閣的建議____

____

____

✌未來您是否願意收到相關書訊？☐是　☐否

✍感謝您寶貴的意見✍

印刷品

$3.5
請貼
3.5元
郵票
不思議信箱
FUSIGI POST

235 新北市中和區中山路二段366巷10號10樓

華文網出版集團　收

（典藏閣－不思議工作室）

novel
太微天
illust
jond-D